ASAHI SENSHO

朝日選書 916

『枕草子』の歴史学
春は曙の謎を解く

五味文彦

朝日新聞出版

目次

三　激動の時代を生きる……135

図版／フジ企画

内裏図

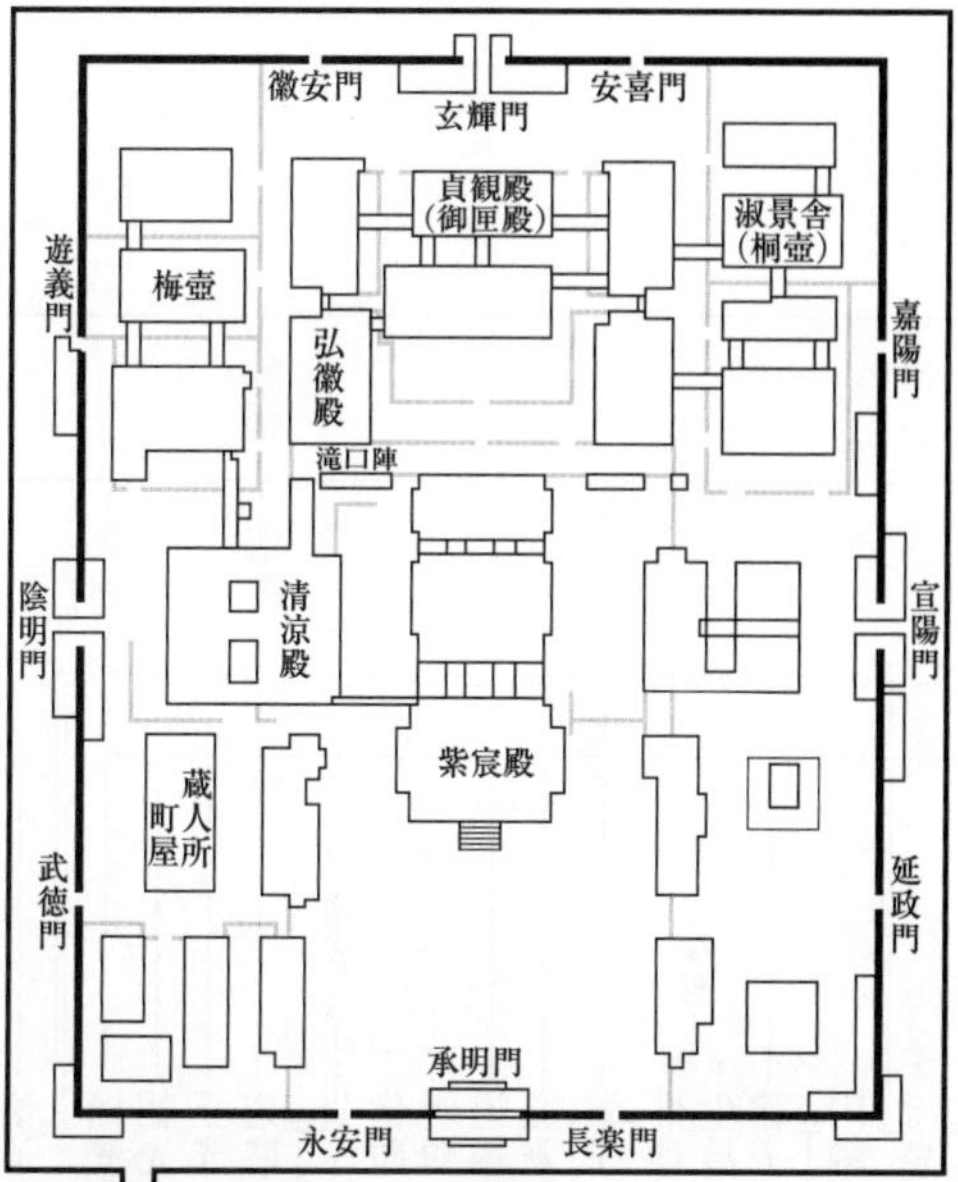

徽安門
玄輝門
安喜門
貞観殿
(御匣殿)
淑景舎
(桐壺)
遊義門
梅壺
嘉陽門
弘徽殿
滝口陣
陰明門
清涼殿
宣陽門
紫宸殿
蔵人所町屋
武徳門
延政門
承明門
永安門
長楽門

大内裏図

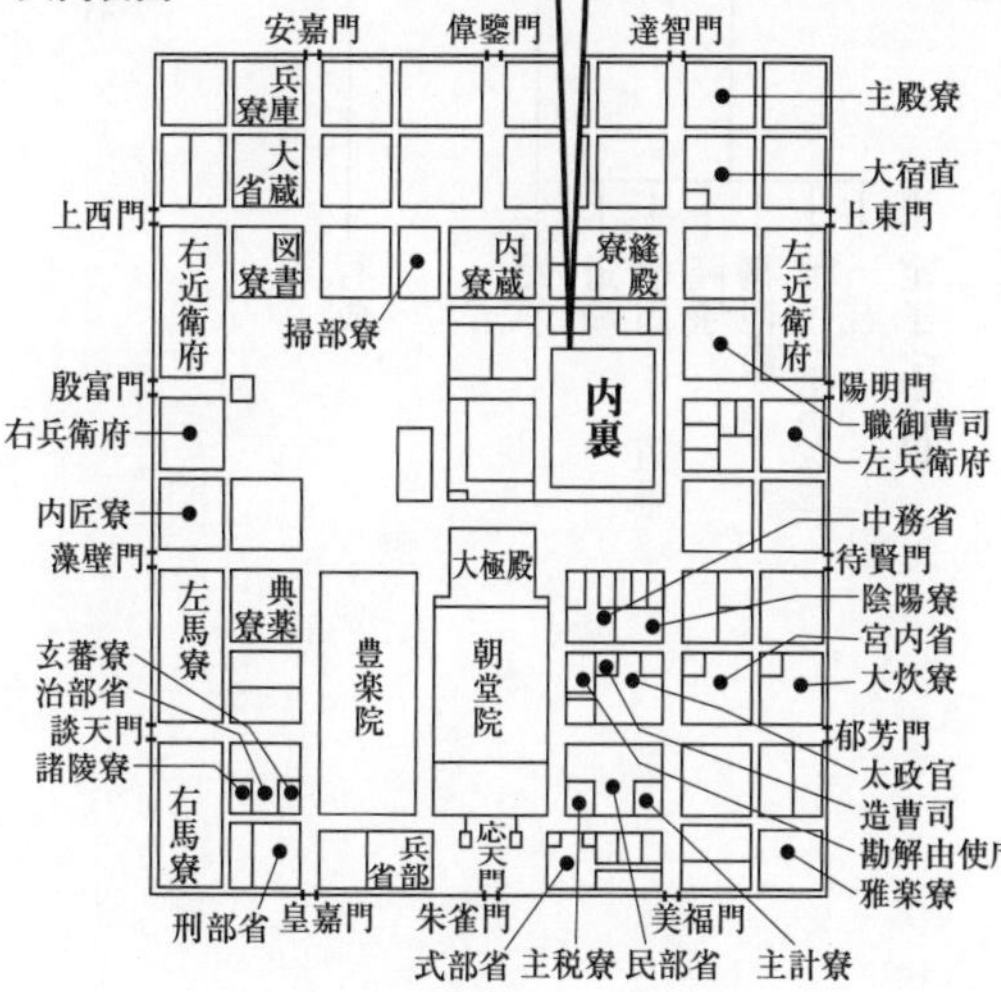

安嘉門
偉鑒門
達智門
兵庫寮
主殿寮
大蔵省
大宿直
上西門
上東門
図書寮
内蔵寮
縫殿寮
右近衛府
左近衛府
掃部寮
殷富門
陽明門
内裏
職御曹司
右兵衛府
左兵衛府
内匠寮
中務省
藻壁門
待賢門
大極殿
左馬寮
典薬寮
陰陽寮
宮内省
玄蕃寮
治部省
豊楽院
朝堂院
大炊寮
談天門
郁芳門
諸陵寮
太政官
右馬寮
造曹司
兵部省
応天門
勘解由使庁
雅楽寮
刑部省
皇嘉門
朱雀門
美福門
式部省
主税寮
民部省
主計寮

主な登場人物略系図

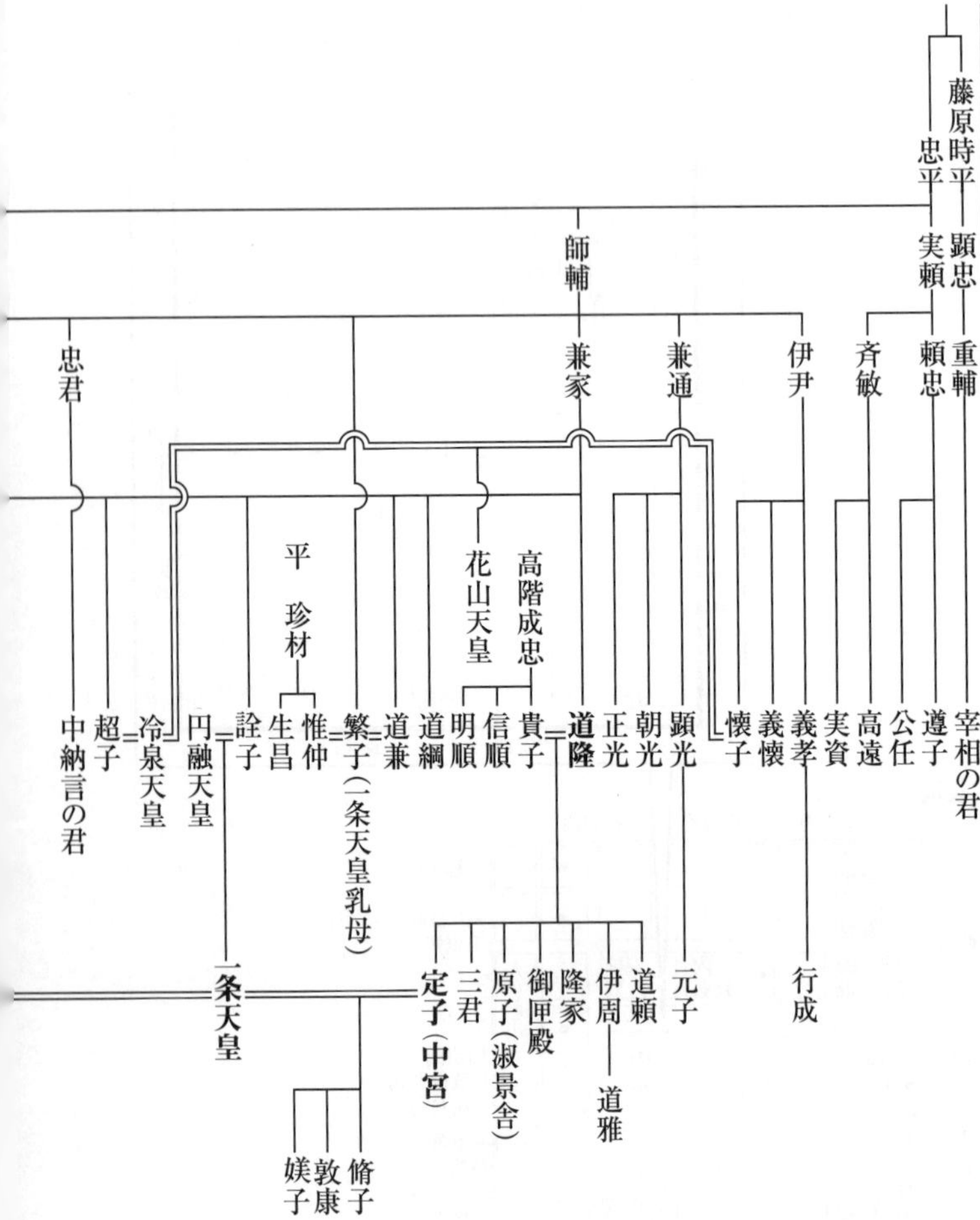

藤原時平
顕忠
重輔
宰相の君
忠平
実頼
頼忠
遵子
公任
斉敏
高遠
実資
師輔
伊尹
義孝
行成
義懐
懐子
兼通
顕光
元子
朝光
正光
兼家
道隆
道頼
伊周
道雅
隆家
御匣殿
原子（淑景舎）
三君
定子（中宮）
高階成忠
貴子
信順
明順
花山天皇
道綱
道兼
繁子（一条天皇乳母）
平　珍材
惟仲
生昌
詮子
円融天皇
一条天皇
脩子
敦康
媄子
冷泉天皇
超子
忠君
中納言の君

清原氏系図

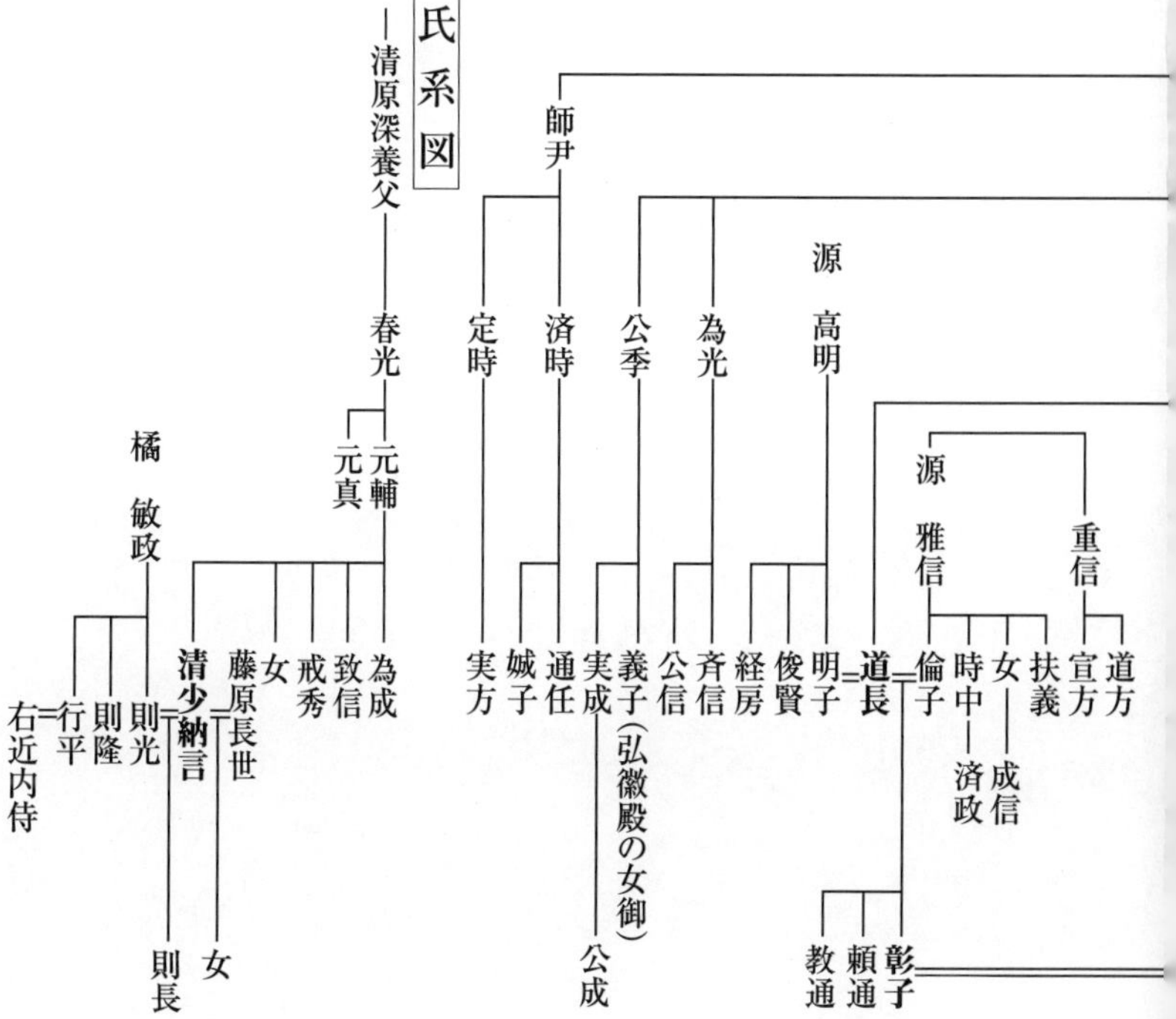
清原深養父
春光
元輔
元真
為成
致信
戒秀
女
藤原長世
女
清少納言
則長
橘 敏政
則光
則隆
行平
右近内侍
師尹
定時
済時
実方
娍子
通任
公季
為光
義子（弘徽殿の女御）
実成
公成
斉信
公信
源 高明
明子
俊賢
経房
道長
彰子
頼通
教通
源 雅信
倫子
時中
済政
女
成信
扶義
重信
宣方
道方

『枕草子』の歴史学
春は曙の謎を解く

五味文彦

はじめに

『枕草子』に関心を寄せるようになったのは、かつて『徒然草』を探っていた時、『枕草子』との違いを考えた際のことである。兼好は身体を軸にしてものを考えたのだが、それに対して、清少納言は風景を軸にしてものを考えていたのではないか、という見通しを抱いた。

そうした点から、やがて広く時代の思潮を捉えようと試み、清少納言の生きた時代に日本人の風景観や自然観が育まれたものと考えるようにもなった。そこでおおよそ次のような文章を書いて説明したことがある（『躍動する中世』など）。

和歌は風景を詠む歌であるが、こうした風景を散文で表現したのが清少納言の『枕草子』で、その冒頭の文章は四季の自然の動きを鮮やかに切り取って描写している。

春はあけぼの。やうやう白くなり行く、山ぎはすこしあかりて、むらさきだちたる雲のほそくたなびきたる。

夏は夜。月のころはさらなり。闇もなほ蛍のおほく飛びちがひたる。また、ただ一つ二つなど、ほのかにうち光て行くもをかし。

この時代の日本の文化は、「国風文化」と称されたように、圧倒的な中国文明の直接の影響から抜け出し独自に作り上げてきた側面を有していた。中国風のものを「唐風」「唐様」となし、「倭風」「和風」「和様」を対置させて文化を解釈し、演出する試みがなされるようになった。漢字に対して倭字の仮名が生まれ、漢詩に対しては和歌が成長し、美術の世界では唐絵に対して倭絵が生まれたのだが、そのなかで日本の風景を詠み、書き、描く試みが広がっていき、自然観や人間観が形成されたのである。

そこで今回、改めて、清少納言がどうしてあのように風景を瑞々しく活写する散文を書きえたのか、を考えるところとなった。その解明のためには、『枕草子』の全体像を探る必要があるばかりか、清少納言の存在にも目を向けねばならなくなる。

とはいえ、『枕草子』の研究は江戸時代から始まっていて、膨大なものがあり、多くのことが考えられてきている。特に人物考証の面では、岸上慎二氏のそれが大きな成果であり、詳しい人物伝も書かれていて、その後の研究は多くこれに負ってきている。だがそれだけにこの研究を批判的に検討してみる必要があろう。

というのも多くの研究を見てゆくと、ずいぶんと思い込みが強いように思われてならないからである。本書では文学的な面からの『枕草子』の研究の弱点を克服すべく、歴史学的な解明を大胆に行おう。まずは岸上氏の研究も含め、清少納言の人物解釈に大きな影響を与えている『紫式部日記』に記された、次のような清少納言評を検討しておきたい。

清少納言こそ、したり顔にいみじうはべりける人。さばかりさかしだち、真名《まな》書き散らしてはべるほども、よく見れば、まだいと足らぬこと多かり。かく、人に異ならむと思ひ好める人は、かならず見劣りし、行末《ゆくすえ》うたてのみはべれば、艶になりぬる人は、いとすごうすずろなる折も、もののあはれにすすみ、をかしきことも見過ぐさぬほどに、おのづからさるまじくあだなるさまにもなるにはべるべし。そのあだになりぬる人の果て、いかでかはよくはべらむ。

ほぼ同時代人の評としては興味深いが、いささか感情的批判のように思われてならない。少納言に遅れて世に出た、同じく文章を世に問う女房からの批判といった側面が強いようだ。この評では、当時の女房について、初めにすばらしい存在をあげ、ついで文学の才がある女房に触れているが、後者の文才がある女房への評価は、総じてあまりよろしくない。

たとえば、和泉式部についても、「おもしろう書き交《か》はしける。されど和泉はけしからぬかたこそあれ、うちとけて文はしり書きたるに、そのかたの才《ざえ》ある人、はかない言葉のにほひも見えはべるめり」とあって、評価がやや低い。赤染衛門《あかぞめえもん》についても、「ことにやむごとなきほどならねど、まことにゆゑゆゑしく、歌詠みとてよろづのことにつけて詠み散らさねど、聞こえたるかぎりは、はかなき折節のことも、それこそ恥づかしき口つきにはべれ。ややもせば、腰はなれぬばかり折れかかりたる歌を詠み出で、えも言はぬよしばみごとしても、われかしこに思ひたる人、憎くもいとほしくもおぼえはべるわざなり」といった具合である。

紫式部は自分と同じような存在に厳しいのであって、その最後に槍玉にあがっているのが清少納言である。清少納言と交流のあった貴族たちが式部の周囲には多くいたので、清少納言と比較されることも多かったであろう。そのため批判的側面が前面に出てしまったのかもしれない。

しかしこうした外からの評価からではなく、清少納言の身に添ってその描くところを探ってゆく必要がある。そのためには『枕草子』の意図するところをきちんと把握すること、清少納言をめぐる人間関係を正確に捉えることに心がけねばならない。

＊

この作業を行うにあたって、大きな障害になるのが『枕草子』の原本が失われていて今はなく、後世の写本はあっても異同の多い点である。悩むところではあるが、もっとも原型に近いとこれまで考えられてきている三巻本（安貞二年奥書本）を基本において使用したい。

いくつかある伝本は、雑纂《ざっさん》本と類纂《るいさん》本に大別され、そのうちの類纂本は章段が類別されていることからの呼称であり、後世に整理の手が相当に入っていると考えられている。それらには、和泉堺の道《どう》巴《は》書写の堺本や、前田家《まえだけ》尊経閣《そんけいかく》所蔵で鎌倉中期成立の前田本などがある。

編集の手のはっきりしない雑纂本には、近衛《このえ》家に伝わる陽明文庫《ようめいぶんこ》蔵本と歌人の能因《のういん》書写と伝える能因本とがあるが、これまでの研究では、陽明文庫蔵本が本文の純度の点で最も高いとされ、岩波書店刊の『新日本古典文学大系』や小学館刊の『新編日本古典文学全集』はともに陽明文庫蔵本とそれを補う三巻本を底本としている。

本書もそれにならうが、この二つの刊行本の間では段数の区切りがやや違っている。ただそれは内容をどう捉えるかによる違いであって、その違いもほぼ一段ほどなので、本書では『新日本古典文学大系』の段数と本文を記すこととしたが、本文は適宜読みやすく変え、小学館本の注や解釈も大いに参考にさせていただいた。

三巻本で私が特に注目したのは、本文の純度という点だけでなく、これが歌人藤原定家《ていか》の書写したらしい本奥書《おくがき》が認められるからである。その奥書を見よう。

往事所持之荒本紛失年久、更借出一両之本、令書写之、依無証本、不散不審、但管見之所及、勘合旧記等、注付時代年月等、是亦謬案歟

安貞二年三月　耄及愚翁《もうぎゅうぐおう》　在判《ありはん》

往時に所持していた荒本《こうほん》を紛失して年月が経ってしまった。そこで一・二の本を借り出して書き写したが、証本がないので、不審な部分は拭いえない。ただし管見の及ぶ範囲で古い記録などと勘合して、時代や年月などを注しつけたものの、これまた誤った一案か。こう記し、年月や人物などの考証の結果を勘物《かんもつ》として所々に付載している。定家の書写本にはこうした勘物がよく見受けられるところ

である。

また「安貞二年三月」という書写年月と「耄及愚翁」という署名にも注目したい。安貞二年（一二二八）といえば、藤原定家は六十七歳で、「老いぼれた愚かな翁」という謙遜に相応しいとはいえ、自らのために書いたり、後世に伝える目的としたりする場合には、この署名はあまり適当でない。では定家が書写したのならば、何を目的にこの時期に行ったのであろうか。また当時の官職や位を記さずに、どうしてこの署名にしたのであろうか。

安貞二年といえば、定家の子為家は蔵人頭《くろうどのとう》を経て公卿《くぎょう》になっており、娘の民部卿《みんぶきょう》は禁色《きんじき》の特権を許されて、安嘉門院《あんかもんいん》に仕え、翌寛喜元年には後堀河天皇の中宮に仕えるところとなる。このことを考えると、定家は一条天皇の中宮に仕えた清少納言の『枕草子』を書写して、参考に資するべく娘の民部卿に与えようとしたことが考えられる。「耄及愚翁」の署名は、そうした定家の親心のなせるところであったのだろう。

本書の構成は、第一章でどうして『枕草子』が「春は曙《あけぼの》」に始まるのかという問題を出発点にして、『枕草子』の形成や構成などに関する基本的問題をとりあげ、その解明を試みる。第二章では、清少納言にとって宮仕えはいかなるものであったのか、清少納言の思いと動きとを見るとともに、清少納言が身を置いた空間に注目し、そのまなざしのあり方を考える。

第三章では、清少納言は仕える宮にいかに尽くしたのか、清少納言の動きや考えを見るとともに、朝廷の秩序をどう捉えていたのかを探る。そして第四章では、『枕草子』から見える当時の社会の世相について考え、『枕草子』に認められる自然観について考察したい。

一　『枕草子』の輪郭

一　『枕草子』はなぜ書かれたか

成立事情

書物は多くの場合、最初と最後とに著者の意図が凝縮されているので、この部分から読み解くのが定番である。ただ『枕草子』には序らしきものがなく、「春は曙」という本文から始まっている。したがって中宮定子《ちゅうぐうていし》に仕えた清少納言が、どうして『枕草子』を書くにいたったのかを知るためには、まずは跋文《ばつぶん》（あとがき）の理解が必須となる。

この跋文には本書の成立事情が記されているばかりか、それがどうして世に流布するにいたったのかさえもが記されている。ところが、これまでの研究を振り返ってみると、どうもよく理解されてきたようには思えない。それもあってか、精力的に研究を進められた萩谷朴氏は、本文の解釈などを通じて、この跋文は清少納言の書いた虚構である、とまで断じられている。そこでこの跋文を詳しく検討することから始めたい。

跋文は四つの部分からなり、最初の段落には次のように記されている

　この草子、目に見え心に思ふことを、人やは見んとする、と思ひて、つれづれなる里居のほどに、書きあつめたるを、あいなう、人のためにびんなきいひ過しもしつべき所々もあれば、よう隠しおきたりと思しを、心よりほかにこそ漏り出でにけれ。

この草子は、目で見たり、心に思ったりしたことを書いたものであり、人が見ることもあろうかと思い、里にいたときに書き集めていたところ、他人には不都合な言い過ぎた部分もあったので、隠しておこうと思ったのだが、思いがけなく漏れ出てしまった、と記している。

本書に何を書き、どこで書いたのかを述べるなか、それが外に出てしまったという経緯を語っている。この第一段落を受け、第二段落では、書くにいたった事情を次のように記している。

宮の御前に、内の大臣の奉りたまへけるを、これになにを書かまし、上の御前には、しきといふ文をなん書かせ給へる、などのたまはせしを、枕にこそは侍《はべ》らめ、と申しかば、さは、得てよ、とてたまはせたりしを、あやしきを、こよやなにやと、つきせずおほかる紙を書きつくさんとせしに、いと物おぼえぬ事ぞおほかるや。

宮とは、一条天皇の中宮定子のことで、そこに内大臣から何かに使って欲しい、と紙が献呈されたことから、宮より清少納言にお尋ねがあった。天皇の御前に献呈された紙には中国の「しき」（『史記』）が書かれることになったのだが、こちらでは何を書くことにしようか、と。

そこで清少納言が「枕にこそは侍らめ」と申し出たところ、では紙を与えるので書くように、と命じられ、書いてゆくなかで、なにやら変わったことや、これもあれもと、多くの紙を書き尽くそうと努めるうちに、わけのわからぬものや、思ってもみなかったことが多くなってしまった、という。

ここで重要な点の第一は、『枕草子』の料紙《りょうし》が、天皇の『史記』に対するものとして、中宮の定子から清少納言に与えられて書くように命じられた点である。ということは、当然、清少納言はその書いたものを宮に捧げる用意があったのであろう。第一段落からすれば、自由に思うことを書いたかのように思えるが、そうではなく宮の存在を意識して、書かれたのであり、そこには公的性格さえあったと見られる。『枕草子』は同時代に流布しているが、それはこのためでもあった、と考えられる。

料紙献上の内大臣

『枕草子』が、登場人物については官職などをきちんと書き分けており、清少納言の親族についても敬語の表現がないのは、こうした公的性格を有するからでもある。いつの時期の話であるのかは、人名比定《ひてい》を厳密に行わなければならないことがわかる。

そのことと関連する第二の重要な点は、料紙を宮と天皇に献上した内大臣《ないだいじん》の存在に関してである。これまでの研究では、内大臣を中宮の兄藤原伊周《これちか》とみなして疑っていないのだが、そうであろうか。伊周が中宮や清少納言と近い関係にあったことから、当然のごとく何の吟味もせずにそう考えてきたのだが、果たしてそうなのか、疑ってみる必要がある。

伊周は正暦五年（九九四）八月に内大臣となり、長徳二年（九九六）四月に大宰権帥《だざいごんのそち》に左遷されるまでその任にあった。しかしその翌年に藤原公季《きんすえ》が内大臣となっており、寛仁元年（一〇一七）まで長らくその任にあったので、献上したのが公季の可能性があることも検討しておく必要がある。それなのにこれまでは伊周と決めてかかってきたのである。

左遷された後の伊周は、「前内大臣《さきの》」、あるいは「帥内大臣《そちの》」「帥殿」などと呼ばれていたから（『栄花物語』など）、料紙を宮に献呈したのが伊周ならば、正暦五年八月から長徳二年四月の間となり、公季ならば長徳三年七月以後ということになる。しかるにこの話は最後に書かれた跋文に見えるものであるから、公季をさすと見るべきである。

公季は長徳二年九月に左大将を兼ね、翌年七月に内大臣となり、春宮大夫《とうぐうだいぶ》として東宮を補佐するなか、娘の義子《ぎし》を長徳二年七月に入内させ、八月九日に女御《にょうご》になしていたことから考えると、紙を天皇と中宮に献じたことは、十分に考えられる。

「内大臣」が登場するのはもう一つ、九五段の「五月の御精進《そうじ》のほど、職におはします比《ころ》」と始まる話がある。「内大臣」が庚申待ち《こうしんま》の儲け《もう》（接待の場）を設定し、その時に清少納言に歌を詠むように勧めたとある。しかし歌を詠むように勧められた清少納言は、歌の題を取らず、歌を詠まないでいたので、「など歌はよまで、むげに離れゐたる。題とれ」と、内大臣に責められたことから、清少納言は「歌よみ侍まじうなりて侍れば」と、歌を詠まなくなっていますといい、宮からも歌を詠まなくともよい、といわれていますので、と断った。

しかしさらに強く責められたところ、宮から歌が寄せられた。それは「元輔がのちといはるる君しもや　こよひの歌にはづれてはをる」というもので、歌人で知られた清原元輔の娘といわれてきた清少納言であれば、今宵の歌からはずした、という救いの歌であった。これに清少納言は「その人の後といはれぬ身なりせば　こよひの歌をまづぞよままし」と返し、父に遠慮さえすることがなくなれば、歌をまず詠みますが、と答えたという。

この話についても今までの研究は躊躇なく、「内大臣」を伊周にあててきた。しかし、後に詳しく見るように、この話の時期の中宮定子は、中宮職の曹司《ぞうし》に長徳三年六月に移っており、庚申待ちはその翌長徳四年七月四日のことと考えられる。庚申待ちの直前に、清少納言は一条殿辺りで一条殿こと藤原為光の子「藤侍従《とうのじじゅう》」を呼び出しているが、この公信《きんのぶ》は長徳二年九月に侍従となり、同四年十月に右兵衛佐《うひょうえのすけ》になっている。この時期の伊周は失脚していたので、内大臣とあるのは伊周ではありえず、それに代わって内大臣となった公季と見るべきである。

このようにこれまでの研究は、伊周と中宮との近い関係から、ついつい内大臣を伊周にあててきたのだが、訂正しなければならない。

里で書かれた草子

内大臣から献上された紙に、宮は清少納言（以下、少納言と略す）に書くように命じたのだが、それは少納言がものを書くことを以前からよく知っており、それを高く評価していたからであって、少納言にも、ものを書くことには自負があった。

二五八段の「御前にて人々とも、又もの仰せらるるついでなどにも」と始まる話では、かつて少納言が中宮に向かって、次のように語っていたという。

世の中のはらだたしう、むつかしう、かたときあるべき心ちもせで、ただいづちもいづちも行きもしなばや、とおもふに、ただの紙の、いと白うきよげなるに、よき筆、白き色紙、陸奥紙《みちのくがみ》などえつれば、こよなうなぐさみて、さはれ、かくてしばしも生きてありぬべかんめり、となんおぼゆるる。又、高麗縁《こうらいばし》のむしろ、青うこまやかに厚きが、縁《へり》の紋いとあざやかに、黒う白う見えたるをひきひろげて見れば、なにか、猶この世はさらにさらにえ思ひすつまじと、命さへをしくなんなる。

今のような、世の中が腹立たしく、難しい状況では、生きた心地がせず、どこかに行って死にたいと思う時があるのですが、白く清らかな紙とよい筆、白い色紙や陸奥紙などがあったならば、こよなく慰められ、しばしでも生きていようか、と思われます。それに、高麗縁の畳の筵《むしろ》が青く、細やかで厚く、縁の紋がたいへん鮮やかで、黒く白く見えるのを広げて見れば、この世も満更ではなく捨てたものではない、と命さえ惜しくなります、と語ったことがあったという。

そう語った後、程を経て少納言の心が思い乱れて里にいた時のこと、立派な紙が二十包みほど宮から送られてきて、早く参るように伝えられたので、「まことに、この紙を草子につくりなど、もてさわぐに、むつかしきこともまぎるる心ちして、をかしと心のうちにもおぼゆ」と、この紙を草子に作ってものを書くうちに、心が紛れておもしろくなってきた、と心のうちに思えるようになりました、と宮に伝えている。さらに、紙だけでなく、「二日ばかりありて、赤衣《あかぎぬ》きたる男の、畳を持てきて、これ、といふ」と、畳ももたらされたという。

こうした出来事があったからこそ、宮は少納言に『枕草子』を書くように命じたのである。ではこの二五八段に見える、宮から紙と畳が届いた時期はいつのことであろうか。世の中に腹立たしく、心が悩んだ時期といえば、宮の父である関白道隆が亡くなって、政情が急変していった時期がまずは考えられるが、そこで注目したいのが跋文の第四段落に見る次の記事である。

左中将、まだ伊勢の守ときこえし時、里におはしたりしに、端のかたなりし畳をさし出でしものは、この草子乗りて出にけり。惑ひ取りいれしかど、やがて持ておはして、いと久しくありてぞかへりたりし。それよりありきそめたるなめり、とぞ本に。

左中将がまだ伊勢守を兼任していた時のこと、里にいる少納言を訪ねてきて、たまたま書いていた草子が畳の上に載ったままにあったのを、畳を差し出した時に見つかって、それを持ち帰られてしまい、長くたってから戻されてきたのだが、それ以来、草子が一人歩きして流布するようになったという。

左中将源経房が伊勢権守《ごんのかみ》を兼ねていたのは、長徳元年正月から同三年正月までの時期なので、この話に見える紙と畳の取り合わせは、まさに先の話に宮から送られてきた取り合わせと合致しており、その時期のこととわかる。

『枕草子』の「枕」をめぐって

少納言はものを書くことを得意としており、それをよく知っていた中宮が、紙を与えて『枕草子』を書くように命じたのであったが、では少納言が『枕草子』を書いた意図はどこにあったのだろうか。

跋文の第二段落を再び見ると、天皇の御前に献呈された紙には中国の『史記』が書かれることになったといわれ、こちらでは何を書くことにしようか、と、尋ねられた少納言が、「枕にこそは侍らめ」と申し出たといい、それが契機であったという。

このことはどういうことを意味するであろうか。ここに見える「枕」については、これまで次のように多くの見解が提出されてきた。

① 備忘録

備忘録として枕元にも置くべき草子という意味ととる説。これは歌人の顕昭が引く『教長卿註《のりながきょうちゅう》』で説かれたのをはじめ、近世の契沖《けいちゅう》や村田春海《はるみ》らに継承され、支持されてきた。

② 題詞

歌枕・名辞を羅列した章段が多いことから、「枕」を「枕詞」「歌枕」などの「枕」と同じと見て、内容によって書名を推量した説。北村季吟《きぎん》の『枕草子春曙抄《しゅんしょしょう》』などに見える。

③ 秘蔵本

枕の如く人に見せようとしない秘蔵の草子とする説。

④ 寝具

「しき（史記→敷布団）たへの枕」という詞を踏まえた洒落とみる説。

このほかにも漢詩文に出典を求めた池田亀鑑《きかん》の説や、「言の葉の枕」を書く草子であるとした折口信夫《しのぶ》の説など多くの解釈が試みられてきた。また、『栄花物語』に、美しいかさね色を形容するのに普通名詞として「枕草子」が用いられたことも、指摘されている（角川文庫『枕草子』石田穣二解説）。

それぞれに興味深いのだが、残念ながらいずれも『枕草子』のあり方をすんなり理解できるものとはなっておらず、定説はない状態だ。ただ、このうちで注目したいのが、④の、『史記』から枕が出たという連想によるという考えである。

これは催馬楽《さいばら》の「貫川」の歌に、「ぬき川の瀬々の小菅のやはら手枕」と始まって、尋ねてくる人のために「矢矧《やはぎ》の市に沓《くつ》買ひにかん　沓買はば線鞋《せんがい》の細しきを買へ」と謡われていることなどを典拠に、「しき」から「底」へ、そして「枕」が連想された、と見るものである。『枕草子』の話自体が連想から話を展開しているだけに、枕の言葉が出たと見ることはよく理解できる。ただこれから『枕草子』が生まれてくるのには、もう一つ媒介項がないと難しい。

四季を枕に

「しき」から連想されたのは枕のほかにないのかを考えてみよう。後代の話になるが、噺本《はなし》の『私可多咄《しかたばなし》』には、『史記』を借りてくるように派遣された男が、『史記』を板のことと勘違いして板を借りてきたという話がある。ここに一つの手がかりがある。

当時、「しき」の連想から何が浮かんでくるのかと考えるならば、「四季」もある。少納言は、四季を枕にして書いてみましょう、と答えたのではなかったか。天皇の下で唐の『史記』が書写されたことを踏まえ、その「しき」にあやかって四季を枕にした和の作品を書くことを宮に提案したものと考えたらどうであろうか。

この時代には唐風、唐様に対して和風、和様が対置されて多くの作品が生まれていることを考えると、こう捉えるのが一番、妥当と考える。『枕草子』が、「春はあけぼの」「夏は夜」「秋は夕暮」「冬はつとめて」と、四季の風景を描いて始まっているのはそのためであろう。

さらに章段の最初も四季に始まる話が多い。二段は「比《ころ》は正月」、七段は「正月一日、三月三日」、三三段は「七月ばかり、いみじうあつければ」、四一段は「七月ばかりに風いとうふきて」、九五段は「五月の御精進のほど」、一〇二段は「二月つごもり比に」、一一〇段は「卯月のつごもりがたに」、一一五段は「正月に寺に籠もりたるは」などなど。

話のなかでも四季の移り変わってゆくことに注目している。二四一段には「ただすぎにすぐる物帆かけたる舟。人のよはひ。春、夏、秋、冬」とあって、ただ過ぎゆくものに、帆かけ舟や人の年齢とともに、春、夏、秋、冬の四季をあげている。六四段の「草の花」を列挙した話でも、「かにひの花、色はこからねど藤の花といとよく似て、春秋と咲が、をかしき也」、「秋の野のおしなべたるをかしさは、薄《すすき》こそあれ。穂さきの蘇枋《すおう》にいとこきが、朝霧にぬれてうちなびきたるは、さばかりの物やはある」、「秋のはてぞ、いと見所なき。色々に乱咲きたりし花の、形もなく散たるに、冬の末まで」などと四季の移ろいに注目している例は多い。

当時の多くの人に四季に関心があったことは、和歌の部立てに春夏秋冬の四季があるほか、『源氏物語』の若菜下の巻には、「調べ殊なる手二つ、三つ、おもしろき大曲どもの、四季につけて変るべきひびき、空の寒さぬるさを調へいでて」とあるように、四季の変化から多くの興趣が引き出されていたことからもわかる。

すなわち四季を枕にして書かれたのが『枕草子』であったということになろう。少納言は四季に注目して書くこととしたのである。跋文の第三段落では次のように語っている。


おほかた、これは、世中にをかしきこと、人のめでたしとおもふべき名を選りいでて、歌などをも木・草・鳥・虫をもいひ出したらばこそ、おもふほどよりはわろし、心見えなりとそしられめ、

世の中の面白いことや、人が素晴らしいと思う名を選び出し、草木の花や鳥・虫にいたるまで思い出して、書いたことから、思っていたよりはつまらないとか、その心の程度が知られるなどと、言われるかもしれないが、「ただ心ひとつに、おのづから思ふ事を、たはぶれに書きつけたれ」と、思っていることを一心に書き付けたものである、と語っており、批判は甘んじて受けるとも記している。

人の語る歌物語や世の有様、雨・風・霜・雪などの気象にかかわることまでも記すことになったのは、まさに四季に始まる連想のなせる業であったといえよう。そうすると『枕草子』という書名は後世に付けられたものであるが、それよりは「四季草子」「四季枕草子」としたほうがよいのかもしれない。

三つの段階の記事

『枕草子』を見てゆくと、少なくとも三つの成立段階があったことがわかる。第一は、宮に仕え、宮

の父道隆が関白であった時期であって、このことをよく示しているのが、二〇段の内裏《だいり》の清涼殿《せいりようでん》での出来事を描く話である。

清涼殿《せいりようでん》のうしとらの隅の、北のへだてなる御障子《みしようじ》には、荒海《あらうみ》のかた、生きたるものどものおそろしげなる、手長《てなが》、足長《あしなが》などをぞ書きたる。上の御局の戸押しあけたれば、常に目に見ゆるを、にくみなどして笑。
高欄《こうらん》のもとに青き瓶《かめ》のおほきなるを据えて、桜のいみじうおもしろき、枝の五尺ばかりなるを、いと多くさしたれば、高欄の外まで咲きこぼれたるに、

清涼殿の丑寅《うしとら》（北東）の隅にある障子には、荒海と恐ろしいものの絵が描かれているので、上の御局の戸が開かれると、常に見えることから、女房たちは見てはいやがりつつも、笑うことになる。そこに「大納言殿」を供にして天皇が現れ、話が展開してゆくのだが、その内容については後に触れることとして、話の中に「ただいまの関白殿、三位中将ときこえける時」という箇所があるので、道隆が関白であった正暦四年四月から、亡くなる正暦六年（長徳元年）四月までの間に宮に仕えるなかで記していた記事とわかる。

第二の時期は、先に見た二五八段の話のように、里にいる少納言に宮から紙が届いて記した長徳二年の頃である。この年六月八日に東三条院に隣接する中宮の二条宮が焼けたため、宮は伯父にあたる高階明順《あきより》の二条の宅に移っている。一三六段には、その時の少納言の宮への思いや嘆きが記されてい

る。

世の中が騒然となるなか、宮も宮中に参らなくなって小二条殿に移られたのだが、少納言は何ということもなく嫌な気分になったので、長く里にいたものの、宮の御前辺りが気がかりであり、無沙汰を続けることができそうになかった、そこに左中将経房が少納言の里に訪れたという。

そして最後が、跋文に見える、内大臣から紙が献上されて記すことになった第三の段階である。この段階では、それ以前に書いていたものなどを取り入れてまとめて書くようになり、これが今日に伝わる『枕草子』の原型となったのであろう。ではその執筆時期はいつのことか。

『枕草子』の執筆時期

九段の次の記事に「今の内裏《だいり》」と記されているのが注目される。

今の内裏の東をば北の陣といふ。なしの木の、はるかにたかきを、いく尋《ひろ》かあらむ、などいふ。権《ごんの》中将、もとよりうちきりて、定澄僧都《じょうちょうそうず》のえだあふぎにせばや、との給《たま》ひしを、山階寺《やましなでら》の別当になりてよろこび申すの日、近衛府にてこの君のいで給へるに、高き屐子《けいし》をさへはきたれば、ゆゆしうたかし。出ぬる後に、など、そのえだあふぎをばもたせ給はぬ、といへば、物忘れせぬ、とわらひ給。

今の内裏では、内裏の東を北の陣として使用しているが、そこに高い梨の木があるのを見た権中将が、木を元から切って定澄僧都の枝扇にさせたいものだ、と語っていたところ、その定澄が興福寺の別当になり、任じられた喜びを申しに来た。ところが高い足駄を履いて来ていたにもかかわらず、権中将から何事もないままに定澄が出て行ってしまったので、どうして枝扇をお持たせにならなかったのか、と少納言が聞いたところ、権中将から、「忘れてはいなかったんだね」という笑いを交えた答えが返ってきたという。

ここに登場する権中将は二七三段の「成信の中将は」と始まる話に登場する源成信で、辛口の人物評価をする人物である。定澄が僧都になったのは長保二年八月、興福寺の別当になったのが長保二年三月であるから、この時期の内裏は一条殿で、一条殿が内裏とされるようになったのは長保元年六月である。

そして定子が一条殿に入ったのが長保二年二月十二日で、その年の十二月に定子は亡くなってしまうので、少納言は長保元年から二年頃にかけて『枕草子』を本格的に書き始めたことになる。

次に紙を内大臣が献上した時期と契機とを考えると、長保元年前半に天皇に召されて宮が入内し、良好な関係が保たれるなか、宮が妊娠して、皇子の出産が望まれるようになった時期に、二人の今後を祝うと同時に、娘のその後について期待してのものであろう。これら一連の動きに藤原道長は危機感を抱いて娘の彰子《しようし》の入内を目指すようになったが、そうしたなかで宮は八月に出産準備のため中宮大進《だいじよう》平生昌《なりまさ》の屋敷に入った（三条宮）。

『枕草子』の五段という書き始めの早い章段に、少納言が中宮大進平生昌の屋敷に中宮が入った時の話を載せたのは、執筆を始めるにあたって、生昌の不躾《ぶしつけ》な応対と、それに対する宮の鷹揚《おうよう》な態度とを描こうと狙ったものと見られる。

中宮の大らかな人柄

宮が中宮大進平生昌の家に入ったのは長保元年（九九九）八月のこと、本来はもっと立派な家に迎えられるべきところなのに、中宮職の三等官の家が御所とされたのである。中宮が東門から入った時には、棟門を貴人が出入りするに相応しい四足門《しそくもん》に造り替えられたが、女房たちが入る北門は造り替えられなかったので、門が小さくて車のままでは入れなかった。

女房たちはそうとも知らずに身繕いもせずにみっともない姿で、敷かれた筵道《えんどう》の上を歩かされることになり、それを多くの人に見られてしまった。このことを少納言が宮に訴えたところ、宮は「ここにても人は見るまじうやは。などかはさしもうちとけつる」（五段）と、人に見られることもあるだろうに、どうして打ち解けた姿をしていたのか、とお笑いになったのだが、これほどの家に車の入らぬ門があるものかと、家主が現れたら笑ってやろうと思っていた。そこにお目通りに現れたのが生昌で、「これまゐらせ給へ、とて」、御硯《おんすずり》などさしいる」と、硯を進上してきた。

そこで少納言が、「いでいとわろくこそおはしけれ。などその門はた、せばくは作て住給ひける」と、どうして門を狭く造って住まわれるのか、と詰問した。すると、生昌は笑いながら「家の程、身の程にあはせて侍るなり」と、家や身の程にあわせて造りましたから、と答えたので、さらに畳み掛けて「されど、門のかぎりを、たかう作る人もありけるは」と、門などは高く造り替える人もいるのではないか、と問いつめたところ、「あなおそろし」と驚きを示し、その後のやりとりによって、ついに少納言にやりこめられた生昌は、「よしよし、またおほせられかくることもぞ侍《はべり》。まかりたちなん」と言うや、逃げてしまった。

この様子を見ていた宮から「何ごとにぞ、生昌がいみじうおぢつる」と、何事かひどく恐れていたが、と問われた少納言は、「あらず。車の入侍らざりつることいひ侍つる」と、どういうことはありません、車が入らなかったことについて申したまでです、と答えたのである。

その後も生昌は、女房たちのいる局に「家あるじなればあんない知りてあけてけり。あやしくかればみさわぎたる声にて、侍らはんはいかにいかに」と、と家主であることをいいことに声を不躾に度々かけてきたり、門のことについて、弁解しにやってきたりした。さらに「中間なるをり」（会議のさなか）にまた声をかけてきた。宮から行って聞いてくるように言われたので、少納言が出てゆくと、一夜の門のことを兄の中納言に話したところ、とても感心して、しかるべき折に対面したいと言っていたことや、一夜の弁解をしに来たという。

このことについて少納言が、特に人を呼び出していうことでもないのに、と笑っていると、宮は、「おのが心ちにかしこしと思ふ人のほめたる、うれしとや思ふ、とつげきかするならむ」と、自分が賢い方と思っている兄が褒めたのを嬉しく思って、そのことを告げ知らせようとしに来たのであろう、とおっしゃったが、その御気色《みけしき》はたいへん尊いものであった、と讃えている。

生昌の兄の中納言平惟仲《これなか》は、この正月に中宮大夫となったものの、同年の七月八日に辞退していた。本来は兄弟して中宮を支えるべきなのに、兄は大夫を辞任し、弟は家主顔して横柄に振る舞うことに、かちんと頭にきた少納言が記したのがこの記事である。

薄情な人間に迎えられた中宮と女房の惨めさを語るなか、優しい中宮の心遣いが浮かび上がってくる話となっているのだが、この十一月七日に宮は第一皇子を出産し、道長の娘彰子が入内している。

長保二年の話

この話の次の六段は、「うへにさむらふ御ねこは」と始まる話で、宮中で可愛がっていた猫と犬に関する小事件を描くが、登場する蔵人《くろうど》源忠隆が蔵人になったのが長保二年（一〇〇〇）正月であるから、長保二年二月に宮が今内裏に入った後の話であろう。

先に見た九段の「今の内裏の東をば北の陣といふ」と始まる話もまた同じ頃のもので、これに登場している権中将藤原成信について語る二七三段の「成信の中将は」と始まる話もまた、この頃の話といえる。

少納言は、「成信の中将は、入道兵部卿の宮の御子にて、かたちいとおかしげに、心ばへもいとおかしうおはす」と、成信を比較的評価しており、「その君、つねにゐてものいひ、人のうへなど悪きは悪しなどの給《たまう》」と、少納言のところによく来ては、人の悪い点については悪いとはっきり物を言う性格であったとして、その成信の言動を記している、

その話のなかに、「一条の院につくらせ給たる一間のところには、にくき人はさらによせず、東の御門につとむかひて、いとをかしき小廂《こびさし》に、式部のおもとともろともに、夜も昼もあれば、上もつねにもの御覧じに入らせ給」とあり、少納言は気のあう同僚の女房である式部と、内裏の東の御門の向かいのしゃれた小廂の間に住んでいたが、そこにはしばしば天皇もお出ましになられた、という。

この話と関係あるのが、四六段の「職《しき》の御曹司の西おもての」と始まる、藤原行成との親交を描いた話の中の最後の部分である。

三月つごもりがたは、冬の直衣《のうし》の着にくきにやあらん、うへの衣がちにてぞ殿上の宿直《とのい》姿もある。つとめて、日さしいづるまで、式部のおもとと小廂にねたるに、おくの遣戸《やりど》をあけさせ給て、上の御前、宮の御前、出させ給へば、起きもあらずまどふを、いみじく笑はせ給。

三月末のこと、少納言が同僚の女房である式部と小廂に住んでいた時、しばしば天皇と宮がお出ましになられ、突然に宮と天皇が入ってきた時には、当惑してしまった。それを見てたいへんお笑いになられ、散らかった夜具の上に座られて、陣に出入りする人たちを御覧になり、殿上人《てんじょうびと》がこちらに声をかけてきても、ここにいる気配を見せるな、とお笑いになって制されたという。

天皇が引き上げられた後、誰かが見ていると気づいたので、親族である蔵人の橘則隆かと思って油断していたところ、それが実は蔵人頭の藤原行成であって、寝起きの顔を見られてしまい、恥ずかしく思った。すると、行成は、「女は寝おき貌《かお》なんいとよき」といへば、ある人の局にいきて、かいばみして、又もし見えやする、とて来たりつるなり」と、女は寝起きの顔がたいへんよい、と聞いたので、ある人の局を垣間見た後、もしや貴方の顔が見えるかと思って来たのですが、と答えたという。

『枕草子』の筆を擱く

この年二月二十五日に彰子が中宮になったことから、宮は皇后となったものの、いよいよ宮が圧迫されてゆくなか、再び宮は平生昌の屋敷に移ったが、その三条宮での出来事を記しているのが、二二二段の次の話である。

三条の宮におはしますころ、五日の菖蒲の輿《こし》など持てまゐり。薬玉《くすだま》まゐらせなどす。若き人々、御匣殿《みくしげどの》など、薬玉して、姫宮、若宮つけたてまつらせ給。いとをかしき薬玉どもほかよりまゐらせたるに、青ざしといふ物を持てきたるを、青き薄様《うすよう》を、艶なる硯の蓋にしきて、これ、籬越《ませ》しにさぶらふ、とてまゐらせたれば、

みな人の花や蝶やといそぐ日も　わが心をばきみぞ知りける

この紙の端をひきやらせ給てかかせ給へる、いとめでたし。

三条に宮がいらっしゃった頃、衛府《えふ》が五月五日の菖蒲の輿を持って参上し、邪気を払う薬が入っている袋（薬玉）を進上したので、若い女房や宮の妹の御匣殿などが、それを姫宮や若宮のお召し物におつけしていた。そこにとても風雅な薬玉が、他からも進上されてきて、その中に青ざしという菓子があったのを見た少納言が、青い薄様の紙をしゃれた硯の蓋に敷いて、これが垣根越しにございました、と宮にお目にかけたところ、宮からは、皆が花よ蝶よと急いで浮かれている日にも、青ざしを送ってくるのは、私の心を知っているからですね、という内容の歌を、少納言が書いた紙の端をお破り

になって書かれて渡されたという。
それをたいへん素晴らしいこと、と少納言は讃えているが、宮は自分の置かれている今の情況をよく知っていたのであろう。この年の十二月十五日に宮は、第二皇女を出産したものの、翌日に亡くなっている。話のうち、宮が亡くなるまでに書かれたものでは、時期のはっきりしているものとしては最後の話と考えられる。
ただ、宮の死後に書かれた記事がある可能性も考えておかねばならない。たとえば二八七段には次のような話が見える。

右衛門の尉《じよう》なりけるものの、えせなる男親を持たりて、人の見るに面《おもて》ぶせなりと、くるしう思ひけるが、伊予の国よりのぼるとて、浪に落しいれけるを、人の心ばかりあさましかりけることなしと、あさましがるほどに、七月十五日、盆たてまつるとていそぐを見給て、道命阿闍梨《どうめいあじやり》、
わたつ海《み》におやを押しいれてこの主の　盆する見るぞあはれなりける
とよみ給けるこそいとおかしけれ。

この話で「わたつ海に」の歌を詠んだ道命が阿闍梨になったのは、長保三年十一月であるから定子の死後である。しかしこの話は少納言が直接に関わる話ではなく、果たして少納言が記したものかどうかは明らかでない。その話の次にある二八八段の「小原の殿の御母上とこそは」と始まる話や、二八九段の「又、業平《なりひら》の中将のもとに」と始まる話についても、少納言が直接かかわる話ではなく、後

に追加された可能性があり、これらがまとまってあるのも、その点をうかがわせる。

総じて、宮の死を前提において書かれた文章が『枕草子』には全くないので、宮の死とともに筆は擱《お》かれたのであろう。宮の死後も書き続けたのならば、おそらく綿々たる宮の死を悼む言葉がちりばめられ、『枕草子』のカラリとした文章は消えうせてしまい、今に見る『枕草子』ではなくなってしまったであろう。宮の死を契機にきっぱりと筆を擱くとともに、他に仕えることもなかったと考えられる。

2 「春は曙」に始まる『枕草子』の展開

『枕草子』の構想がわかったところで、全体の輪郭をつかむため、四季を枕として始まる『枕草子』が、どのように話を展開していったのか、その流れを追ってみよう。まずは第一段を見る。

春は曙

春はあけぼの。やうやう白くなり行、山際すこしあかりて、紫だちたる雲の細くたなびきたる。夏は夜。月のころはさら也。闇もなほ、蛍の多く飛びちがひたる。又、ただ一つ二つなど、ほのかにうちひかりて行もをかし。雨など降るも、をかし。秋は夕暮。夕日のさして山の端いと近うなりたるに、からすの寝所へ行とて、三つ四つ、二つ三つなど、飛びいそぐさへあはれなり。まいて雁などのつらねたるが、いと小さく見ゆるは、いとをかし。日入りはてて、風の音、虫の音などいとあはれなり。冬はつとめて。雪の降りたるはいふべきにあらず。霜などのいと白きも、またさらでも、いと寒きに、火など急ぎおこして、炭持てわたるも、いとつきづきし。昼になりて、ぬるくゆるびもていけば、火桶の火も白き灰がちになりて、わろし。

四季折々、一日のうちの興趣ある風景を清新な感覚で見事に描いており、この描写によって、『枕草子』の世界は大きく開かれていった。その四季でも、春・夏・秋については、風景の見所を端的に記しているが、冬の描写だけがやや異なってくる。

冬の早朝、寒いために火を起こし、あわただしくそれを持ち運ぶ人々の姿を描いていて、人の動きをも記しているところは、それまでの自然の風景のみの描写とは違う。また、その炭火が昼になって白い灰になってしまうのを「わろし」（見所がない）ともいっている。

この第一段を受け、二段では「比《ころ》は正月」と始まる、興趣のある月々に注目して、次のように記している。

比は　正月、三月、四月、五月。七八九月。十一二月。
すべてをりにつけつつ。一年ながら、をかし。

二月や六月、十月はあげていないが、「一年ながら、をかし」と、一年間にわたってよろしいと記す。このように四季の自然から転じ、次に一年間の年中行事の魅力を語ってゆく。正月元旦に始まり、正月七日の白馬《あおうま》の節会《せちえ》、八日の叙位と、人々のあわただしい動きを描く。

正月一日は、まいて、空の気色うらうらと珍しうかすみこめたるに、世にありとある人は、みな姿かたち、心ことにつくろひ、君をも我をも祝ひなどしたる、さま殊に、をかし。
七日、雪まの若菜摘み、青やかにて、例はさしもさるもの目ちかからぬ所に、もてさわぎたるこそをかしけれ。白馬見るとて、里人は車きよげにしたてて見にゆく。中御門《なかみかど》のとじきみひきすぐる程、かしら一所にゆるぎあひ、指櫛も落ち、用意せねば折れなどして笑ふも、またをかし。（中略）内にも見るはいと狭き程にて、舎人《とねり》のかほの、きぬにあらはれまことに黒きに、白き物いきつかぬ所は、雪のむらむら消のこりたる心地して、いとみぐるし。馬のあがり騒ぐなども、いと恐しう見ゆれば、引き入られてよくも見えず。
八日、人の悦して走らする車の音、ことに聞てをかし。

ここでは、一段で記した冬の日の日常の記事を受けて展開してゆく。七日の白馬の節会では、雪が降ったことに始まる人々の騒ぎの様子と、見物に行く途中で出会った馬の騒ぎとを交錯させて見事に描く。この後の正月の描写では、十五日の節句《せっく》、除目《じもく》などについて語った後、三月三日の節句、四月の賀茂祭へと続いて描いてゆくのだが、ここで年中行事の描写を終えてしまい、次の三段から新たな展開をとげる。

同情をひく話

三段は「おなじことなれども」と始まって言葉に注目する。この前二段で年中行事の風景を描くなかで交わされた「目ちかからぬ所に、もてさわぎ」「用意せねば折れなどして笑ふ」などといった言葉に注目した流れに沿ってのものである。

たとえば、正月十五日の節句では、家の人が「かゆづえ」で女性の尻をたたけば男子をはらむということから、女房を打とうと走り回る様子を描いている。そこから聞こえてくる「打ちあてたるは、いみじう興ありてうち笑ひたる」声、また婿君となった男が通うのを見はからって、女たちが「あなかま」と声を潜め、「ここなる物とり侍らん、などいひよりて、はしりうちて逃ぐれば、あるかぎり笑ふ」声を出し、「泣きはらだちつつ、打ちつる人を呪《のろ》ひ、まがまがしくいふ」声などからの連想にともなう話である。

三月三日の節句では、のどかな日の出仕の日に人々が「そこちかくゐて物などうちいひたる」がよろしいといい、四月の賀茂祭については、「怪しう踊り歩くものども」が、法会の行道で定者《じょうざ》の法師のように練ってゆく様を「をかしけれ」と記している。

そうした連想から次に法師の言葉に関心を示したのであろう。同じ言葉でも異なった印象に聞こえてくるものとして、法師の言葉や男・女の言葉、文字のあまった下々の言葉などをあげるが、これに続く四段では法師の言葉からの連想により、「思はん子を法師になしたらむ」と可愛い子を法師にした親の気持ちに同情を寄せている。

世間では法師を木の端のように思っている。精進物の粗末な食事に始まり、寝ることにまでとやかくいわれる。若ければ好奇心もあろうに、女のいるところを忌んで覗くこともできない。また覗くことをしなければしなかった、とまた何かといわれる。まして修験者は苦しそうだ、疲れて眠ると、眠ってばかりといわれるなど、窮屈でたいへんだ、と法師がとやかく言われる言葉にも注目している。

ここまで記してきて、少納言はふと思ったのであろうか。「これ昔のことなめり。いまはいとやすげなり」と記す。すなわち、これらは昔のことであって、今は法師も気楽そうである、と最後を止めて、次の五段では、「大進生昌が家に宮の出させ給ふに」と始まる、先に見た、中宮が中宮大進平生昌の家に入った時の身近な出来事を描いたのである。

法師の話から人物の話へと入ってゆき、ついに具体的に起きた事件を描いており、続く六段も「うへにさむらふ御ねこは」と始まる、最近起きた、内裏で飼われていた猫と犬の話を記す。

天皇に大事にされて「命婦《みょうぶ》のおとど」と名づけられていた猫が、縁先に出て行儀悪く寝そべっているのを見た飼育係りの馬命婦《むまの》が、起こそうとして「翁《おきな》丸、いづら、命婦のおとど食へ」と、犬にけしかけてびっくりさせようとした。これを聞いた犬の翁丸が、本当のことかと思って猫に跳び掛かったので、猫はおびえ、御簾《みす》の内に逃れて天皇の懐に入ったことから、犬の翁丸は宮中を追われることになってしまう。

かつて三月三日に蔵人頭が柳蔓《やなぎかずら》を翁丸の頭に載せさせ、桃の花をかんざしに挿させ、桜の枝を腰に指して歩かせなどしていた時には、このような目に会うとは思いもよらなかったのだが、などという噂が立っていたところ、三、四日すると惨めな姿の犬が現れた。この犬をめぐって、打つように、いや哀れだ、などと言いあうなか、その犬が翁丸であるということがわかると、同情が集まってゆき、ついには許されることになったという。

可愛がられた犬がひょんなことから内裏を追われてゆく哀れさと、それにもかかわらず後には許される話は、少納言には身につまされるものがあったのであろう。四段から六段にかけての話は、同情という点で共通している。四段は子を法師にした親に対してであり、五段は哀れな状況にある宮と女房に対して、六段は犬に対してという違いはあるにせよ、いずれも同情される存在なのである。

これらは少納言が『枕草子』を本格的に書き始めた時に起きた出来事を描いたものであり、少納言はこれらの話を通じて、直接的ではない形で、自分たちの置かれている状況を記したのであろう。

内裏での出来事

三段から六段にかけて四季をはなれたが、次の七段になると再び四季の風景を描く。

正月一日、三月三日は、いとうららかなる。
五月五日は、曇り暮したる。
七月七日は、曇り暮して、夕がたは晴たる。空に月いとあかく、星の数も見えたる。
九月九日は暁がたより雨少し降りて、菊の露もこちたく、おほひたる綿などもいたくぬれ、移しの香ももてはやされて。つとめては止みにたれど、猶曇りて、ややもせば、降り落ちぬべく見えたるもをかし。

正月一日、三月三日、五月五日、七月七日、九月九日の五つの節句について、それぞれの日にはどのような気象が似合うのかを記している。具体的な気象を語っているので、それぞれの時期の好印象であった時のことを思い出して記しているのかもしれないが、九月九日の重陽《ちょうよう》の節句だけが他より詳しいので、そこから正月に遡って記した可能性もある。

このように四季の風景を話の枕に使って展開していったのが『枕草子』の方法であった。それは四季が折々に変わってゆくことを踏まえてのことでもある。では八段からはどのような展開となるのか。節句の風景を記したのに続いて、八段は次のように始まる。

よろこび奏するこそをかしけれ。うしろをまかせて、御前のかたに向ひてたてるを。拝し舞踏し、さわぐよ。

任官や叙位などの喜びを、貴族たちが奏聞《そうもん》するときの所作《しょさ》について語っている。下襲《したがさね》の裾を後ろに長くしたまま、天皇に向かって拝礼し、派手に舞踏する様がすばらしい、という。舞踏の様子をじっと見入る女房たちの姿が浮かんでくるような一文である。ただ、前段との繋がりについては、これだけではよくわからないところだが、先に見た九段からわかってくる。

それは僧が喜びを天皇に申すことについて語ったもので、前段の話と共通するのは、喜びを天皇に申すという点にあった。六・七段からの繋がりという点からは、いずれも内裏を場とした話という点で共通する。五段は中宮の御前での出来事であったが、六段からは場を内裏に移して、そこで起きた話を描いているのである。

「をかし」の風景

内裏での話が続いたところで、次の一〇段からは自然の景物について「をかし」と思うものを書き連ねてゆく。

山は小倉山。かせ山。三笠山。このくれ山。いりたちの山。わすれずの山。末の松山。かたさり山こそ、いかならんとをかしけれ。五幡山。かへる山。後瀬の山。朝倉山、よそに見るぞをかしき。大比礼山もをかし。臨時の祭の舞人などのおもひ出らるるなるべし。三輪の山をかし。たむけ山。待兼山。玉坂山。耳成山。

山を次々に列挙してゆくが、現実の山である京の西の小倉山、奈良の三笠山に始まり、それに続く山々は、実際の山というよりは、名前自体の面白さからあげたものや、物語や歌枕に登場する山など、思いつくままにあげている。この段で思い起こされるのが、『梁塵秘抄《りようじんひしよう》』に載る今様の列挙歌である。四三〇番と三四五番を見ておこう。

山の様《よう》がるは、雨山守山しぶく山、鳴らねど鈴鹿山、播磨の明石の此方なる潮垂山《しおたれ》こそ様がる山なれ

勝れて高き山《せん》　大唐唐には五台山　霊鷲山《りようじゆせん》　日本国には白山《しらやま》、天台山、音にのみ聞く蓬莱山《ほうらいさん》こそ高き山《さん》

「をかし」の語を、「様がる」「勝れて高き」と変えれば、まさに同じ趣向といえよう。今様は少納言の生きた時代から流行しており、あるいは今様のこうした歌には『枕草子』からの影響があったとも

考えられる。『枕草子』はこの山に始まって以下、市、峰、原、淵、海、陵、渡などの景物を一一段から一七段にかけて列挙してゆく。

市は　辰の市。さとの市。つば市。大和に数多ある中に、長谷にまうづる人のかならずそこにとまるは、観音の縁のあるにやと、心ことなり。をふさの市。飾磨《しかま》の市。飛鳥の市。

峰は　ゆづるはの峰。阿弥陀の峰。弥高《いやたか》の峰。

原は　竹原。甕《みか》の原。朝《あした》の原。その原。

淵は　かしこ淵は、いかなる底の心を見えて、さる名を付けけんとをかし。ないりその淵。誰にいかなる人の教へけん。青色の淵こそをかしけれ。蔵人などの具にしつべくて。かくれの淵。いな淵。

海は　水うみ。与謝の海。かはぐちの海。伊勢の海。

陵は　うぐひすの陵。柏原の陵。雨の陵。

渡は　しかすがの渡。こりずまの渡。水はしの渡。

市については、二一一段に記している大和の長谷寺に少納言が詣でた時、見た市に特に興趣をおぼえて列挙するところになったのであろう。原以下の風景は連想の赴くままに記したものである。淵については、心の淵という意味合いもあるので、いくつかに言及していて、そのうちの青色の淵に関しては、「蔵人などの具にしつべくて」と記しているが、これは六位の蔵人が青色の袍《ほう》を着て賀茂祭の行列に加わったことを思ってのものである。

宮に仕えて

山野河海を列挙した段に続いて、次のような家に関わる一八段へと転じる。

館は　玉造り。

家は　近衛のみかど。二条わたり。一条もよし。染殿の宮。清和院。菅原の院。冷泉院。閑院。朱雀院。小野の宮。紅梅。県の井戸。東三条。小六条。小一条。

館の玉造りとは、おそらく物語に登場するものであろう。館は地方に存在していたものであるから、あまり知らず少ないのであろう。続く一九段には、都で知られた名所の邸宅をあげているが、これは身近なだけに多く記している。

二〇段になると先に言及した内裏の清涼殿での出来事を描く「清涼殿のうしとらの隅の、北のへだてなる御障子は」と始まる話である。この話の時期は、「ただ今の関白殿」と見え、道隆の関白時代のことであった。これまでの出来事の話は、長保年間のことを主に載せているが、ここに過去に遡る話となっているのがわかる。さらに続く二一段では、女房として宮に仕えることの良さを記している。

おいさきなく、まめやかに、えせざいはひなど見てゐたらむ人は、いぶせくあなづらはしく思ひやられて、猶、さりぬべからむ人のむすめなどはさしまじらはせ、世の有様も見せならはさまほしう、内侍《ないし》のすけなどにてもしばしもあらせばや、とこそ覚ゆれ。

将来の見込みももたず、ただ真面目に、いい加減な幸福を本物とそれと見て暮らしているような人は、私には鬱陶しく、軽蔑すべき人のように思われる。やはり相当な身分の人の娘などは、人の仲間入りをさせ、世の有様を見させ慣れさせたいものだ。「内侍のすけ」(典侍)などとしてしばらくお仕えさせておきたいものだ。

こう記した後、続けて宮仕えする女性のことを悪くいう男性がいるが、それは実に憎たらしい。宮仕えすれば、天皇を始めとして実に多様で多彩な人々に会うことになるが、それは男とても同様である、と少納言が宮に仕えるようになった体験に基づく考えを展開している。

話型の分類

ここから話は再び転じ、二二段の「すさまじき物」を列挙した話から、二三段の「たゆまるる物」、二四段の「人にあなづらるる物」、二五段の「にくき物」、二六段の「心ときめきする物」、二七段の「すぎにしかた恋しき物」、二八段の「心ゆく物」など、それぞれの特徴的な物を列挙した話となる。

このうち二二段を見よう。

すさまじき物　ひるほゆる犬。春の網代《あじろ》。三四月の紅梅の衣《きぬ》。牛死にたる牛飼。ちごなくなりたる産屋《うぶや》。火おこさぬ炭櫃《すびつ》、地火炉《じかろ》。博士のうちつづき女児《おんなご》むませたる。方違《かたたが》へにゆきたるに、あるじせぬ所。まいて節分などは、いとすさまじ。

「すさまじき物」とは、不快感のあるもののこと。夜吼《ほ》えて欲しい犬が、昼に吼えたり、冬の氷魚《ひお》を採る網代が、春までしかけられていたり、秋から冬にかけて着る紅梅の衣を、三月四月に着たりする、といった時期はずれや、季節はずれからくる不快感を記す。

さらに、牛が死んでしまった牛飼、生まれた子がすぐに亡くなってしまった産屋、男子が欲しい博士に女の子が次々と生まれた家、方違のために赴いた家においてもてなしがないことなど、期待感の外れた不快感をも記している。

以下にも、「すさまじき物」については多くの事例を掲げているが、その最後の事例が「師走のつごもりの長雨。一日ばかりの精進潔斎とやいふらむ」とあるのを受けて、二三段は「たゆまるる物精進の日のおこなひ。とほきいそぎ。寺に久しくこもりたる」をあげている。大晦日を長雨で過ごしたことにより、一日の精進潔斎が可能となり、それで一年分の精進潔斎とみなされたことに不快を示し、つい怠りがちになってしまうものとして、精進すべき日のお勤めや、遠い先のことの準備、寺に長く参籠《さんろう》していることなどをあげている。

続く二四段も「人にあなづらるるもの　築土《ついじ》のくづれ。あまり心よしと人に知られぬる人」と、あげる事例は少ないのだが、二五段の「にくき物」については、再び多くの事例を掲げている。

にくき物　いそぐ事ある折にきて長言するまらうと。あなづりやすき人ならば、後にとてもやりつべけれど、心はづかしき人いとにくくむつかし。
硯に髪の入りてすられたる。又墨の中に石のきしきしときしみなりたる。

急ぎの時に長話をする客人、硯に髪の毛が入ってすられたり、石が入ってきしきし鳴ることなど、多くの事例をあげているが、この「にくき物」とは「すさまじき物」と同じく、不快感を示す言葉ではあっても、こちらは不快感をおこす人やその行為に注目した表現である。

これに続く二六段の「心ときめきする物」、二七段の「すぎにしかた恋しき物」、二八段の「心ゆく物」ともなれば、再び列挙する事柄が少なくなってゆく。不快感に関わる話では、どうも話がはずむようである。

二九段になると、少し変わって、「檳榔毛《びろうげ》はのどかにやりたる。いそぎたるはわろく見ゆ」と始まり、同じものでも「をかし」と「わろし」があることを語っており、三〇段は「説経の講師は顔よき」と始まって、ここでもよい状態と悪い状態とがあることを語っている。この段の説経の話を受けて、三一段では菩提寺での法華八講に触れ、三二段で少納言が宮仕えする前に小白河で行われた法華八講について回想している。

以上の段を通じて、『枕草子』の話の型はほぼ出揃った。すなわちそれらは、一段の「春は」と始まるような類想の章段、二二段の「すさまじき物」と始まるような随想の章段、二〇段の「清涼殿のうしとらのすみの」と始まるような日記的章段、そして三二段の「小白河といふ」と始まる話のような回想の章段などからなり、これまでの研究はその分類に精力を注いできた。

全体の流れ

話型がわかったところで、『枕草子』を考えるうえで最も厄介な、全体の構成について見ておこう。三百話にのぼる話が、基本的には連想によって結ばれていることもあって、全体の構成が実に捉えがたい故、全体の流れを探っておかねばならない。

これまでの研究では明らかにされておらず、まことに難しいが、いくつかのグループに分類する必要があろう。それを可能ならしめるためには、少納言の呼吸に沿って探ってゆくことが肝要だ。

まずすでに見た一段の「春は曙」から三二段の「小白河といふ」までは、いわば『枕草子』の序に相当する箇所といえる。先の話型の分類のような様々な章段を登場させており、これからどのようなことを描いてゆくのかを示したものと解される。

続く三三段の「七月ばかり」と始まる段から、新たな話が展開してゆくと見られる。

七月ばかり、いみじうあつければ、よろづの所あけながら夜もあかすに、月のころは、寝おどろきて見いだすに、いとをかし。闇も又、をかし。有明はた、いふもおろか也。
いとつややかなる板の端近う、あざやかなるたたみ一ひら打しきて、三尺の木丁《きちょう》、おくのかたにおしやりたるぞあぢきなき。端にこそ立つべけれ、おくのうしろめたからんよ。

七月の暑い夜をいかに過ごし、朝を迎えてどのように動いたらよいか、その情景を描いている。続く三四段の「木の花は濃きも薄きも紅梅」の話から、三五段の「池は」、三六段の「節は、五月にしく月はなし。菖蒲、蓬《よもぎ》などの香りあひたる」、三七段の「花の木ならぬは」など自然の描写が展開してゆく。

その点からすると、最初の三三段の「七月ばかり」の話にも、「朝顔の露落ちぬさきに、文かかんとて」などという箇所があって、自然の風景を描いているのがわかる。途中の四六段には「職の御曹司の西おもての」と始まる自然描写とは関係ない話があるものの、四八段の「牛は」の話を経て、六四段の「草の花は」にいたるまで、多くは自然描写の章段からなっていることが指摘できよう。

感性と景物の章段

六五段の「集」を列挙した話からは、自然描写がいちじるしく少なくなる。六七段の「覚束《おぼつか》なきもの」の話、六八段の「たとしへなきもの」の話などがあって、これらを含めてここからは「某物」という随想的章段が多いことに気づく。六九段には「夜烏《よがらす》どものゐて」のような鳥の話はあるのだが、この話も違った文脈で捉えられるであろう。

すなわち七二段の「ありがたきもの」、七五段の「あぢきなき物」、七六段の「心地よげなる物」から、一〇五段の「見ぐるしきもの」、一〇六段の「いひにくきもの」にいたるまで、断続的に存在する。これらをまとめてくくると、そこから浮かんでくるのは、少納言の感性の光る話が多いことに気づかされる。たとえば一〇一段の「殿上より」と始まる話を見よう。

殿上より、梅の、花の散りたる枝を、これはいかが、といひたるに、ただはやく落ちにけり、といらへたれば、其詩を誦じて、殿上人《てんじょうびと》黒戸にいとおほく居たる、上のおまへに聞召《きこしめし》て、よろしき歌などよみて出だしたらんよりは、かかる事はまさりたりかし。よくいらへたる、と仰せられき。

内裏の殿上から花の散った梅の枝が届けられ、これはどう御覧になりますか、と言い送られてきたので、少納言が、ただ早く落ちてしまいました、と答えたところ、殿上人たちが、大江維時《これとき》の「大庾《だいゆう》嶺《れい》の梅早く落つ、誰か粉粧を問ふ」という詩を朗詠した。これを聞いた天皇が、よい歌を返すよりもこうしたさりげない言葉のほうが勝っていると、少納言をお褒めになられたという。

それに続いて、一〇七段の「関は」、一〇八段「森は」など、再び類想章段が登場しているので、基本的に六五段の「集は　古万葉。古今」に始まって、一〇六段の「いひにくきもの」にいたるまでの話は、感性に関わる章段からなるといえよう。

ではそれに続くのはどういうグループか。一一四段の「あはれなるもの」の話から長文が多く、世相や社会への突っ込んだ分析が多くを占めており、ここでも「某物」という随想的章段が多くあり、一一〇段は「卯月のつごもりがた」に長谷寺に参詣した時の情景を描き、一一五段では「正月に寺にこもりたるは」と、正月に寺に参籠した時の体験を語って、その寺で展開する風景を記している。また一二六段の「二月、官の司に」と始まる話は、頭弁から少納言に送られてきた解文《げもん》をめぐって話が展開する。さらに一四〇段の「おそろしげなる物」から一五三段の「心もとなき物」までは連続して思いの籠もった話が見える。

それもあって、一三四段の「とり所なきもの」を列挙した話では、最後に「この草子を人のみるべき物と思はざりしかば、あやしきことも、にくき事も、ただ思ふことをかかむと思ひしなり」といった、『枕草子』執筆の基本姿勢を記している。いささか書き過ぎたという思いがあったのであろう。しかし筆を擱くわけにはいかなかったのである。

そうした思いの籠もった話は、一六一段の「井は　ほりかねの井」、一六二段の「野は　嵯峨野さらなり」まで続くのだが、一六三段の「上達部《かんだちめ》は　左大将」からはやや違った話となっている。したがって一〇七段から一六二段までは一括りにして想念のグループと捉えられよう。

人事・風物・心情

一六三段の「上達部は」から、一六四段の「君達《きんだち》」、一六五段の「受領《ずりよう》」、さらに「権守《ごんのかみ》」「大夫《たいふ》」「法師」「女」などと人間関係の話が続き、一七〇段では「六位蔵人、思かくべきことにもあらず」、一七一段でも「女ひとり住む所は」とあって、人間への関心が中心となる話が続いてゆく。こうして一八七段の「宮仕人《みやづかえびと》のもとに来などする男」の話までが基本的に同じであって、これらはいわば人事の話と総括できよう。

ところが一八八段の「風は」と始まる話から性格がやや異なってくる。次の一八九段は「心にくき物」とあるので、関連がよくわからないが、一九〇段から、島、浜、浦、森、寺、経、仏、文、物語、陀羅尼《だらに》、あそび、あそびわざ、舞、ひく物、笛、見物《みもの》といった具合の類想章段が続く。そして二〇六段の「五月ばかりなどに山里にありく」とあって、季節折々の楽しみを描いてゆく。その流れから見てゆくと、二三一段の「岡は」に始まって、ふるもの、日、月、星、雲と再び類想章段が続く。これらから窺えるのは、風物に関わる話を展開していることであろう。

やがて二三七段の「さわがしき物」から、再び随想章段が始まるので、ここを区切りに見てゆくと、二三八段の「ないがしろなる物」、二三九段の「こと葉なめげなる物」、二四〇段の「さかしき物」、二四一段の「ただすぎにすぐる物」、二四二段の「ことに人に知られぬ物」とあって、さらに「文こと葉なめき人こそ、いとにくけれ」とあるのは、先に見た感性に関わる話群と同じような傾向が認められる。

ただ、二四七段の「いみじうしたてて婿どりたるに」という話や二四八段の「世中に猶いと心うきものは」と始まる話のように、心情を吐露している話が多く見えるのが特徴である。二五五段の「成信の中将こそ」、二七三段の「成信の中将」など、成信に触れた話が二つもあるのもそのことを物語っていよう。すなわち少納言は最後の箇所で、心情を吐露する話を置いたと見られる。

以上をまとめると、『枕草子』は次のように七群からなっていることがわかる。

① 一段の「春は曙」から三二段の「小白河といふ」まで　序
② 三三段の「七月ばかり」から六四段の「草の花は」まで　自然
③ 六五段の「集は」から一〇六段の「いひにくきもの」まで　感性

④　一〇七段の「関は」から一六二段の「野は」まで　景物
⑤　一六三段の「上達部は」から一八七段の「宮仕人」まで　人事
⑥　一八八段の「風は」から二三六段の「雲は」まで　風物
⑦　二三七段の「さわがしき物」から二九八段の「まことにや」まで　心情
「この草子」　跋

全体の流れをまとめると、②の自然の描写に始まり、③の感性をとぎすまして世相や社会を探ってゆくのが前半、④⑤⑥で人間関係を通じて景物や風物を描き、最後の⑦で心情を吐露するようになったのが後半ということになろう。

こうして『枕草子』の輪郭や全体の構成がほぼわかったところで、次に少納言がいかに宮に仕えるようになったのかを、宮に仕えるまでの動きと、宮に仕えてからの動きとから見ることにしよう。

3　宮仕えにいたるまで――宮仕えの時期をめぐって

重代の和歌の流れ

少納言の父は清原元輔であったが、このことは九五段の「五月の御精進のほど」と始まる話に「元輔がのちといはるる君しもや」と見えていて明らかである。さらに歌人の藤原実方《さねかた》の歌集『実方朝臣《あそん》集』にも、「清少納言とて、もとすけかむすめ宮にさふらふとおほかたなつかしくてかたらひて」という詞書《ことばがき》があり、『清少納言集』にも「宮のあはた殿におはします比《ころ》、さねかたの中将まゐり給《たま》ひて」とあって、二人の交換した歌が載っていることからも間違いはない。

少納言は和歌を詠む環境に育った。そのことから六五段では和歌集を列挙して「集は　古万葉。古今」と記している。「古万葉」とあるのがいわゆる『万葉集』のこと、「古今」はいうまでもなく『古今和歌集』であって、この二つを重視していたことがわかるが、少納言の曽祖父清原深養父《ふかやぶ》は『古今和歌集』に十七首をも採られた著名な歌人であった。父元輔も『後撰和歌集』の撰者となった歌人で、延喜八年（九〇八）に生まれ、永祚二年（九九〇）六月に八十三歳で亡くなっている。

二〇段の「清涼殿のうしとらの隅の」と始まる話は、中宮が『古今和歌集』の草子を前に置いて、和歌の上の句を示して、女房たちに末句を答えさせる遊びの風景を描いている。

古今の草子をおまへにおかせ給て、歌どものもとを仰られて、これがすゑいかに、ととはせ給に、すべてよるひる心にかかりて、おぼゆるもあるが、げによう申いでられぬはいかなるぞ。宰相の君ぞ十ばかり、それもおぼゆるかは。まいて五つ六つなどは、ただ覚えぬよしをぞ啓すべけれど、さやはけにくく、仰《おおせ》ごとを、はえなうもてなすべき、と侘《わび》くちをしがるもをかし。

宮の問いかけに対しては、夜昼となく心にそれらの歌を刻みつけていたから、浮かんでくるものである筈なのに、すぐに口に出して答えられないのがあるのはどうしてなのか。やっと宰相の君が十首ほど申しあげたが、それでも覚えているとは言い難い。まして五、六首ほどしか申し上げられない人は、全く覚えていません、と申し上げるべきであるが、そんなに素っ気なくはできないので、宮ががっかりして残念がられるのもおもしろい、という。

知ると申人なきをば、やがてみなよみつづけて、夾算《きようさん》せさせ給を、是はしりたる事ぞかし、などかうつたなうはあるぞ、といひなげく。中にも古今あまた書きうつしなどする人は、みなもおぼえぬべきことぞかし。

そこで知っている人がいない歌には、宮はその歌全部を詠みあげられて、「夾算」（しおり）をはさみこまれてゆく。宮を、これはよく知っている歌でしょうが、つたないですね、と残念がらせてしまう。

少納言は『古今和歌集』を書写し、よく学んでいたのであるが、重代の和歌の家に生まれたことにより、九五段の話によれば、歌人である父の後と見られていたことに苦痛をも感じていたらしい。なお少納言の和歌を集めた『清少納言集』が伝わっているが、これは後人が集めたもので、少納言の歌の全貌は明らかではない。

『文集』『史記』を読む

少納言の教養は和歌だけではなかった。紫式部から「真名書き散らしてはべる」と批判されもしたが、漢才もあった。一九七段は中国の漢詩文などを列挙している。

文は　文集《もんじゆう》。文選《もんぜん》、新賦。史記、五帝本紀。願文《がんもん》。表《ひよう》。博士の申文《もうしぶみ》。

「文集」とは白居易《はくきよい》(白楽天)の『白氏文集』のこと、「文選、新賦」は梁《りよう》の昭明太子撰の詩文集『文選』のうちの『新賦』。「史記、五帝本紀」は司馬遷著『史記』のうち巻一の五帝の事績を記した史書である。ここまでは中国の詩文や史書で、以下は本朝の文章となり、神に願いを捧げるのが「願文」、朝廷に提出するのが「表」、文章博士が記して官位などを望むのが「博士の申文」である。

このうち『白氏文集』は、その詩句や文章が藤原公任《きんとう》撰の『和漢朗詠集』に採られるなど、当時、広く読まれてはいたものの、それを自家薬籠中の物として使いこなしたのが少納言であった。二八〇段にはそれを踏まえた話が見える。この話は古文の教科書などに載っていてよく知られていよう。

雪のいとたかう降たるを、例ならず御格子《みごうし》まゐりて、炭櫃《すびつ》に火おこして、物語などしてあつまりさぶらふに、少納言よ、香炉峯《こうろほう》の雪いかならん、と仰せらるれば、御格子あげさせて、御簾《みす》を高くあげたれば、笑はせ給。人々も、さることはしり、歌などにさへうたへど、思ひこそよらざりつれ。猶此宮の人にはさべきなめり、といふ。

雪が多く積もっているので格子を降ろし、女房たちが火を起こして話などをしていると、中宮から、少納言よ、香炉峯の雪はどんなであったのか、という仰せがあった。そこで少納言が格子を上げさせ、御簾を上げたところ、宮はお笑いになったという。

これは『白氏文集』巻一六に見える「遺愛寺の鐘は枕を欹《そばだ》てて聴き、香炉峯の雪は簾を撥《かか》げて看る」を踏まえた行為である。広く歌に謡われて誰もが知っていたことではあっても、誰もその行為を思いつかなかったことから、この宮に仕える人はこうでありたい、と人々から言われたという。

また『史記』の孟嘗君《もうしょうくん》列伝の話を踏まえて少納言が詠んだ和歌が、『百人一首』に載る「夜《よ》をこめて鳥のそらねははかるとも　世にあふさかの関はゆるさじ」という歌であって、後に見るが、そのことは一二九段の「頭弁《とうべん》の職にまゐり給て」と始まる話に見えている。

花山院の周辺

少納言は宮に仕える以前の話をほとんど記していないのだが、わずかに三二段の「小白河といふ所は」と始まる話がそれに該当する。これは寛和二年（九八六）六月に開かれた小一条大将藤原済時《なりとき》邸での「法華八講」に、少納言が聴聞に出かけて見聞した様子を記したものである。『法華経』八巻を、八座に分け、一日の朝・夕座それぞれに一巻を講じるのが「法華八講」である。

宮の父である関白の道隆が三位の中将であった時のこととして記されているが、話の中心にあるのは「義懐《よしちか》の中納言」であった。藤原義懐は父が伊尹《これただ》、姉妹が花山《かざん》天皇の母という関係から、当時の政界における実権を握っていた。記事はその「御さま」が「常よりまさりておはするぞ限りなきや」と記し、義懐の身なりの立派な様や際立った行動を描いている。

この時に歌人の藤原実方は「実方の兵衛佐《ひょうえのすけ》」として、法華八講に「家の子」として奉仕しており、「義懐の中納言」から、聴聞《ちょうもん》に来た女車《めぐるま》に歌を送る人を連れてくるように命じられたので、その実方と女車の主との歌のやりとりがあって、それが記されている。やがて朝の講座が終わったので少納言が引き上げて立ち去ろうとした時、義懐が少納言に微笑みながら「やや、まかりぬるもよし」と問いかけてきたという。

これは『法華経』の方便品《ほうべんぼん》にある、釈迦が説法をしていた時に、五千人の増上慢《ぞうじようまん》(悟ったと思い高ぶっている者)たちが立ち去ろうとしたのに対して、釈迦が発したという言葉を、義懐が少納言に投げかけてきたのであるが、これに少納言は、「五千人の中には入らせたまはぬやうあらじ」と、そういう殿も五千人の中にお入りにならないこともないでしょうや、と切り返したのである。『法華経』は少納言もよく諳《そら》んじており、すばやく対応できたのである。

この話で踏まえられた『法華経』などの経については、一九五段で「経は 法華経はさらなり。普《ふ》賢《げん》十願。千手経。随求経。金剛般若。薬師経。仁王経の下巻」と記している。経といえば法華経と称されるほどに『法華経』が尊ばれていたが、それは女人成仏が記されていたからでもあり、個人のみならず、一家や一門の幸福を祈る時にも『法華経』がよく読まれた。

この法華八講から数日たった六月二十四日、義懐は出家してしまうのだが、そのことを最後に記して、「あはれなりしか」と結んでいる。この二日前に花山天皇が突然に出家したため、天皇を補佐していた義懐も出家を遂げてしまい、それとともに一条天皇が践祚《せんそ》してその外戚の藤原兼家が摂政となり、やがて兼家の子で宮の父道隆が正暦元年五月に父の跡をうけて摂政になってゆく。

少納言が、この花山天皇出家直前の法華八講の様子を記したのは、兄弟に「花山院殿上法師」として花山院の近くに仕えた戒秀がおり、少納言の夫と見られる橘則光が、『小右記』長徳三年四月十七日条に「検非違使《けびいし》、又彼院御乳母子《おんめのとご》」とあって、花山院の乳母子であったことなどによるのであろう。すなわち少納言は中宮に仕える以前は、花山院の周辺にあって生活してきていたのであって、花山院の出家という、自らの境遇の変化に大きな影響をあたえることになった事件を思い起こしながら、その直前の盛儀を書き記したのであろう。

「物語・集」を書き写す

この話からは、宮仕え以前から少納言がすでにかなり知られていたことがわかるが、それもあって宮に仕えるようになり、また宮仕えするようになると、少納言の教養を試そうとすることがしばしば行われている。

七八段の「頭中将《とうのちゅうじょう》の、すずろなるそらごとを聞きて」と始まる話では、頭中将から文が来たので見たところ、それには「蘭省《らんしょう》の花の時、錦帳《きんちょう》の下」と記されてあった。これは『白氏文集』巻一七の詩「蘭省の花の時、錦帳の下。廬山《ろざん》の雨の夜、草庵の中」から採られた句であり、「末はいかに、いかに」と、これに付ける句を催促された少納言は、「いかにかはすべからん。御前のおはしまさば御覧ぜさすべきを、これが末を知り顔に、たどたどしき真字書きたらんも、いと見ぐるし、と思ひまはすほどもなく」と、どうしようか、宮にお見せしてからと、すぐに書くことをためらったものの、催促が厳しかったので、送られた句の奥に、炭櫃にあった消炭《けしずみ》を使って、かの句を踏まえて「草の庵を誰かたづねん」(草の庵を誰が訪ねましょうか)と書き送ったという。

少納言は漢才のみならず、物語にも造詣が深く、このことは、「文は　文集」の一九七段に続くのが、「物語は」と始まる一九八段であることからもうかがえる。

物語は　住吉、宇津保《うつぼ》、殿うつり。国譲《くにゆずり》はにくし。埋《うも》れ木。月待つ女。梅壺の大将。道心すすむる。松が枝。こまのの物語は、古蝙蝠《かわもり》さがし出でて、持ぞいきしがをかしきなり。ものうらやみの中将。宰相に子うませて、かたみの衣など乞ひたるぞにくき。交野《かたの》の少将。

これらの物語のうち最初の「住吉」は『住吉物語』であるが、他の段には見えない。しかし『宇津保物語』については、『枕草子』の他の段にもしばしば見える。

七九段の「返としの二月廿余日」と始まる話では、「御前に人々いと多く、殿上人などさぶらひて、物語のよきあしき、にくき所なんどをぞ、定めいひそしる」と、宮の御前で物語の良し悪しを評する集まりがあったことが記されており、そこでは『宇津保物語』の登場人物について、「涼《すずし》、仲忠などがこと、御まへにも、おとりまさりたるほどなど仰せられける」などとあって、源涼と藤原仲忠とがあて宮への求婚をめぐっての琴の勝負に関わる、宮をも巻き込んでの優劣を争う話で会話が弾んだ様子が描かれている。

先の一九八段で掲げられている物語の多くは、今は散逸して知られていない。ただ最後に掲げられている「交野の少将」は、二七三段の「成信の中将は」と始まる話の中に、「交野の少将もどきたる落窪の少将などはをかし」と見えており、『落窪物語』に引用された散逸した物語であることがわかる。

七二段の「ありがたきもの」（めったにないもの）を列挙したなかには、「物語、集など書きうつすに、本に墨つけぬ。よき草子などはいみじう心して書けど、必ずこそきたなげになるめれ」とあって、物語や集（和歌集）などを心をこめて書写しても、なぜなのか良い紙に墨をつけて汚くしてしまう、と歎いている。

宮に仕える

少納言の仕えた一条天皇の中宮定子は、父が藤原道隆、母は高階貴子で、貞元二年（九七七）に生まれ、正暦元年（九九〇）正月二十五日に一条天皇に入内しており、その年五月八日に父が摂政となるとともに、十月五日に中宮になった。そして十年後の長保二年（一〇〇〇年）二月に皇后になったが、その十二月十六日に亡くなっている。

少納言の女房名は何によるのであろうか。上臈《じょうろう》の女房の場合、その父や庇護者の官位などにより名づけられることが多く、中・下臈の場合は、侍従や少納言、式部、また受領の名などが適宜付けられた。後のことではあるが、歌人の藤原俊成の娘の健御前《けんごぜん》が記した『たまきはる』には、その仕えた建春門院の女房の来歴が記されており、それによれば女房は「近く候し人」と「番女房たち」に大別され、前者は「三条殿」以下、「殿」の敬称付きの女房、後者は「丹後」以下、敬称なしの女房である。

そこには少納言名の女房が二人いて、ともに「番女房たち」に属し、敬称はなく「少納言」「新少納言」と名乗っていたとあるが、そのうちの「少納言」は筑前阿闍梨《あじゃり》覚憲の妹、「新少納言」は隆雅《りゅうが》法橋《ほっきょう》の娘であったという。清少納言が宮に仕えた際にも女房に少納言が二人おり、一人が源氏出身であることから「源少納言」と称されている（九一段）。そこで清原氏出身であることから区別して清少納言と称されたのであろう。

中宮に仕えた上臈の女房は、「中納言の君」と「宰相《さいしょう》の君」の二人が二五九段の話に見えている。二人は特別な見物席にいたが、宮の配慮によりその場に少納言が招き入れられている。このうち中納言の君は「殿の御叔父の兵衛の督《かみ》忠君と聞えけるが御むすめ」（藤原忠君の娘）であり、女房たちからの評価はやや低く、二五四段に次のように描かれている。

十月十よ日の、月いとあかきにありきて見んとて、女房十五六人ばかり、みな濃き衣をうへにきて、ひきかへしつつありしに、中納言の君の、紅のはりたるをきて、頸より髪をかきこし給へりしが、あたらしきそとばに、いとよくも似たりしかな。雛のすけとぞ、若き人々はつけたりし。

後に立ちて笑ふもしらずかし。

「中納言の君」は女房たちと外出した際に、紅い衣に頸から髪を前に振り越した着方をして歩いていたので、若い女房たちに笑われて「雛のすけ」というあだ名をつけられたにもかかわらず、一向に構わない様子であったという。

他方の「宰相の君」は、「富の小路の右の大臣の御孫」（藤原重輔の子）であって、聡明な女房であったらしい。七九段の「返としの二月廿余日」と始まる話には次のような記事が見える。

西の京といふ所の、あはれなりつる事。もろともに見る人のあらましかばとなんおぼえつる、垣なども皆ふりて、苔おひてなん、などかたりつれば、宰相の君の、瓦に松はありつるや、といらへたるに、いみじうめでて、西の方、都門を去れる事、幾多の地ぞ、と口ずさみつる事など、かしがましきまで言ひしこそをかしかりしか。

頭中将が「西の京の風情のあるところを、一緒に見る人がいるのであったなら、と思われたことだ。垣なども古び、苔が生えており」などと語ったところ、これに宰相の君が「瓦に松はあったのでしょうか」という見事な返答をしたので、それを聞いた頭中将が感心したという。宰相の君の返答は、『白氏文集』の「驪宮高《りきゅうたかし》」の一節「翠華来らずして歳月久しく、牆《しょう》に衣ありて、瓦に松あり」に基づくもので、それに感心した頭中将は、その一節に続く「何ぞ一たびその中に幸せざる。西の方都門を去る幾多の地ぞ」の句を口遊《くちずさ》んだという。

宮仕えで感じたこと

一七七段の「宮にはじめてまゐりたるころ」と始まる話は、宮の側近くに仕え始めた少納言が見聞し、体験したことを記したものである。ここで少納言は、「物のはづかしきこと」が数知れずあったことを、次のように記している。

宮にはじめてまゐりたるころ、物のはづかしきことのかずしらず、涙もおちぬべければ、夜々まゐりて、三尺のみき丁《ちょう》のうしろにさぶらふに、絵などとりいでて見せさせ給を、手にてもえさし出づまじう、わりなし。これはとあり、かかり、それが、かれが、などの給はす。

宮の御殿に初めて参上したところ、何かと恥ずかしいことが多々あって、涙も落ちそうになってしまいそうなので、夜ごとに出仕しては宮の御几帳《みきちょう》の後ろに伺候していると、宮が絵などを取り出し、見せてくれるのを、手さえも出せそうもなく、困惑していると、宮は、この絵はこうこう、あの絵はかくかく、それかあれか、などと仰せになった、という。

出仕して間もない少納言がウブで、恥ずかしがりやであったのに対し、宮は優しく接してくれたのであり、さらに次のようにも記している。

高坏《たかつき》にまゐらせたる御殿油《おおとなぶら》なれば、髪のすぢなども中々昼よりは顕証《けそう》にみえてまばゆけれど、念じて見などす。いとつめたきころなれば、さしいでさせ給へる御手のはつかにみゆるが、いみじうにほひたる薄紅梅なるは、かぎりなくめでたしと、見しらぬ里人心ちには、かかる人こそは世におはしましけれと、おどろかるるまでぞまもりまゐらする。

高坏に置いた御灯火なので、宮の髪の筋などが、かえって昼よりもはっきり見えて、まばゆかったけれども、我慢して見るなどした。ひどく冷えた頃なので、さし出された御手が僅かに見えたが、たいへんつややつやした薄紅梅色であるのは、この上なく素晴らしい、と宮仕えをしていない里人の気持ちからしてみると、こうした方がこの世にはいらっしゃった、と驚嘆してお見つめ申しあげた、という。

このように宮の素晴らしい姿や様子を詳しく描くとともに、早くに御前を下がろうとするのを引き止められ、いろいろと問いかけてくる気遣いなども記して、嬉しく思ったという。また、局の主からは宮に早く参るように言われ、上臈《じょうろう》の女房たちが気楽に立ち居振る舞ったりしているのを羨ましげに見ていた、ともいう。

こうした話はおそらく勤め始めて半年以内のことであろう。時は雪が「火焼屋《ひたきや》の上に降り積み」、「炭櫃に火こちたくおこし」という、寒い冬の頃であった。

諸説の検討

では出仕したのは具体的にいつのことだったのであろうか。その手がかりとなるのは、『枕草子』の次に掲げる四つの話に見える記事である。

イ　三八段の「鳥は」と始まる話
ロ　一三一段の「円融院の御はてのとし、みな人、御服ぬぎなどして」と始まる話
ハ　一七七段の「宮にはじめてまゐりたるころ」と始まる話
ニ　二五九段の「関白殿、二月廿一日に」と始まる話

このうちのハの記事によって、中宮に伺候する女房がすでに多くいたことがわかり、宮が中宮になってすぐのことではない、と指摘でき、イの記事からは、鶯《うぐいす》を「十年ばかりさぶらひてききしに」と記しており、宮に仕えていた時期がほぼ十年とわかるが、宮が中宮になったのが正暦元年（九九〇）十月五日で、亡くなったのが長保二年（一〇〇〇）であれば、中宮になってからはさほど経っていない時期ということになる。

そうしたことから、かつては正暦元年や正暦二年説が唱えられてきたのだが、最近はそれよりも後の正暦四年説が通説となっている。その根拠は、ハの記事に「大納言殿のまゐり給へるなりけり」と見える「大納言殿」の人名の比定による。

すなわちこの人物を宮の兄の藤原伊周《これちか》と見て、伊周は正暦三年（九九二）八月に中納言から権大納

言となり、正暦五年八月に内大臣となっているので、少納言が宮に仕え始めたのは正暦三年冬から正暦五年春にかけての時期、と通説は考えたのである。しかしそれではイの記事に見える、宮に仕えて十年というのにやや年数が足りないことになるが、その点には目をつむって、それよりもニの、正暦五年二月に積善寺《さくぜんじ》の供養においては、少納言が新参者としての扱いを受けていたものと見て、正暦五年二月に近い、正暦四年に少納言は宮に仕えるようになったとする。

ただその場合、ロの記事が、「円融院の御はてのとし」と、円融院が正暦二年二月に亡くなって、その除服《じよぶく》の頃の話を扱っていることについてどうみるべきか、その頃には少納言が宮に仕えていないことになるので、いささか処理が問題になってくる。しかしこれについては話に少納言は登場していないので問題はない、という説明が施され、こうして正暦四年に宮仕えしたという説が今は通説となっているのである。

しかしこの通説の一番の大きな問題点は、ハに登場する「大納言殿」を最初から伊周と決めてかかっている点にある。跋文に見える内大臣を最初から伊周と見ることの問題点を先に指摘したのと同様、ここでもそう見なしており、他の可能性も考えるべきであろう。

道長の推挙で宮仕え

日記などでは摂関家と関わりの深い人物には「殿」の敬称がつけられるので、「大納言殿」と称された可能性の考えられるのは、永祚元年十月から二年九月まで大納言だった宮の叔父の道兼（当時、三十一歳）、正暦二年九月に大納言になった同じく叔父の道長（当時、二十六歳）がおり、彼らについても検討しなければならない。そうなるとイの宮仕え十年からすれば、道長の可能性が最も高くなる。ハの話によれば、この大納言殿は、前駆《ぜんく》が「殿まゐらせ給ふなり」と高い声であげた言葉とともに宮の御前に参っており、これにあわてた少納言が、奥に入って覗いて見たところ、「大納言殿」であることがわかったという。少納言があわてたのは、「殿」を定子の父道隆と考えてのことによるが、このような形で中宮の前に来るのに相応しい人物といえば、宮の兄の伊周とともに、宮が中宮に立后した時に中宮大夫となった道長も考えられる。そうなると道長の可能性が一番高い。

ただ道長とすると、最も大きな問題点は、ニの記事にある、正暦五年二月に行われた積善寺の供養で少納言が新参者としての扱いを受けていたとされる点である。この記事は宮の親族が多く集まっていたことを記すなかに、「上もわたり給へり。みき丁ひきよせて、新しうまゐりたる人々には見え給はねば、いぶせき心地す」とあって、「うへ」こと関白の北の方がお越しになったのだが、几帳を引き寄せていたので、新しく参った女房たちは姿を見られず、心が晴れない、というのである。

多くの解釈は、ここに見える新参の女房に少納言を含めているが、必ずしも含めて考える必要はなかろう。むしろ自分は新参者ではない、という立場から女房たちの動きを眺めて記したものである、と見てもよいのである。話の記事全体も新参者が書いたような様子はうかがえない。

こうして少納言が宮に仕えるようになったのは正暦二年が最もふさわしく、「大納言殿」は道長であったことになる。一方の伊周は正暦二年九月にやっと中納言となったばかりで、当時十八歳と年若く、ハの話の中にみえる、「大納言殿」が「女房ともの言ひ、たはぶれごとなどし給」といった女房たちとのやりとりや、少納言を「まゐらざりしより聞きおき給ける」と宮仕えする以前から知っていたことなどからしても、いささか疑問である。

「大納言殿」が道長であったことの意味するところは大きい。少納言が宮に仕えるようになるのに道長が絡んでいたことも考えられるからである。一三六段の「殿などのおはしまさでのち」と始まる話によれば、中宮が父関白道隆の死後に内裏を出て、それにともなって少納言が里にいた時、中宮の女房たちは少納言について「左の大殿方の人、知るすぢにありけり」と、道長方であると囁いていたというのもよく頷ける。おそらく清少納言は道長の推挙で宮に仕えるようになったからであろう。

道長と伊周とが対立関係になるのは道隆が亡くなってからであり、それにともなって中宮大夫であった道長の推挙で宮に仕えた少納言は、女房たちの非難にいたたまれなくなって、里に下がっていたのである。

こうして少納言が宮に仕えるようになったのは、正暦二年であることがわかった。少納言の父元輔がその前年六月に任国の肥後国において亡くなっているので、これが大きな契機となって、父の庇護を失うなかで女房として中宮に出仕することが求められ、それに応じたのであろう。

二　清少納言のまなざし

正暦二年という年

少納言が宮に仕え始めた正暦二年（九九二）は、どんな年だったのか。この年二月十二日に一条天皇の父円融院が亡くなっているが、これと関連するのが、「円融院の御はてのとし、みな人、御服ぬぎなどして」と始まる一三一段の話である。

一条天皇の乳母である藤三位《とうのさんみ》の局《つぼね》に文が付けられていたので、藤三位がそれを開いて見たところ、「これをだにかたみと思ふに　宮こにははがへやしつる椎柴《しいしば》の袖」という歌が書かれてあった。歌の意味は、椎柴の喪服だけでもせめて院のかたみに思って脱ぎかねているのに、都ではもう普通の衣に脱ぎ替えてしまったのでしょうか、という早い除服を皮肉ったものである。藤三位はこれを見てあわてて、誰が送ってきたのかを詮索するところとなった。

この話についてのこれまでの見解は、円融院の御諒闇《ごりょうあん》が明けた年に誰もが御喪服を脱ぎなどして、という解釈から翌年の話とされてきた。諒闇ということで一年の服解《ふくげ》を想定しての見方であるが、「円融院の御はてのとし」というのは円融院が亡くなった年を意味するものであり、「みな人、御服ぬぎなどして」とあるのは、その年に皆が喪服を脱いだということであって、これは正暦二年のことと見るべきである。実際、この年の閏二月二日にすでに一条天皇が除服しているのである（『小右記目録』）。

このように正暦二年のことと考えれば、話の面白さがよくわかる。歌には天皇を始めとする除服の早さを皮肉る内容がこめられていたので、これは誰の仕業かと詮索がなされ、「仁和寺《にんなじ》僧正」や「藤大納言」などが疑われたのだが、実は天皇と中宮のいたずらであったことが判明し安堵した、という。

ここで仁和寺の僧正の寛朝《かんちょう》が疑われたのは、寛朝が円融院の仏道の師であったことによるもので、院が崩御したことをたいへんに思い惑ったと、『栄花物語』巻三が記している。「藤大納言」が疑われたのは、その仁和寺の俗別当だったからである。この年の藤原姓の大納言には藤原朝光、済時《なりとき》、道兼、道長がいたが、摂関家と関わりの深い人物には「殿」の敬称がつくので、単に「藤大納言」と記されていることから、藤原朝光や済時が該当し、済時は左大将になっていて左大将と呼ばれるので、ここは朝光をさすと考えられる。

これまで理解が間違ってきたのは、『栄花物語』の記事にも起因している。その巻四「みはてぬゆめ」には、正暦三年の「二月には、故院の御はてあるべければ、天下急ぎたり。御はてなどせさせ給ひつ。世の中の薄鈍《うすにび》など果てて、花の袂《たもと》になりぬるも、いとものの栄《はえ》ある様なり」とあって、そのため正暦三年二月に除服したものと考えられてきたのである。

しかし、逆にこの記事そのものが『枕草子』を曲解して作成されたものと考えるべきであろう。『栄花物語』の作者が『枕草子』を読んでいたことは、その「根合《ねあわせ》」の章に「清少納言がいひたるやうに、めでたしと見ゆ」と書かれていたことからもわかる。

少納言がこの話を記したのは、ちょうど自らが宮仕えした時期にあたっており、円融院の死にともなう喪服を皆が脱ぐことが早くあり、それとともに宮仕えすることになったからであろう。なお天皇の乳母の藤三位は藤原師輔《もろすけ》の子繁子で、中宮の叔父道兼の室であって、天皇・中宮を守る存在であった。

早くも宮の信頼を得る

宮に仕えた翌年の話と考えられるのが次の二八二段である。

三月ばかり物忌《ものいみ》しにとて、かりそめなる所、人の家にいきたれば、木どもなどのはかばかしからぬ中に、柳といひて、例のやうになまめかしうはあらず、ひろく見えてにくげなるを、あらぬものなめりといへど、かかるもありなどいふに、

さかしらに柳のまゆのひろごりて　はるの面をふする宿かな

とこそ見ゆれ。

三月の物忌みのために人の家に逗留した際、柳の木が通常のように優雅ではなく、葉も広かったので、別の木なのか、と尋ねたところ、家主がこんな木もある、と答えたので、「さかしらに」の歌を詠んだのである。これだけではいつの話かわからないのだが、続く話からわかってくる。

その比《ころ》、又おなじ物忌しに、さやうの所にいでくるに、二日といふ日の昼つかた、いとつれづれまさりて、只今もまゐりぬべき心ちするほどにしも、仰せごとのあれば、いとうれしくて見る。

浅緑の紙に、宰相の君、いとをかしげに書い給へり。

いかにして過ぎにしかたを過しけん　くらしわづらふ昨日けふかな

となん。私には、今日しも千年の心ちするに、暁にはとく、とあり。此君のの給たらんだにをかしかるべきを、まして仰せごとのさまはをろかならぬ心ちすれば、

雲の上にくらしかねける春の日を　ところからともながめつるかな

私には、今宵のほども少将にやなり侍らんすらん、とて、暁にまゐりたれば、昨日の返し、かねける、いとにくし。いみじうそしりき、とおほせらるる、いとわびしう、まことにさることなり。

先の話と同じ頃、また同じ物忌みのために、同様な所に出かけて行ったが、その二日目の昼になると退屈がまさり、すぐにも宮に参りたい、という心地がしていたところに、宮からの仰せ事が届いたので、嬉しくなって見ると、浅緑の紙に、宮の近習《きんじゅう》の女房である宰相の君が、とても美しい字で代筆していた。いったいどんな風にこれまで過ごしてきたのであろうか、そなたが退出してから、日を暮らすのに困っている昨日・今日のことである、という意味の歌であり、宰相の君の私信には、今日一日がすでに千年の心地がするので、この明け方には、早く参るように、とあった。

この君がこうおっしゃるのだけでも深く感じられた上に、そのおっしゃり方には、おろそかにはできない心地がしたので、返歌をさしあげた。宮が雲の上にもお暮らしかねた春の日を、私は寂しい場所で暮らしかねています、物思いに耽りながら、という内容のもので、宰相の君への私信には、今宵のうちにも、少将になりそうです、と送った。こうしたことがあって、明け方に宮に参ったところ、

昨日の返歌のうちの、「かねける」という詞は、非常によろしくなく、とても評判がよくなかった、と仰せになられたのを聞いて、とても情けなくなり、本当にその通りだと思った、という。

この話に見える宮の「いかにして」の歌は、『千載《せんざい》和歌集』に皇后宮定子の歌として「一条院御時、皇后宮に清少納言はじめて侍りけるころ、三月ばかりに二三日まかでて侍りけるに、かの宮より遣されて侍りける」という詞書が添えられて載っている。ここから少納言が宮に仕えた翌年三月のころの話と見られるのであり、他に証拠がないとはいえ、これによれば仕えてから早くに信頼を得ていたことがわかる。

なお、宮が「くらしかねける」という詞に疑問を呈したのは、この詞が、世を退く、という意味につながるからであって、少納言はその批判に自らを恥じつつ納得したのである。また、少納言が少将になりそうだ、と言った意味については、上臈の少将の君として待遇されようかという意味も考えられるが、何かの散逸した『物語』に登場する少将のような身上になりそうだ、という意味であろう。

宮仕えの意義

宮仕えするなかで少納言は自信を抱くようになったが、そこで思ったのが、宮仕えすることの意義である。先にも触れた二一段で次のように指摘している。

さりぬべからむ人のむすめなどはさしまじらはせ、世のありさまも見せならはさまほしう、内侍のすけなどにてしばしもあらせばや、とこそおぼゆれ。

宮づかへする人を、あはあはしうわろきことにいひ思ひたるをとこなどこそいとにくけれ。げにそも又さることぞかし。

しかるべき身分の人の娘などは、人の仲間入りをさせて、世間の有様を見させ慣れさせたい、内侍のすけ（典侍）などにてもしばしお仕えさせたいものだ、と感じられる。ただ宮仕えする人は軽薄でよくない、と思う男がいるのもわからないではない。

宮仕えをしてゆくと、天皇をはじめとして上達部《かんだちめ》や殿上人《てんじょうびと》、五位、四位はいうまでもなく顔を合わせない人が少なくなく、女房の従者や女房の家から来る者、女官以下、物の数でない者にまで、会うことになるからであろう。しかし男も宮仕えする限りは同じことなのである、と指摘する。

さらに宮仕えしている女房たちが、退出した時に集まって話をしている様子を描いているのが、二八四段である。

宮づかへする人々のいであつまりて、おのが君々の御こと、めできこえ、宮のうち殿ばらのことども、かたみに語りあはせたるを、その家主にて聞くこそをかしけれ。

自分が仕えている主人のことをそれぞれが褒め、宮の御殿のことや、殿方のことなどを互いに語りあっているのを、その家の主として聞くのはおもしろいことだ、という。そうした折には、一所に集まって話をし、人の詠んだ歌についてあれこれと語りあい、人からきた文を一緒に見て返事を書き、仲良しの男が来た時にはどう迎えるか、などの話をしあったという。少納言も当初はだれかの家に赴いて話をしていたのであろうが、やがて宮仕えをする女房たちを呼んで、家主として彼女らの話を聞くようになったのであろう。

心にくき宮の周辺

少納言が宮に仕えるなかでその優雅な様を描写したのが、一八九段の「心にくき物」（奥ゆかしいもの）と始まる話である。まず宮の食事の様子を語る。

心にくき物　ものへだてて聞くに、女房とはおぼえぬ手の、しのびやかにをかしげに聞えたるに、こたへ若やかにして、うちそよめきてまゐるけはひ。もののうしろ、障子などへだてて聞くに、御物《おもの》まゐるほどにや、箸、匙などとりまぜて鳴りたる、をかし。提子《ひさげ》の柄のたふれふすも、耳こそとまれ。よう打ちたる衣のうへに、さわがしうはあらで、髪のふりやられたる。長さおしはからる。

奥ゆかしいことに、物を隔てて聞いていると、女房とは思えない手が差し出され、しのびやかに風情ありげに差し招くと、それに応えて若やいだ声がして、少し急いでいる様子であった。何かの後ろや障子を隔てて聞いていると、食事を召し上がるころなのであろう、箸や匙などの音がしてくるのもおもしろい。ひさげの柄が倒れて鳴る音も耳にとまる。艶を出した着物の上に、髪がさわがしくないほどに振りかかっているのは、その長さが推し量られる。
続いて、見事に調えられた室内での夜の風景を描くが、頃は長火鉢に炭火が起こされているので、冬とわかる。夜になって、宮をはじめ人々が眠りに入るなか、外にいる殿上人の動きが気になってくる。

外のかたに殿上人などに物などいふ。奥に、碁石の笥《け》に入るるおとあまたたび聞ゆる、いと心にくし。火箸をしのびやかについ立つるも、まだおきたりけりと聞くも、いとをかし。猶いぬる人は心にくし。人のふしたる、物へだてて聞くに、夜中ばかりなど、うちおどろきて聞けば、おきたるななりと聞えて、いふことは聞えず、男もしのびやかにうち笑ひたるこそ、なにごとならむとゆかしけれ。

外にいる殿上人に話しかけると、奥の方から碁石の箱に入れる音がたびたび聞こえてきて、勝負が進んでいるらしい。火箸をひそやかに立てているのも、まだ起きているのか、と聞くのも、おもしろい。やはり寝ないでいる人は奥ゆかしい、などなど、夜中に起きて話をしている様子も描いている。
やがて宮が起き、女房たちがそこに伺候するなか、気楽には応対できない人々が参るようになると、新参の女房には宮から声がかかって、それに恥ずかしげに応対することになる。こうして夜から明け方にかけての宮の周辺の動きを描いた後、薫物《たきもの》の香りについて、語っている。

薫物《たきもの》の香、いと心にくし。五月のなが雨のころ、上の御局の小戸《こと》の簾《す》に、斉信《ただのぶ》の中将のよりゐ給へりし香は、まことにをかしうもありしかな。その物の香ともおぼえず、おほかた雨にもしめりて艶なるけしきの、めづらしげなきことなれど、いかでかいはではあらむ。又の日まで御簾にしみかへりたりしを、若き人などの世にしらず思へる、ことわりなりや。

五月の長雨の頃に、上の御局の小戸の簾に、斉信の中将が寄りかかっておいでなった時の香りは、次の日まで漂っていて、まことにすばらしいものであった、という。斉信は太政大臣藤原為光の次男であって、その斉信を単に「中将」と記しているので、話は頭中将となる正暦五年(九九四)八月以前のこととわかる。

積善寺の一切経供養

少納言が宮に仕えるなかで最も華やかな行事として描いているのが、二五九段の「関白殿、二月廿一日に」と始まる話である。関白道隆が正暦五年(九九四)二月二十一日に父兼家の邸宅である法興《ほこ》院《いん》を積善寺《さくぜんじ》となして行った一切経供養と、それに向けての動きを詳しく描く。

宮が供養に向けて、積善寺のある二条京極に近い御所に移ったところ、そこは美麗に飾られていた。ここに道隆が参入してくる様が次のように記されている。

殿わたらせ給へり。青鈍《あおにび》の固紋《かたもん》の御指貫《さしぬき》、桜の御直衣《のうし》に、紅の御衣《おんぞ》みつばかりを、ただ御直衣にひきかさねてぞ奉りたる。御前よりはじめて、紅梅の濃き薄き織り物、固紋、無紋などを、あるかぎりきたれば、ただひかりみちて見ゆ。唐衣《からぎぬ》は、萌黄《もえぎ》、柳、紅梅などもあり。御前にゐさせ給て、ものなど聞こえさせ給。御いらへなどのあらまほしさを、里なる人などにはつかに見せばや、と見たてまつる。

美麗に着飾った関白や、宮をはじめとする女性たちの衣装がきらびやかなので、あたり一帯が光に満ちて見えた、という。関白は中宮の前にあって、二人で交わした話のやりとりの申し分のなさは、里にいる人たちにも見せたいものだ、と記している。

関白は、やがて並み居る女房たちを褒めちぎり、こうした女房たちに囲まれている宮の素晴らしさなどを語って、皆を笑わせていると、そこに天皇から宮への消息がもたらされ、話が展開してゆく。

内より式部《しきぶ》の丞《ぞう》なにがしまゐりたり。

御文は、大納言殿とりて殿に奉らせ給へば、ひきときて、ゆかしき御文かな、ゆるされ侍らばあけてみ侍らん、とはの給はすれど、あやうしとおぼいためり、かたじけなくもあり、とて奉らせ給を、とらせ給ても、ひろげさせ給やうにもあらずもてなさせ給、御用意ぞありがたき。

蔵人の式部丞が天皇からの文を届けたので、「大納言殿」が父関白に渡し、さらにそれが関白から宮に渡されたが、関白が、もしお許しがあれば読みたいものだ、と言ったり、恐れ多いことでもある、と言ったりしたという。これに宮はあいまいな対応をしたが、その御配慮のほどが実に立派であった、と語る。

天皇の文を渡した「大納言殿」は伊周で、この段は次に登場する道隆の姫君などとともに、関白一家の栄光のひと時を描いたものとなっている。続いて女性たちの動きを紹介してゆく。

君などいみじく化粧《けそう》じ給て、紅梅の御衣ども、劣らじとき給へるに、三の御前は、御匣《みくしげ》殿、中姫君よりもおほきに見え給て、上など聞えむにぞよかめる。

上もわたり給へり。みき丁ひきよせて、あたらしうまゐりたる人々には見え給はねば、いぶせき心ちす。

殿の姫君たちが化粧をし、紅梅の御衣を我劣らじと着ておられるなか、三番目の姫君は、四女の御匣殿や次女の中の姫君（原子）よりも大柄で、貴人の北の方にふさわしく見えた、という。また関白の北の方も渡られたが、几帳を引き寄せてしまわれたので、新参者には見られないのが残念であった、という。この箇所は既に見たように、少納言がこの時にまだ新参者であったとして理解されてきたのだが、むしろすでに新参者に対して心遣いする存在になっていたものと見るべきであろう。

道隆と道長

こうして様々な宮の御所での出来事を詳しく記した後、いよいよ当日になって供養が始まるが、供養の記事そのものは次のように簡略である。

ことはじまりて、一切経を蓮の花の赤き一花づつに入て、僧俗、上達部、殿上人、地下《じげ》、六位なにくれまでもてつづきたる、いみじうたふとし。導師まゐり、講はじまりて、舞などす。ひぐらし見るに、目もたゆく、くるし。

少納言は準備に向けての動きに強い関心を寄せて書きはしたが、供養そのものについては、一日中見ていてくたびれた、とのみ記している。その翌日、雨が降ったことから、関白は雨に祟られなかったことを、宮に「これになん、おのが宿世は見え侍りぬる。いかが御覧ずる」と、これも我が身の前世からの因縁であり、どう御覧になられるか、と語ったというが、その自讃も当然のこと、と思ったという。

こうしてすべてが上首尾に終わって、最後に少納言は次のような指摘をしている。

そのおりめでたしと見たてまつりし御ことどもも、いまの世の御ことどもに見たてまつりくらぶるに、すべて一つに申すべきにもあらねば、ものうくて、おほかりしことども、みなとどめつ。

道隆の家の盛儀と今の世のことを比較してみると、すべてを申しようもないなか、憂鬱なうちにも、多くの事を書き連ねることになってしまった、という。今の世のことというのは、道長に栄華が訪れ、かわりに宮の出た中関白家が衰えていることを意味しており、それだけに今との対比から関白道隆の時代の栄華のひと時を記したのであろう。

その点をさらに意識して記しているのが、一二三段の「関白殿、黒戸より出させ給とて」と始まる話である。関白道隆が内裏の黒戸から宮のもとに参った時、宮の女房が隙間なく並んでいるのを見て、「あないみじのおもとたちや、翁をいかに笑ひ給らん」と、きらびやかな女房たちに向かって、この老人をいかに笑おうか、と待ち構えているのかな、と冗談を飛ばしながら入ってきた。

権大納言伊周は関白に沓《くつ》をお履かせになり、山の井の大納言以下が座っておられるなかで、「宮の大夫殿」が戸の前に立っていたので、跪くことはないであろうと、皆が思っていたところ、お座りになったのは、道隆の前世からの行いが、どれほど良かったのかと思われたという。

道隆は子の権大納言伊周に沓をはかせ、同じく子の山の井の大納言道頼を従えて宮の許に参ったのであるが、その時に弟の中宮大夫道長も道隆に敬意を表して座って控えていたことを、道隆の栄華として捉え、それを前世の行いによる、と評している。そして最後に次のように記して、道長のその後の栄華を語っている。

大夫殿の居させ給へるを、返々聞ゆれば、例の思ひ人、と笑はせ給し。まいて、この後の御ありさまを見たてまつらせ給はましかば、ことわりとおぼしめされなまし。

少納言が道長を高く評価していたことから、宮から「例の思ひ人」と笑われたのであったが、この後の道長の有様を御覧になれば、納得されるでありましょう、と記している。

中関白家の栄華

道隆の中関白家の繁栄を物語る出来事を、少納言は諸所に描いているが、その一つが正暦六年（九九五）正月十九日に道隆の娘の中の姫君（原子）が東宮に参り、二月十日に宮の方に渡ったときのことの「めでたさ」を語る一〇〇段の「淑景舎《しげいさ》、春宮《とうぐう》にまゐり」と始まる話である。

東宮に参ることになった淑景舎こと原子が、宮の方に渡ってくるというので、関白や北の方、そして子息たちもが宮のところにやって来た時のことである。その対面の場面を描くなかで、「殿、大納言、山の井も、三位の中将、内蔵頭《くらのかみ》などさぶらひ給」と、道隆一家が伺候していたことを記している。殿は道隆、大納言は伊周、山の井は道頼、三位中将は隆家、である。

このなかで山の井大納言道頼については、「山井の大納言は、いりたたぬ御せうとにては、いとよくおはするぞかし。匂ひやかなるかたは、此大納言にもまさり給へる物を。かく世の人は、せちにいひおとしきこゆるこそ、いとほしけれ」と記し、兄の伊周よりも容姿が立派であったのに、世の人は劣っているかのように言っているのは、お気の毒である、と高く評価していて、その分、伊周への評価の低かったことがわかる。

二〇段の「清涼殿のうしとらの隅の」と始まる話にも「大納言殿」が登場している。上の御局の戸が開かれ、そこに「大納言殿」を供に天皇が現れたが、その供の「大納言殿」の様子を次のように描いている。

大納言殿、桜の直衣のすこしなよらかなるに、こきむらさきの固紋の指貫《さしぬき》、しろき御衣ども、うへにはこき綾のいとあざやかなるをいだして、まゐり給へるに、うへのこなたにおはしませば、戸口のまへなるほそき板敷にゐ給て物など申給。

これまでの研究は「大納言殿」と記されていると、それをすべて伊周として理解してきた。しかしすでに見たように、人物の比定は決め付けずに丹念に行わないと、間違いを犯すことになる。ではこの「大納言殿」は誰であろうか。

話は、この「大納言殿」が「月も日もかはりゆけどもひさにふる　みもろの山」という宮中の安泰を願う『万葉集』の古歌を「いとゆるらかに」（緩やかに）謡いだされたのを、「いとをかしう」覚えたことを記し、天皇が宮の女房たちに『古今和歌集』の歌を書くように命じたことから、昔語りへと展開してゆく。

話の時期は、「ただ今の関白殿」とあるので、道隆が関白であった正暦四年四月から正暦六年（長徳元年）四月の間の出来事とわかるが、この時期の「大納言殿」には道長と、正暦五年八月二十八日に内大臣となった伊周が該当する。ただ伊周と道長が同時に大納言であった時の道長は、中宮大夫を兼ねていたので中宮大夫で呼ばれる可能性が高い。したがって時期が桜の季節ということから、正暦五年春ならば伊周、同六年春ならば道長ということになるが、正暦六年二月五日に関白は辞表を提出しているので、この場合の「大納言殿」は通説の通りに伊周が該当するであろう。この時期、伊周は中関白家の貴公子として、わが世の春を謳歌していたのである。

少納言の立場

正暦二年に宮に仕えた頃の少納言は、全くウブな態度をとっていたのだが、道隆が関白になった頃からは、様々な見聞を記すようになっていた。そうしたことを可能にしたことを物語るのが、一二六段の「二月、官の司に」と始まる話のなかで、頭弁《とうのべん》が少納言に送ってきた文書の存在である。

頭弁の御もとより、主殿寮《とのも》、絵などやうなる物を、白き色紙につつみて、梅のはなの、いみじうさきたるにつけて、持てきたり。絵にやあらんと、いそぎとり入れてみれば、餅餤《へいだん》といふ物を、二つならべてつつみたるなりけり。そへたる立文《たてぶみ》には、解文《げもん》のやうにて、

進上

餅餤一包

例によて進上、件の如し、

別当　少納言殿

とて、月日かきて、みまなのなりゆきとて、奥に、このをのこは、みづからまゐらむとするを、昼は、かたちわろしとて、まゐらぬなめり、といみじうをかしげにかい給へり。

頭弁とは蔵人頭で弁官を兼ねた人物だが、そこから絵のような物が送られてきたので開けて見ると、

それには餅餤（餅の中に卵など煮て包んだもの）が二つ並んでいて、添えられた立文は解文のようなものであったという。

解文とは送り状のことで、後の例ではあるが、『吾妻鏡』文治三年（一一八七）十月一日条にその実例が見える。鎌倉幕府が後白河法皇灌頂《かんじょう》の御訪用途を送った際の解文の書様が、次のように記されている。

進上
紺絹　百切、上品絹　百疋、国絹　百疋、藍摺　百端、色革　百枚、
右、進上如件。
文治三年十月　日

『枕草子』の話からは、解文が「げもん」と読まれていたことがわかるが、ここで特に注目されるのは、少納言が「別当」と称されていたことである。別当とは特任の職であって、これは少納言が宮の側近として特別な任務をあたえられていたことを意味している。

後に別当は女院などには常置されるようになる。著名な人物には『百人一首』に歌が採られた皇嘉門院別当がおり、また『たまきはる』に見える建春門院別当は、「別当殿」と称された上臈の女房で「家明の三位の女《むすめ》、庁の年預《ねんよ》せし宗家が養ひ君にて、めでたく仕立てき」と記され、重要な職であったことがわかる。

では別当に宛てられて贈り物がきた話はいつのことであろうか。これまでの研究は頭弁を『枕草子』に頻出する藤原行成と見てきた。書かれた解文の字の立派さが、宮から讃えられたことからも、書の面で著名な行成で間違いない、と考えられてきたのである。その行成は長徳元年八月に蔵人頭になり、長徳二年四月に権左中弁を兼ねたので、話は長徳二年四月以降の出来事とされてきた。

しかし話の中には、送られた餅餤・解文への返事をどうすべきかについて、「左大弁」「惟仲」に聞く場面があって、その平惟仲が左大弁だったのは、正暦五年九月から長徳二年七月までである。すると、話は長徳二年四月から七月までに絞られることになり、二月に送られてきたことを考えると、行成に比定するのはいささか難しい。

宮の別当

行成の前に頭弁であった人物を探すと、正暦三年八月から長徳元年八月まで頭弁であった源俊賢がいる。この人物ならば長徳元年二月の出来事と見てふさわしい。源俊賢は後に一条天皇の時代の「四納言」と称された賢臣の一人である。因みに他の賢臣三人は藤原公任、斉信、行成らであるが、いずれも『枕草子』に登場しているので、俊賢がここに登場してきたとしてもおかしくはない。

少納言は頭弁への返事として、「いみじうあかき薄様に、みづから持てまうでこぬしもべは、いと冷淡なり、となむみゆる、とてめでたき紅梅につけて奉りたる」と、たいへん赤い薄い紙に、自らやって来ない下部《しもべ》は、ひどく冷淡に見えますね、と書いて、立派な紅梅の木につけて送ったところ、すぐに頭弁がやってきて、適当に歌でも返してくれるものか、と思っていたのに、そうではなかったので、お付き合いをしやすい、と語ったといい、天皇がそのことをお聞きになって、うまく言ったものである、とおっしゃったという話が伝わってきたという。

少納言の立場がよくうかがえる話であり、少納言はこの時期、蔵人や弁官とわたりあうような存在となっていたことがわかる。このことを背景にして見ると、次の八六段の話もよく理解できよう。

宮の五節《ごせち》出させ給に、かしづき十二人、こと所には女御《にょうご》、御息所《みやすどころ》の御方の人いだすをば、わるき事になんすると聞くに、いかにおぼすにか、宮の御方を十人はいださせ給。今ふたりは女院、淑景舎の人、やがてはらからどち也。

豊明《とよのあかり》の節会における五節の舞に際し、中宮が異例にも舞姫にかしずく女房を十二人も出した時の話である。少納言はその異例さを指摘するとともに、小兵衛《こひょうえ》という女房の赤紐が解けていたのに対し、実方中将が寄っていって繕っているのが、何か意味ありげに見えたうえに、実方が「足引の山井の水は氷れるを　いかなる紐の解くるなるらん」という歌を小兵衛に読みかけてきたのに、小兵衛はその返しをしなかった。

そこでやむなく少納言が代わって「うは氷あはにむすべるひもなれば　かざす日影にゆるぶばかりを」と読み返してみたところ、それは実方には届かず、少納言は恥をかかずに済んだ、という。

話の時期であるが、実方が中将になったのは、正暦二年九月のことなので、それ以降のことであるが、『枕草子』の勘物《かんもつ》（藤原定家の書き付けた考証）には正暦四年という指摘があって、それでよいであろう。この話からは、少納言が宮の女房の中心にいて、全体を差配している様子が浮かんでくる。少納言は正暦四年には宮の別当として宮中の行事にも関わるようになり、そこから見た風景を記すようになったのであろう。

第一に思う人

こうして宮仕えする前の経験と、宮仕えしてからの体験とから、その筆致はますます冴えてゆく。『枕草子』には、いつの時期の話とはわからない宮中の出来事や風景が記されているが、それはおそらく関白が道隆であった、中関白家が最盛期のころのものであったと見てよいであろう。たとえば次の九七段を見よう。

御かたがた、君だち、上人など、御前に人のいとおほくさぶらへば、廂《ひさし》の柱によりかかりて、女房と物語して居たるに、物をなげ給はせたる。あけて見たれば、思ふべしやいなや、人第一ならずはいかに、とかかせ給へり。

御前にて物語などするついでにも、すべて、人に一におもはれずは、なににかはせん。只いみじう中中にくまれ、あしうせられてあらん。二三にては死ぬともあらじ、一にてをあらん、などいへば、一乗の法なり、など、人々も笑ふ事の筋なめり。

宮の身内の方々や君達・殿上人などが、宮の御前に多く伺候しているなかで、少納言は廂の間の柱に寄りかかって、女房と話をして座っていると、宮から物が投げられてきた。開けてみると、そなたのことを思うのはよいか、それともいやか、人が一番でないのはいかがか、と書かれてあった。

これは、かつて御前で話をしたついでに語ったことがある、万事に、人に第一に思われないのでは、どうしようもない、それよりもかえってひどく憎まれ、悪く扱われるようでありたい、二番三番では死んでもいや、第一番でどうしてもありたい、と語ったことがあって、人々からそれは「一乗の法」である、と笑われた話の筋に基づくもの、という。「一乗の法」とは、『法華経』方便品による、彼岸に至る乗り物のうちの、第一の乗り物のことである。

さらに宮からは筆や紙が与えられた。

筆紙など給はせたれば、九品《くほん》蓮台の間には下品《げぼん》といふとも、など書てまゐらせたれば、無下に思ひ屈《くん》じにけり、いとわろし、いひとぢめつる事はさてこそあらめ、との給す。それは人にしたがひてこそ、と申せば、そがわろきぞかし、第一の人に又一に思はれんとこそ思はめ、と仰せらる、いとをかし。

与えられた紙に、往生が遂げられるならば九品《くほん》のうちの下品《げぼん》でもよい、などと書いてさしあげたところ、宮からは、いやに意気地なしになったのね、それはよくないでしょうが、いったん言い切ってしまったことは押し通さねば、と言われたので、それは人によります、と答えると、それが悪いの、第一番の人に、第一番に思われるように思うのがよいの、と仰せられたのが、たいへんおもしろかった、という。

少納言はこのやり取りを経て、宮を第一に思い、宮からも第一に思われていたことを、実感していたことであろう。しかし、中関白家の最盛期はあまりにも短命に終わることになるのだが、その後の宮仕えについては後に触れることにして、次の章では少納言が身を置いた空間に即して、そのまなざしの特質を探ることにしよう。

2　家からの観察

歌人の家に育ち

少納言は、歌人である父からの教えを受け、父の交友関係を通じて多くのことを学んできたことであろう。したがって宮仕えするまでに広く教養を備え、数多くの体験や観察をなすことができていた。若くして宮仕えした女房との違いがそこにあった。なかでも父は和歌を教え、その背景をなす和歌集や物語を読ませたものと思われる。

だが、少納言はそれに飽き足らず、中国の文献や日本の文集まで読むところとなった。このような家において育んできた教養や体験を買われて、中宮に仕えるようになったのだが、宮仕えしても折に触れて里にあり、様々な体験をしたのである。かつての家での体験とはまた違った里居《さとい》での体験、そうした複層的な体験が『枕草子』を少納言に書かせることにもなったのであろう。

『枕草子』自体が里で書かれたものであり、跋文に「この草子、目に見え心に思ふことを、人やは見んとする、と思ひて、つれづれなる里居のほどに、書きあつめたる」と記している。したがって『枕草子』の基調をなしているのは、家における教養や学問、交流の経験であって、それに裏打ちされた観察眼にあったといえよう。少納言はその点が評価され、歌人としての腕も買われて、宮に仕えたのである。

父や父の友人を通じてその名は広まっていたことであろう。父の友人の一人藤原実方は、宮に仕える以前から知己であった。先に見たように、三二段の「小白河といふ所は」と始まる、小一条大将済時邸で行われた法華八講での出来事を記した話では、実方は「実方の兵衛佐《ひようえのすけ》」として登場している。朝の講座が終わって、少納言が立ち去ろうとすると、藤原義懐《よしちか》が微笑みながら「やや、まかりぬるもよし」と問いかけてきたとあるが、このように声をかけてきたのは実方が、少納言がいることを義懐に伝えていたからであろう。

ただ実方の登場する話は多くなく、ほかには先に見た八六段の「宮の五節」と始まる話があるだけだが、実方は長徳元年（九九五）に陸奥守になって奥州に赴任し、その年に亡くなっているので、一〇三段に見える「はるかなるもの」としてあげられた「みちの国へいく人、逢坂《おうさか》をこゆるほど」とあるのは、この実方を思って書きとめた可能性がある。

少納言がもっと和歌に勝れていたならば、歌人として名をなしたであろう。和歌に専心したとするなら、『枕草子』は誕生しなかったかもしれない。しかしそうはならずに和歌をよく学び、様々な経験に裏打ちされた観察眼が、非凡で鋭いまなざしを育んで、自然や人事に関する稀有な散文の作品を残すことになった、と考えられる。

そこでここでは、少納言の観察眼についてみるのだが、そのためには少納言のまなざしにそって描かれた様々な風景や景物を見てゆかねばならない。それは少納言が身を置いた場に即して見てゆくことであり、まずは家からの観察について探り、次に外に出ての観察をとりあげたい。

受領の家に育って

父は歌人であると同時に、諸国の国司を歴任した受領《ずりよう》であった。安和二年（九六九）九月に五位に叙され十月に河内権守となり、天延二年（九七四）にようやく受領となって周防国に赴任している。そして寛和二年（九八六）には肥後守となって赴任したが、当時七十九歳の元輔には荷が重かったのであろう。現地で亡くなってしまう。

この受領であることを求め続けていた父などの、受領周辺の動きを扱ったのが、二二段の「すさまじき物」（より不快なもの）をあげた次の一節である。

除目《じもく》に司《つかさ》えぬ人の家。今年はかならずときゝて、はやうありし物どもの、ほかほかなりつる、田舎だちたる所にすむ物どもなど、みなあつまりきて、いでいる車の轅《ながえ》もひまなく見え、物まうでするともに、我も我もとまゐりつかうまつり、ものくひ、さけのみ、のゝしりあへるに、

除目でなかなか受領に任じられなかった家の話。今年こそなるのは必至だという噂を聞いて、以前にこの家に仕えていた者や、他所に行った者、田舎に住んでいた者たちが皆集まって来たので、出入りする車がひっきりなしに見える。家の主が受領になる祈願をすると、我も我もと参り仕え、酒食をとって騒ぎあっている、と記し、受領となってその富にあずかり、仕えることを期待した人々の動きを遺憾なく伝えている。

今でいえば選挙事務所に集まって、当選を期待するような動きである。しかしその期待も空しく消

えゆくことになると、どうなるか。

はつる暁まで門たたくおともせず。あやしうなど、耳たてて聞けば、前駆《ぜんく》おふ声々などして、上達部などみな出給ひぬ。物聞きによひより寒がりわななきをりける下衆をとこ、いと物うげにあゆみくるを見る物どもは、え問ひだにも問はず、外よりきたる物などぞ、殿はなににかならせ給ひたる、など問ふに、いらへには、何の前司《さきのつかさ》にこそは、などぞ、かならずいらふる。

夜が明けるまでに門を叩く音がしないので、あやしいな、と耳をそばだてて聞いていると、前駆が先を追う声がして、除目に関わっていた公卿たちが皆外に出てきた。やがて結果を伝えるべく正月の寒い宵からわなないていた男が、とても物憂げに歩いてくるのを見た者たちは、残念な結果と知り、問うこともできないでいたのだが、外から来た者は、殿は何にならせられたのかと問うと、決まってその答えは「何の前司に」と答える。前官のままであると答えて、新任の官には届かなかった、と伝えたのである。

まことに頼みける物は、いとなげかしとおもへり。つとめてに成て、ひまなくをりつる物ども、一人二人すべりいでて去ぬ。ふるき物の、さもえ行きはなるまじきは、来年の国々、手をりてうちかぞへなどして、ゆるぎありきたるも、いとをかしうすさまじげなる。

本気で当てにしていた人は、たいへん悲しい、と歎くが、朝早いうちに隙間なく集まっていた人たちも、一人、二人と家を去ってゆく。古くから仕えていた者で、すぐに離れるわけにゆかない者は、来年、欠員となる国を、指を折って数え、ゆらゆら歩いていた、という。

除目の日の光景を活写したものだが、これは少納言が実際に家で見た風景でもあったろう。一三二段の「つれづれなる物」（所在なげなもの）の例には、自宅を離れて物忌みに籠もっている時や、馬の駒がおりない双六の勝負などとともに、「除目に司《つかさ》得ぬ人の家」（除目で官職を得られなかった家）があがっている。

除目への思い

宮に仕えてからは、こうした除目を近くで見、聞きするなか、それに対する考え方にも違いが出てくる。二段では「除目の比《ころ》など、内わたりいとをかし」と記して、内裏に中文《もうしぶみ》を持って頼みにくる人たちの動きを記している。

雪降りいみじうこほりたるに、申文もてありく。四位、五位、わかやかに心ちよげなるは、いとたのもしげなり。老てかしらしろきなどが、人に案内いひ、女房のつぼねなどによりて、おのが身のかしこきよしなど、心ひとつをやりてとき聞かするを、若き人々はまねをしわらへど、いかでかしらむ。よきに奏し給へ啓《けい》し給へ、などいひても、得たるはいとよし。得ず成ぬるこそいとあはれなれ。

雪が降り、地面が凍りつくなか、官職を望む申文を持つ人が宮中にやってくる。四位や五位の人が、若やかで心地よげに運動するのは頼もしい限りなのだが、頭が白くなった老人が人を通じて女房の局に寄っては、自分がいかに賢い身であるのかを説きまわり、それを若い女房が真似して笑っていると も知らずに、どうか天皇に奏し、宮に啓して、などと頼みこむ。うまく受領になれればよいが、うまくゆかないで終わるのは、とても哀れだ、と評している。

少納言はかつての父の姿をそこに見る思いがしたことであろうが、宮に仕えることで、受領の家から女房の家へと、まなざしが変化してきたのも確かである。

一五二段では「とくゆかしき物」(早く知りたいもの)の一つとして、「除目のつとめて。かならず、しる人のさるべき、なきをりも猶聞かまほし」をあげている。除目の結果は、翌朝に知らされるが、知人の場合はもちろん、そうでなくても、どうなったのか、早く知りたいという。その結果、この年の国々のうちで第一の国の受領になった人ならば、もう鼻高々である。一七八段の「したりがほなる物」(得意顔のもの)の一つは、このことがあげられている。

除目にその年の一の国えたる人。よろこびなどいひて、いとかしこうなり給へり、などいふいらへに、なにかは、いとことやうにほろびて侍なれば、などいふも、いとしたりがほなり。

その年の一番の国に任じられた人は、その喜びを言うなか、人々からはたいへん上首尾でしたなあ、などと言われると、それに対する返事に、いえ何、大変異様に疲弊している国でございますよ、などと答えるのが得意顔である、という。人がうらやむような国の受領となったのに、謙遜してあえてその国の悪口を言うのを得意顔としてあげたのである。

一六五段は受領を列挙して、「伊予守。紀伊守。和泉守。大和守」をあげているが、筆頭の伊予守は大国で実入りのよい国であり、以下の三カ国は京の近くにあって、支出の少ない国であった。裕福な国の受領ともなると、それによって得た富により参議になることもあったから、一七八段の「したりがほなる物」の一例として、受領を経て「宰相」(参議)になった人物は、もともと君達《きんだち》から成り上がった人よりも「したり顔」をしており、我が身が上流に伍したかのような思いがうかがえる、と評している。

このように少納言は宮に仕えても、受領の家の出であることを強く意識していたが、除目だけでなく受領の家に関わる話を、九一段の「ねたき物」の一節で取り上げている。

受領などのいゑにも、物の下部《しもべ》などの来て、なめげにいひ、さりとて我をばいかがせんなど思たる、いとねたげ也。

受領の家に来た下部が無礼な物言いをして、(何か言おうものならば)我をどうしてくれようか、というのが、とても「ねたげである」(なめてかかっている)、という。知人や権門の使いが受領の富にあずかろうと、受領の家にやってきていたことがわかる。歌人の赤染衛門は、知人が安芸《あき》(広島県中西部）の受領になったので安芸名産の「榑《くれ》」（材木の規格製品）が欲しい、と依頼したところ、知人が送ってきた文書には、榑の数が少ししか書かれていなかったので、「少なき榑の下文《くだしぶみ》かな」と、嫌味を伝える内容の歌を送っている（『赤染衛門集』）。下文とは切符のことである。

家で感じる季節の変化

家で感じた季節の変化は、どのようなものであったろうか。一年の前半は朝廷の年中行事にかかわる記事が多くを占めているが、夏になってからは家での観察記事が多くなる。その夏の暑さについては、諸所で指摘している。三三段を見よう。

七月ばかり、いみじうあつければ、よろづの所あけながら夜もあかすに、月のころは、寝おどろきて見いだすに、いとをかし。闇も又、をかし。有明はた、いふもおろか也。

暑い七月に見た月や闇夜、有明もおもしろい、という。少納言の曽祖父である清原深養父の「夏の夜はまだ宵ながら明けぬるを　雲のいづくに月宿るらむ」という『百人一首』に載った歌が思い起こされよう。

一八三段では、たいへんに暑い昼のさなかに、どうしたら涼しくなるのかを記し、氷水に手をひたし騒いでいる、と語る。三九段では、「あてなるもの」（上品なもの）として、「削り氷にあまづらいれて、あたらしき金椀《かなまり》にいれたる」と、新しい器に入れたかき氷をあげる。ただ一一三段は、冬はひどく寒いのが、夏は世に類いのないほどに暑いのが、おもしろい、としている。
七月にも涼しい日はある。四一段では、七月の風が吹いて雨の騒がしい日は、大体が涼しく、扇を使うのも忘れているが、その時に汗の匂いが少し残っている綿衣《わたぎぬ》の薄いのを着て、昼寝するのがおもしろい、と語っている。暑さも遠のいた九月については、一二四段で次のように記している。

九月ばかり、夜ひと夜ふりあかしつる雨の、けさはやみて、朝日いとけざやかにさし出たるに、前栽《せんざい》の菊の露は、こぼるばかりぬれかかりたるも、いとをかし。透垣《すいがい》の羅紋《らんもん》、軒のうへなどは、かいたる蜘蛛の巣の、こぼれのこりたるに、雨のかかりたるが、白き玉をつらぬきたるやうなるこそ、いみじう哀にをかしけれ。
すこし日たけぬれば、萩などのいとおもげなるに、露のおつるに、枝打うごきて、人も手ふれぬに、ふと上ざまへあがりたるも、いみじうをかし。といひたることどもの、人の心には露をかしからじ、と思ふこそ、又をかしけれ。

九月になって一晩降っていた雨が止み、朝日が出たときの、庭の風景を鮮やかに描いている。庭の草木の露が濡れかかり、垣根の木組みや軒の上に張られた蜘蛛の巣が破れ残っていた上に、雨が降りかかって白玉ができたのは、風情を感じる。少し時間が経って、露が落ちて重そうな萩の枝が動き、手も触れないのに枝が上に飛びはねる、そうした様がたいへんおもしろいのだが、このことを人に言っても、人の心には全くおもしろく思われまいと、考えるのも、またおもしろい、と語る。

一一四段が「あはれなるもの」としてあげているのは、九月末や十月の初めの、「あるかなきかに聞きつけたるきりぎりすの声」や「庭鳥の、子いだきてふしたる」姿である。四〇段の「虫」を列挙した話には、「虫は　鈴むし。ひぐらし。蝶。松虫。きりぎりす。はたおり。われから。ひをむし。蛍」など、多く秋の虫をあげている。

嵐の季節

やがて嵐の到来する季節となるが、一八八段は次のように記している。

八、九月ばかりに、雨にまじりて吹きたる風、いとあはれなり。雨のあし、横様にさわがしう吹きたるに、夏とほしたる綿衣のかかりたるを、生絹《すずし》の単衣《ひとえぎぬ》にかさねて着たるもいとをかし。この生絹だにいと所せく、あつかはしくとり捨てまほしかりしに、いつのほどにかくなりぬるにか、とおもふもをかし。暁に格子妻戸をおしあけたれば、嵐の、さと顔にしみたるこそ、いみじくをかしけれ。

八、九月になると、暑さは吹き飛び、雨交じりの風に哀れを感じるようになる。雨が横なぐりに降ってくると、重ね着をするようになるが、いつからこうなったのか、と思うのもおもしろく、暁に格子や妻戸をあけると、さっと嵐が顔にしみてくるのも、とてもおもしろい、という。

九月のつごもり、十月のころ、空うちくもりて、風のいとさはがしく吹きて、黄なる葉どものほろほろとこぼれ落つる、いとあはれなり。桜の葉、椋《むく》の葉こそ、いととくは落つれ。十月ばかりに、木立おほかる所の庭はいとめでたし。

桜の葉、椋の葉などの落葉も始まり、十月には、木立の多い所の庭がたいへんすばらしい、という。しかし野分《のわけ》（台風）の吹いた翌日の庭の荒れた様には驚いている。

野分のまたの日こそ、いみじうあはれにをかしけれ。立蔀《たてじとみ》、透垣などの乱れたるに、前栽どもいと心ぐるしげなり。大きなる木どもも倒れ、枝など吹きをられたるが、萩、女郎花《おみなえし》などのうへによころばひふせる、いと思はずなり。格子のつぼなどに、木の葉を、ことさらにしたらんやうに、こまごまと吹入れたるこそ、荒かりつる風のしわざとはおぼえね。

立蔀や透垣などが壊れ、庭先の植え込みも気の毒だ。大きな樹木が倒れて、萩や、女郎花などの上にかぶさっているのは、思いがけなく驚かされる、という。やがて再び年中行事の季節が到来することにより、家から観察する季節の変化の記事が姿を消してゆく。

しかし季節とは関係なく訪れたのが客人であった。

客人の来訪

家には多くの人がやってきた。二五段の「にくき物」には、そうした人々の憎たらしい言動や行動を記している。たとえば、急ぎ事がある折に、長話をする客人。軽く扱ってもいい人ならば、「後で」などと言って追い返すことができるのだが、さすがに「心はづかしき人」（心配りすべき人）の場合は、追い返すのが難しい。

次に、どうということもない人が、笑顔をして人に問いかけてくること。火桶や炭櫃などに手の裏を返したり、手のしわを押し広げたりする、その前に座り込んで、足をもたげたりするなど我が物顔に振る舞う。酒を飲んでわめき、口を手で探って髯《ひげ》があるものはそれを撫でて、人にもっと飲むように盃を勧める様子などは、たいへんに憎たらしい。

さらに、人のことを羨み、自分の身を歎き、他人のことをあれこれと言い、ちょっとした程の事でも知りたがり、聞きたがったりするのに、話をして知らせないことを恨んで悪口を言い、またわずかに聞き知ったことを、自分は元から知っていたかのように、別人にも脚色して語る。

隠すのには場が悪いところに、男を隠し伏せおいたところ、いびきをかいてしまう。また、ひそかに忍んでくる際に、長烏帽子《えぼし》をしており、さすがに人には見えないようにと、あわてて入ったところ、何か物に烏帽子がつき当たって、がさっと音をたてるのも、たいへんに憎たらしいなど、その後も、延々と客人のぶしつけな動きを書き留めている。

九二段の「かたはらいたき物」（はらはらするもの）では、来客と会って話をしている時に、奥の方で寛いだ内緒話をしていたり、外泊をした時、下の者どもがふざけていたり、才のある人の前で、才の無い人が物知り顔をして、人の名をあげていたりするのをあげる。

九三段の「あさましきもの」（あきれたもの）では、人にとって恥ずかしく具合のわるいことを無遠慮に言ったり、見せてはならない人に、よそに持ってゆく文を見せたりすることをあげ、一〇五段の「見ぐるしきもの」として、衣服の背中の縫い目を肩に寄せ、首と背中の一部が見える抜き襟をした着方や、髭が多くて痩せこけた男の昼寝姿をあげている。

そうした客人の来訪を迎える家で使っている召使の憎たらしい行動も、二五段では描く。たとえば、会わずにいたいと思っている人が来たので、空寝をしていたところ、起こしにきて、「いぎたなし」（寝坊だ）と思っている顔をして、ひき起こしにかかる、新参者なのにもかかわらず、物知り顔で世話を焼くなど。

妻問婚《つまどいこん》（婿取り婚）のこの時代、客人の来訪はのっけから断るわけにはゆかなかったから、不躾《ぶしつけ》に追い返すこともならず、こうした不満が積もったのであろうが、基本的には今の感覚につながる話が多い。

もちろん歓迎されない客人だけではなかった。少納言と知己の人物の来訪も多く、その場合は心待ちにしていたのである。

逢瀬を楽しむ

二七五段では、人から文が送られてきた時の様子を記している。

今朝はさしも見えざりつる空の、いと暗うかきくもりて、雪のかきくらし降るに、いと心ぼそく見いだすほどもなく白うつもりて、猶いみじうふるに、随身《ずいじん》めきてほそやかなる男の、傘さして、そばのかたなる塀の戸より入りて、文をさし入れたるこそをかしけれ。

朝のうちはさほどに見えなかった空が、とても曇ってきて、雪が降り注いできたことから、心細くなっていると、見る見るうちに白く積もって、たいへんに雪が降るなか、随身のようなほっそりした男が傘をさし、塀の戸口から入って、文をさし入れてくるのがおもしろい、と語り、その文がどのようなものであったのか、繰り返し見ることになる、と記している。心細いときの客人の来訪や手紙は大歓迎であった。

二六段の「心ときめきする物」の例には、「よきをとこの、車とどめて案内《あない》しとはせたる」（身分の高い男が車を止めて、取り次ぎを求めたこと）と、「待人などのある夜。雨の音、風の吹きゆるがすも、ふとおどろかる」（待ち人がある夜に、雨音や風が吹いて音をたてるのも、ふと胸騒ぎがする）との、二つをあげている。さらに二八段の「心ゆく物」の一例に次のような記述が見える。

つれづれなる折に、いとあまりむつまじくもあらぬまらうとの来て、世の中の物語この比ある事の、をかしきも、にくきも、あやしきも、これかれにかかりて、おほやけわたくしおぼつかなからず、ききよき程に語たる、いと心ゆく心ちす。

一人で退屈な折、睦まじい関係にはない客人が来て、この頃の出来事のうちの面白いのや、憎らしいの、奇妙なものなどを、かれこれにつけ、公私にわたってすべてに通じており、聞きにくくないほどに語ってくれるのは、たいへん満ち足りた思いがする、という。

少納言が好きなタイプについて述べているのが、二五〇段である。「よろづのことよりも、なさけあるこそ、をとこはさらなり、女もめでたくおぼゆれ」と、「なさけある」（情愛が深い）人であること、男の場合には特にそうである、と語り始め、ほんのちょっとした言葉であって、いたく心に染み入る言葉ではないものの、気の毒なことについては「いとほし」と、可愛そうなことについては「げにいかに思ふらん」（本当にどんな想いでしょう）と、言っていたと伝え聞くと、対面して言われた時よりも嬉しく思う。私のことを思ってくれている人やたずねてきてくれる人ならば当然のことである、という。

ただ、「なさけある」「心よき人」で、「かどなからぬ」（才の無くはない）人はめったにいない、とも指摘している。とはいえ、必ず来ると思って待っていた側にも失態はある。九三段の「あさましきもの」には、迎える側の失態が記されている。

かならず来なんと思ふ人を、夜ひと夜おきあかし待ちて、暁がたに、いささか打忘れて寝入にけるに、烏のいと近くかかとなくに、打見上げたれば、ひるになりにける、いみじうあさまし。

思う人が必ず来るであろうと、一夜明かして待つうちに、暁方になって忘れて寝入ってしまい、烏がカーカー鳴いているので、見上げると、すでに昼になっており、あさましく思った、という。

暁の男の行動

親しい関係にならずとも、男には理解できない行動のあることを、二四九段が、「をとここそ、猶いとありがたく、あやしき心ちしたる物はあれ」として、そのさまざまな奇抜な行動を語っている。欠点のない整った美女を打ち捨てて、憎たらしい女を妻に持ったりする。すべてに非の打ち所がないような人さえをも、見捨てたりするかと思えば、にくらしげな女を妻とする、と首をかしげる。あるいは少納言もこういう男に見捨てられたこともあったのだろう。

では、付き合うなかで、睦まじい関係になった男との逢瀬を待ち望むようになった時はどうか。六〇段は、逢瀬を過ごした睦まじい男の翌朝の様子を描いている。

暁に帰らん人は、装束などいみじううるはしう、烏帽子の緒《お》、元結《もとゆい》かためずありなんとこそおぼゆれ。いみじくしどけなく、かたくなしく、直衣《のうし》、狩衣《かりぎぬ》などゆがめたりとも、誰か見しりてわらひそしりもせん。

暁に女のもとから帰ろうとする男は、装束をきちんと整えたり、烏帽子の緒をきちんと結びつけたりして欲しくない。とても締まりがなく、見苦しく、直衣や狩衣などをゆがんで着ていても、誰がそれを見知って笑い謗ることがあろうか、という。つまり男には翌朝はきびきびして欲しくない。そうした場合は、他に用事があってのことだ、として次のように語る。

いときはやかに起きて、ひろめきたちて、指貫《さしぬき》のこしごそごそとひきゆひなほし、うへの衣も、狩衣も、袖かいまくりて、よろづさし入れ、帯いとしたたかにゆひはてて、ついゐて、烏帽子の緒、きと強げにゆひいれて、かいすうるおとして、

男はきびきびした振る舞いをとることがよくあるのだが、その行動は、所詮は次のように不躾である、という。

扇、畳紙《たとうがみ》など、よべ枕がみにおきしかど、おのづからひかれ散りにけるをもとむるに、くらければ、いかでかは見えん、いづらいづらと、たたきわたし見いでて、扇ふたふたとつかひ、懐紙《ふところがみ》さしいれて、まかりなん、とばかりこそいふらめ。

扇や畳紙を夜に枕近くに置いてあって、おのずと散らばっているのを、探し求めるのだが、暗いのでどうにも見えない。どこか、どこか、とそこらを叩いてまわり、扇をぱたぱたと使い、懐紙を差し入れて、では失礼、という。

男の違った動きを、少納言は見逃しはしない。ほかにも女性がいるかと常に気にかけていたのである。では男は翌朝にはどうあるべきか。

人は猶、暁の有様こそ、をかしうもあるべけれ。わりなくしぶしぶに、起きがたげなるを、しひてそのかし、明けすぎぬ、あな見ぐるし、などいはれて、うちなげくけしきも、げにあかず物憂くもあらんかしと見ゆ。指貫なども、ゐながら着もやらず、まづさしよりて、夜いひつることのなごり、女の耳にいひ入れて、なにわざすともなきやうなれど、帯など結ふやう也。格子おし上げ、妻戸ある所は、やがてもろともに率《い》ていきて、昼のほどのおぼつかなからんことなども、いひいでにすべり出でなんは、見おくられて名残もをかしかりなん。

男は暁の別れの振る舞い方に興趣が感じられる。しぶしぶ起きにくそうにしているのを、無理に起きるよう、もう明けてしまいました、ああみっともない、などと言われてやむなく起き、歎く様子も本当につらいのであろう、と見える。

指貫なども、座ったまま履かないままに、何はともあれ女に寄ってきて、夜に言ったことの名残を、女の耳にささやき、それから何をするわけでもないのだが、帯を結び、格子を押し上げ、妻戸のある所に一緒に連れ立って、別れ別れでいる昼頃の不安な思いを口にしながら見送られて出て行くのは、別れの名残もきっと風情があることなのでしょうと、他人事のように翌朝の男の姿や行動を描いているが、これは少納言の実際に体験したことに基づくものであることは確かであろう。

やがて婿取り

他の女性とも関係をもった男はどう思われるのか。一八二段は、色好みで多くの女性と関係をもっている男が、夜はどこにいたのか、暁に帰ってきてそのまま起きていて、まだ眠たそうな様子ではあるが、硯をとり寄せ、墨をこまやかに磨り、筆任せではなく、心をいれて手紙を書く、打ち解けた様子はおもしろく見える、と記している。

しかし二五段の「にくき物」は、他の女性のことを得意げに語る男の憎らしさを、次のように記している。

わが知る人にてある人の、はやく見し女のことほめいひ出などするも、程へたることなれど、猶にくし。まして、さしあたらんこそ思ひやらるれ。されど、中々さしもあらぬなどもありかし。

今は恋人になっている男が、以前に関係した女のことを褒めるのは、既に時は経っていたにしても、やはり憎たらしい。ましてそれが現在のことであったならば、憎らしさのほどは思いやられる。こう記した後、それはそうではあるのだが、時と場合によってはそうでもないこともあろうか、と思ったりする、という。

こうしてやがて親しい男との間に子どもを産むことになるが、そうなると家の婿になった男の行動が気がかりになる。二二段の「すさまじき物」から見ておこう。

家のうちなるをとこ君の来ずなりぬる、いとすさまじ。さるべき人の宮づかへするがりやりて、はづかしとおもひゐたるもいとあひなし。ちごの乳母の、ただあからさまとて出ぬる程、とかくなぐさめて、とく来、といひやりたるに、こよひはえ参るまじ、とて返しおこせたるは、すさまじきのみにならず、いとにくくわりなし。

家に婿君が来なくなるのは、ひどく興醒めである。宮仕えの人に婿を取られて残された妻が、気がひけるように思うのも、ひどくつまらない。生まれた子の乳母が、ほんのちょっと外出した時に、機嫌をとって、「早く帰ってくるように」と言い送ったのにもかかわらず、今夜は参れません、という返事をしてくるのは、興醒めだけでなく、とても憎らしく、どうしようもない。一五七段の「たのもしげなき物」にも、あきっぽく妻を忘れがちな婿が、夜に来なくなるのは、頼もしいという感じがしない、とある。

なお少納言は橘則光を夫に持ち、子には則長を儲けていたことがこれまでに明らかにされているが、後述するように、則光は少納言の「兄」として七八段などに出てくるので、宮に仕える以前に別れていたのであろう。

子どもへのまなざし

こうして関心はやがて婿ではなく、生まれた子どもへと視線が向いてゆくことになるが、幼い時期には困ることが多かった。一五〇段の「くるしげなる物」の一つに、夜泣きをする幼児を育てる乳母をあげ、六七段では、ものもまだ言わない幼児がそっくりかえって、人に抱かれるのをいやがって泣いているのを「覚束《おぼつか》なきもの」としてあげている。一四三段の「むねつぶるる物」では、「ものいはぬちごの、泣き入りて、乳ものまず、乳母のいだくにもやまで、ひさしき」を記している。

二五段の「にくき物」の一例には「物聞かんと思ふほどになくちご」をあげ、一〇三段は「はるかなるもの」として「生れたるちごの、おとなになるほど」をあげ、子どもを育てることの難しさを語っている。

しかし幼児はなんと言っても可愛いもの。五五段は、幼児の望ましい姿を記し、若い人や幼児などは肥えているのがよいとし、五六段は、幼児が奇妙な弓や、鞭《むち》のようなものをふりかざしているのが、可愛らしい、として、それを見た時には、車を止めて抱いてみたくなり、抱いてゆくと薫物《たきもの》の香りが漂ってくるのがおもしろい、という。

一三三段の「つれづれなぐさむもの」の例として、三つ四つの幼児が何かおもしろいことを言ったり、まだ幼い子が何やらしゃべったり、「たかへ」という一人遊びをしたりすることをあげている。「うつくしき物」を列挙した一四四段は、うつくしい稚児《ちご》について、次のように記している。

をかしげなるちごの、あからさまにいだきて、あそばしうつくしむほどに、かいつきてねたる、いとらうたし。(中略)
いみじうしろく肥へたるちごの、二つばかりなるが、二藍《ふたあい》のうすものなど、衣ながにて、襷《たすき》ゆひたるが、はひ出でたるも、又、みじかきが袖がちなるきてありくも、みなうつくし。八つ九つ十ばかりなどの、男児の、声はをさなげにて、文よみたる、いとうつくし。

抱っこして遊ばせていつくしむと、抱きついて寝てしまう。肌の白く太った二歳ほどの子が這い這いして出てくる。丈が短いので袖ばかりのように見える子が歩く。八歳から十歳にかけての男児が、幼い声で本を読んでいる。これらが美しい、という。

一二五段では子どもが持ってきた草に関する話である。

七日の日の若菜を、六日、人の持て来さわぎとりちらしなどするに、見もしらぬ草を、子どもの取持てきたるを、なにとか、これをばいふ、と問へば、とみにもいはず、いま、などこれかれ見合せて、耳無草《みみなぐさ》となんいふ、といふもののあれば、むべなりけり、聞かぬ顔なるは、と笑ふに、又いとをかしげなる菊のおひいでたるを持てきたれば、

つめど猶みみな草こそあはれなれ　あまたしあればきくもありけり

といはまほしけれど、又これも聞き入るべうもあらず。

正月七日の若菜を、前日に人が持ってきたので騒いで取り散らしていたところ、見たこともない草を子どもが持ってきて、これは何という草か、と問うた。皆は分からずに、無言で顔を見合わせるなか、これは耳無草である、という人がいたので、そうだったのか、それで皆が聞かなかったような顔をしていたのは、などと笑っていた。そこにまた、とても愛らしく菊の生えてきたのを持ってきたの

を見て、少納言は歌を詠んでみようとしたのだが、これは子どもたちには分かりそうもないだろう、と記している。

子が成長すると、ただ可愛いばかりではない。成長した子を法師になしたことが心苦しいと、四段の「思はん子を」で語っているが、その子がやがて十二年の山籠もりをするようになった女親の思いを「覚束《おぼつか》なきもの」として描くのが六七段である。

一〇六段では「言ひにくきもの」の一つとして、大人になった子が思いがけないことを尋ねてきた時、それを子の前では言いにくいこととしてあげている。

子どもが成長するなかで、様々な体験をすることになる。二六段の「心ときめきする物」には、飼っていた雀の子が、乳飲み子を遊ばせている前を通って行くのをあげている。二五段の「にくき物」には、ちょっと遊びに来た他所の子たちが、幼児を見かけて可愛がってくれたので、いろいろ面白い物を彼らに与えたところ、それに慣れてしまい、いつもやって来て、座り込んでは調度を散乱させることをあげている。二七段の「すぎにしかた恋しき物」では、「雛遊びの調度」をあげる。

家を場とする人間関係や自然観察、人間観察などについて見てきたが、この時代の風習が妻問婚であることにおいて現代とはやや違うものの、ここに描かれた観察や関係はそのまま現代へとつながっている。

賀茂臨時祭の見物

少納言は宮に仕えるなか、家に下がることもあったが、外出する機会も多かった。なかでも京を代表する祭である賀茂社の祭礼は少納言をひきつけた。二〇五段の「見物は　臨時の祭。行幸。祭の還《かえ》さ、御賀茂詣」と始まる話は、少納言が何を求めてそれらの見物に赴いたのかがよくわかる。

その筆頭にあげられている「臨時の祭」とは賀茂臨時祭のことである。この臨時祭は、九世紀の貞観時代に日本列島を自然災害が襲った折、賀茂の神が自らの力の衰退を歎いて、芸能を奉納してほしい、と託宣したことから開かれるようになった祭礼といわれ、毎年十一月に行われていた。

　賀茂の臨時の祭、空くもり、寒げなるに、雪すこしうちちりて、挿頭《かざし》の花、青摺《あおずり》などにかかりたる、えもいはずをかし。太刀の鞘《さや》のきはやかに、黒うまだらにて、ひろう見えたるに、半臂《はんぴ》の緒の、瑩《えい》じたるやうにかかりたる。地摺《じずり》の袴のなかより、氷かとおどろくばかりなる打目《うちめ》など、すべていとめでたし。

祭の使者や陪従《べいじゅう》たちが、社に向かう行列に目を向けると、雪がその行列の使者たちの挿頭の花、青摺などに降ったり、黒い太刀、半臂の緒、地摺の袴などに映じたりする様子をすばらしい、と讃えている。

いますこしおほく渡らせまほしきに、使はかならずよき人ならず、受領などなるは、目もとまらずにくげなるも、藤の花にかくれたるほどはをかし。猶すぎぬるかたを見おくるに、陪従の品おくれたる、柳に挿頭の山吹《やまぶき》わりなく見ゆれど、泥障《あうり》いとたかううちならして、神の社のゆふだすき、とうたひたるは、いとをかし。

もう少し大勢での行列が望ましいのだが、使者は必ずしも立派な人ではなく、受領などの容貌はよくないので、藤の花に隠れているのがおもしろい。去り行く品のない陪従は、柳襲《やなぎかさね》に挿頭の山吹という姿に釣り合わないように見えたが、馬の泥障を高く鳴らして、「神の社のゆふだすき」と謡っていたのがおもしろい、という。この歌は『古今集』に載る「ちはやぶる神の社のゆふだすき　一日《ひとひ》も君をかけぬ日はなし」である。

ここには行列しか描かれていないが、一三五段は「猶世にめでたきこと　臨時の祭ばかりの事にかあらむ。試楽もいとをかし」と記し、その練習の試楽の様子を記している。少納言が里にいた時には行列を見物するだけでは飽き足らず、臨時祭を社まで行って見物したことを、次のように記している。

おほいなる木どものもとに、車をたてたれば、松の煙のたなびきて、火のかげに、半臂《はんぴ》の緒、衣のつやも、ひるよりはこよなうまさりてぞ見ゆる。橋の板をふみならして、声あはせて、舞ふほども、いとをかしきに、水のながるるおと、笛の声などあひたるは、まことに神もめでたしとおぼすらむかし。

大きな木々の元に車が立ててあるので、松明《たいまつ》の火の煙がたなびいて、その火影に舞人の半臂の緒や衣の艶が昼よりも格段に勝って見える。舞人が集団になって橋殿《はしどの》の板を踏み鳴らし声を合わせて舞うところも、とてもおもしろい。境内の水の流れる音が笛の音に合って聞こえるのは、まことに神も結構なものと思うであろう。

この橋殿で舞人たちが東遊《あずまあそび》などを舞っている風景は、『年中行事絵巻』に描かれているが、二〇二段の舞を列挙したうちの筆頭にあげられている「駿河舞。求子《もとめご》」は、東遊の舞曲の一つである。

祭の還さ

二〇五段に見える「祭の還《かえ》さ」とは、四月の賀茂祭における還立《かえりだち》の行列のことである。賀茂祭は四月の。中の酉の日に行われるが、斎院が賀茂川で身を清める午の日の御禊《おんみそぎ》、翌日の酉の日の祭の行列、戌の日の祭の還さで構成されている。そのうちの祭の還さの見物の模様を次のように記している。

祭の還さいとをかし。昨日はよろづのことうるはしくて、一条の大路のひろうきよげなるに、日のかげもあつく、車にさし入りたるもまばゆければ、扇してかくしゐなほり、ひさしく待つもくるしく、汗などもあえしを、今日はいととくいそぎいでて、雲林院《うりんいん》、知足院などのもとにたてる車ども、葵かつらどももうちなびきて見ゆる。

祭の帰りの行列はおもしろい。当日、早く起きて行列を待っていたところ、ついにやって来た。昨日の祭の本番はすべてにわたって麗しく、一条大路が広く清められていて、日差しが暑く車にさし入ってまばゆいので、扇で日を隠して久しく待っているのが苦しいし、汗なども混じってくる。そのため、今日は早く家を出たところ、雲林院や知足院などの先に立てた車どもが葵桂などをなびかせていたのが見える。

いつ来るかと待つうちに、森の方より、赤い狩衣などを着ている者たちが、連れ立ってくるので、どう、行列はもう始まったの、と聞くと、まだ先のこと、と言って、御輿《みこし》などを持って、斎院に入っていった。斎院はあの車にお乗りあそばされるのであろう、と素晴らしく神々しく思えたが、どうしてあんな身分の低い者が御側に仕えているか、と思うと恐ろしい気がした、という。

まだまだ、と言っていたのだが、ほどなく斎院がお帰りになった。その時の供の女官や蔵人所の衆、公達《きんだち》についてこう描いている。

扇よりはじめ、青朽葉《あおくちば》どものいとをかしうみゆるに、所の衆、青色に白襲《しろがさね》を、けしきばかりひきかけたるは、卯の花の垣根ちかうおぼえて、時鳥《ほととぎす》もかげにかくれぬべくぞ見ゆるかし。昨日は車一つにあまたのりて、二藍《ふたあい》のおなじ指貫、あるは狩衣などみだれて、簾ときおろし、ものぐるほしきまで見えし君達の、斎院の垣下《えが》にとて、日の装束うるはしうして、今日は一人づつさうざうしく乗りたるしりに、をかしげなる殿上童《てんじょうわらわ》乗せたるもをかし。

女官たちの扇をはじめ、青朽葉の着物がとてもおもしろく見えるのに、蔵人所の衆が、青色の袍に白襲の裾を印ばかりに帯にひきかけているのは、卯の花の垣根に似ているように感じられ、ホトトギスもその陰に隠れてしまいそうに見える。昨日は一つの車にたくさん乗って衣類をしどけなく着て羽目をはずし振る舞っていた公達が、今日は斎院の饗《きょう》の相伴役ということから、一人ずつ車に寂しく乗って、かわいらしい殿上童を乗せているのも、おもしろい。

行列を見終わって

行列が終わると、人々は先を争って帰っていった。

わたりはてぬるすなはちは、心ちもまどふらん、我もわれもと、あやうくおそろしきまで先にたたんといそぐを、かくないそぎそ、と扇をさしいでて制するに、聞きもいれねば、わりなきに、すこしひろき所にて、しひてとどめさせてたてる、心もとなくにくしとぞ思ひたるべきに、ひかへたる車どもを見やりたるこそをかしけれ。

行列が終われば、すぐに気がせくのであろう、恐ろしく思うほどに我も我もと先を急ぐので、扇を差し出して「そんなに急がないで」と止めたけれど、聞き入れないから、やむなく広い場所に車を止め、通り過ぎるのを待っているのもおもしろい。そうしたなか後続の車から挨拶があった。

男車《おぐるま》の誰ともしらぬが、後にひきつづきてくるも、ただなるよりはをかしきに、ひきわかるる所にて、峰にわかるる、といひたるもをかし。猶あかずをかしければ、斎院の鳥居のもとまでいきて見るおりもあり。

後に続く男車には誰だかわからぬ人が乗って、引き続いてくるのもおもしろい。道が分かれるところで、その車の男が「峰に別るる」と挨拶を言いかけてくるのもおもしろい。興が尽きないので、斎院の鳥居のもとまで、近づいて見た時もあった。「峰にわかるる」とは、『古今集』の壬生忠岑《みぶのただみね》の「風吹けば峰にわかるる白雲の　絶えてつれなき君が心か」の歌によったもので、それを謡った男車の主については、なぜか少納言は語っていない。

さらに行列に加わっていた内侍《ないし》の車が忙しげに帰っていったことから、この時の少納言は別の道を帰っていったという。なお一一六段の「いみじう心づきなきもの」では、このような祭や禊《みそぎ》などを見物する男が、車に一人で乗っていることがよくあるが、いったいどういう心持ちなのであろうか、心の狭い人物のように見える、と不快感を示している。

行幸の行列

二〇五段の「見物は」と始まる話は、もう一つ、行幸の様子をあげて描いている。

行幸にならぶものはなにかはあらん。御輿にたてまつるを見たてまつるには、あけくれ御前にさぶらひつかうまつるともおぼえず、神々しく、いつくしう、いみじう、つねはなにとも見えぬ、なに司、姫まうちぎみさへぞ、やむごとなくめづらしくおぼゆるや。御綱の助の中少将、いとをかし。近衛の大将、ものよりことにめでたし。近衛府こそ、猶いとをかしけれ。

行幸に匹敵するものはない。天皇が御輿にお乗りになっているのを見かけると、明け暮れ御前近くで奉仕していたとも思えなくなる、神々しく、尊く、ご立派で、常日頃は特に目にもとまらない伴人何の司や姫大夫（女官）までもが高貴に見えてくる。御輿の綱をとる駕輿丁《かよちょう》の近くにあって、天皇を警護する中少将も風情があり、近衛の大将は誰よりも素晴らしい。近衛府の人々はやはり奥ゆかしい、と絶賛する。

日頃見かける天皇をはじめとする人々が、行幸ともなれば一段と神々しく、素晴らしく見えるというが、この話に続いて、今は絶えてしまった五月の武徳殿《ぶとくでん》への行幸の思い出を語って、最後に「行幸はめでたきものの、君達車《きんだちぐるま》などの、このましうのりこぼれて、上下走らせなどするがなきぞくちをしき。さやうなる車の、おしわけてたちなどするこそ、心ときめきはすれ」と結んでいる。君達車に若い殿原《とのばら》をいっぱい乗せて、それに乗りこぼれた者が走って行き、その中を押し分けて立つ車がある、というかつての風情が望まれるのだ、と語っている。

この時期、正暦四年（九九三）十一月二十七日には大原野《おはらの》社に、長徳元年（九九五）十月二十一日には八幡《はちまん》行幸があったが、このうち八幡行幸については、一二二段でその時の様子を記している。『年中行事絵巻』は、行幸については、天皇が父母に挨拶にゆく朝覲《ちようかん》行幸の図を描くが、そこに描かれている京の町では、行列を見ようと、多くの見物人が集まった様子がみてとれる。「見物」の最大の関心事は、行列の風景にあった。

折につけて行幸は行われていたが、その多くは神社への行幸であった。二六八段は「神」を列挙したもので、次のように記している。

神は　松の尾。八幡。この国の帝にておはしましけんこそめでたけれ。行幸などにな木の花の御輿に奉るなど、いとめでたし。大原野。春日いとめでたくおはします。平野はいたづら屋のありしを、なにする所ぞ、と問ひしに、御輿宿り、といひしも、いとめでたし。斎垣《いがき》に葛《つた》などのいとおほくかかりて、もみぢの色々ありしも、秋にはあへず、と貫之が歌思いでられて、つくづくとひさしうこそ立てられしか。みこもりの神、又をかし。賀茂さらなり。稲荷。

筆頭に松の尾（松尾神社）と八幡（石清水《いわしみず》八幡宮）が置かれているのは、この国の帝を祭神として祀っていて、すばらしいからとしている。そこへの行幸などで、なぎの花を御輿にかざりつけることも、たいへんすばらしいという。松尾社は都が平安京に遷都するにあたって、賀茂社とともに祈りが捧げられており、石清水八幡は九州の宇佐八幡が勧請《かんじょう》され、賀茂社とともに王城鎮護《ちんご》の社とされ、芸能を奉仕する臨時祭も開かれた。

大原野、春日社もとても素晴らしいというが、二つの神社は天皇を守る藤原氏が祀る社であり、三五段は、春日神社の近くにある猿沢池には采女《うねめ》が身を投じたということを聞いた帝が行幸したという話を記している。

少納言が平野社に赴くと、使用されていない建物があったので、何をするところか、と尋ねたところ、御輿宿りであるといわれて、すばらしいと思い、斎垣に蔦などが多くからまっているのを見て、紀貫之の「ちはやぶる神の斎垣にはふくずも　秋にはあへずうつろひにけり」という『古今集』の歌を思い起こしている。

最後に稲荷社をあげているが、少納言は稲荷詣もしており、その様子は一五一段の「うらやましげなる物」に記されているが、これは後に触れることにしよう。

寺への参詣

神社への参詣とともに、寺院への参詣も行われた。二八段は「心ゆく物」の一つとして、神や寺に参って祈りを申すと、寺では法師が、神社では禰宜《ねぎ》などが、よどみなく流暢で、思っていた以上に耳に快く申していることをあげている。

一一六段は「いみじう心づきなきもの」の例として、どこかに行き、寺に参詣する日の雨をあげる。九四段は寺に詣でたり、どこかに行ったりした時に、趣向をこらして赴いたはずなのに、しかるべき人が馬や車に乗ってでも、行き逢って見てくれることがなくては残念だ、と記す。寺に参詣する時にも周囲を意識していたようである。

三一段には菩提寺での法華八講に、結縁《けちえん》のため赴いた話を載せ、三二段では小白河の小一条の大将藤原済時の邸宅で行われた法華八講に聴聞のために赴いた時の話を載せている。法華八講は多くは屋敷で開かれており、二四七段は「いみじうしたてて婿どりたるに」という婿取りの話の一つとして、次の話を記している。

六月に、人の八講し給《たまう》所に、人々あつまりて聞きしに、蔵人になれる婿の、れうの上の袴、黒半臂など、いみじうあざやかにて、忘れにし人の車の鵄《とみ》の尾といふ物に、半臂の緒をひきかけつばかりにてゐたりしを、いかに見るらんと、車の人々も、しりたるかぎりはいとほしがりしを、こと人々も、つれなくゐたりし物かな、などのちにもいひき。

六月、法華八講が行われる所に、人々が集まってそれを聞いていた時、鮮やかな服装をした蔵人になった婿が、すっかり忘れてしまっていた女の車の鵄尾《しび》に、半臂の緒がひっかかるほどに近くにいたのを、どう思って見ているのだろう、と車の人々も、事情を知っている人も、気の毒に思っていたが、他の人々も、よく平気でいたものか、と後から言っていたという。

こう語った後、「猶をとこは、もののいとほしさ、人の思はんことは、知らぬなめり」（やはり男というものは、何かを気の毒だと思う心、人の気持ちがわからない）と評している。聴聞などに多くの人々が集まる場では、振る舞いや行動が注目を浴びるのであった。
少納言の赴いた寺には、東山の清水寺《きよみずでら》、太秦《うずまさ》の広隆寺《こうりゅうじ》、大和の長谷寺《はせでら》など数多くあったが、このうちの清水寺については関連記事が多い。二一二段は清水寺にお参りする時、坂本から登るうちに、柴を焚く香りがしてくるのは、たいへんにおもしろい、という。その坂上にある清水寺に参籠するのは、観音の縁日である十八日が多かったことから、二三七段は「さわがしき物」の一例として、「十八日に清水に籠りあひたる。暗うなりて、まだ火をともさぬほどに、ほかより人のきあひたる」ことをあげている。

清水寺参籠

清水寺に参籠《さんろう》した時の詳しい様子は一一五段に見える。清水寺は京の河東にあって、すぐに赴けるだけに、少納言も参籠をしばしば行っていたが、ここには正月の参籠の様子が詳しく記されている。正月に寺に籠もるのは、ひどく寒く、雪も降りがちに冷え込んでいるのがおもしろい、雨が降ってきてしまいそうな空模様は、よろしくない、と始まって、次のように語ってゆく。

① 局に籠もるため、榑階《くれはし》の下から登るが、帯ばかりをした若い法師《ほうし》原《ばら》が、上下しながら経や倶舎《くしゃ》の頌《しょう》を少し唱えつつ歩いている。私は登るのに危ういので、高欄を押さえつつゆくが、法師たちは板敷きの上を行くような軽やかさで、局の用意ができています、と言うや、供のものが沓を持ってきて用意した。

② 参籠者は略装で来るものや正装で来るものなど、様々であるが、若き男どもや家の子などが、

指示して主人を先導してゆく。人がいるので、ゆっくりと、などと制するものもいれば、それを聞きも入れず、「まづ我れ疾《と》く仏の御前に」と早く駆けつける。

③ 局に行くためには、人の居並ぶ前を通るので、うとましい感じがするが、内陣・下陣を仕切る犬防《いぬふせ》ぎから中に入った時の心地は、たいへんに尊くおぼえ、どうして毎月、詣でなかったのかと、発心《ほっしん》した。

④ 仏前の御常灯よりも、内陣に参詣するための灯りが恐ろしいほどに燃え上がって、仏像がきらきらと見え、それに法師が尊げに文を捧げ、導師が礼盤《らいばん》に向かって祈願をするので、誰の祈願をしているのかを聞き分けることができない。

⑤ そうはいえ、しぼり出した声から、「千灯の御心ざしは、なにがしの御ため」と、わずかに聞こえてきたので、掛け帯を肩にうちかけて拝んでいると、御用を承りました、と言って、法師が樒《しきみ》の枝を折って持って来たときの尊さが、おもしろい。

⑥ 犬防ぎの方から法師が寄ってきて、御立願のことはよくお願い申しました、幾日ほどお籠もりになられますか、と問いかけ、こんな方もお籠もりになられています、など言って去ってゆく。すぐに火桶・菓子など持ってきて、半挿《はんぞう》に手水《ちょうず》などを入れ、御供の人はかの坊に、などと言って、呼びたてられると、代わる代わる行く。誦経の鐘の音は、我がための音かと聞くと、たのもしく聞こえた。

こうして参籠に入り、参籠する人々の様子を描く。昼の勤め、後夜《ごや》の勤めに際しての寺側の動きと参籠者の行動を微細に追ってゆく。

正月の長い参籠とは違って、二月の末、三月の一日の参籠ともなると、若い公達が増え、華やかであるという。そして参籠の記事を締めくくって、召し使う者を連れていっても、参籠のしがいはない、同じような人々と連れ立って、様々なことを話し合えるように、できるだけたくさんで行きたいものだ、という。一人だけでは相当に退屈な日々を過ごすための述懐と聞こえてくる。

外出先での所在無さ

長期間にわたる参籠は、少納言を心の頼りとしていた中宮にも辛かったのであろう。二二四段には、中宮からの歌が参籠中の少納言に届いたことが記されている。

清水に籠もりたりしに、わざと御使しての給はせたりし唐《から》の紙の赤みたるに、草にて、

山ちかき入相《いりあひ》の鐘の声ごとに　こふるこころの数はしるらん

ものを、こよなの長居や、と書かせ給へる。紙などのなめげならぬも、とりわすれたる旅にて、紫なる蓮の花びらにかきてまゐらす。

宮の使いは、赤らんだ唐紙に書かれた宮の歌を持参したが、それには草仮名で、山近い夕暮れの鐘は多く聞くが、その音ごとに、そなたが恋しく思うわたしの心はわかっているでしょう、という内容の歌が書かれており、格別な長逗留よ、と添え書きがあった。旅先で紙の用意のなかった少納言は、蓮の花びらに返事を書いたという。

この記事からは少納言がしばしば寺に参籠していたことがわかるが、ほかにも物忌みによる外出もあった。先に触れた二八二段には、滞在二日目の昼方に所在なさが募って仕方がなかった、と思っていると、ここにも、宮からも早く帰るように、という催促の歌が届いたとある。

さらに外出の目的には方違《かたたがえ》もあり、二七九段は節分《せちぶん》の方違から家に帰った時のことを記している。節分では、各月の節に入る前夜に方違をすることが慣わしであった。

節分違へなどして夜ふかくかへる。寒きこといとわりなく、おとがひなども皆おちぬべきを、からうじて来つきて、火桶ひきよせたるに、火の、おほきにてつゆ黒みたる所もなくめでたきを、こまかなる灰のなかよりおこしいでたるこそ、いみじうをかしけれ。

この場合、夜明けに帰るのが寒くて仕方無い、といっているので、春の節分の時のことであろう。寒い中を家に帰ってきた時に暖をとる動きを描く。二二段の「すさまじき物」の一つに、「方違へにいきたるに、あるじせぬ所」と、方違に行ったのに家の主がもてなさないことをあげており、「まいて節分などは、いとすさまじ」と指摘している。寒いなかでもてなしが無いのは、不快感を募らせたのであろう。

一五三段の「心もとなき物」を列挙したなかには、次の例があがっている。

なに事にもあれ、いそぎてものへいくべきをりに、まづ我さるべき所へいくとて、ただいまおこせん、とて、出でぬる車まつほどこそ、いと心もとなけれ。大路いきけるを、さなりとよろこびたれば、外ざまにいぬる、いとくちをし。まいて、物見に出でんとてあるに、ことはなりぬらん、と人のいひたるを聞くこそ、わびしけれ。

何の用事であっても、急いで行こうとした折に、誰かが、先に自分が行きます、直ぐに車は返します、と言ったのに、なかなか帰って来ず、出た車を待つ間がじれったい。大路を通ったとき、その通りをそう行くのよ、と喜んでいたのにもかかわらず、よその方へ去ってゆくのも、とても残念。まして物見のために出ようとしたのに、行事は終わってしまった、と人に言われると、がっかりしてしまう。外出の際の心の葛藤を描いているのがわかる。

外出先の風景

これまでは目的あっての外出であるが、何の目的とは記さずに外出した折の記事もある。二一九段は、たまたま外出したときの風景を次のように記している。

ものへいく路に、きよげなる男の、細やかなるが、立文《たてぶみ》もちていそぎいくこそ、いづちならんと見ゆれ。又きよげなる童べなどの、衵《あこめ》どもの、いとあざやかなるにはあらで、なえばみたるに、屐子《けいし》のつややかなるが、歯に土おほくつきたるをはきて、白き紙におほきに包みたる物、もしは、箱の蓋に草子どもなどいれて、持ていくこそ、いみじうよびよせて見まほしけれ。

どこかに出かける途中で、きれいなほっそりした男が、立文を持って急いでいるのに出会うと、どこの家に行くのか、と目にとまる。見た感じのきれいな童女などが、色目が鮮やかではなく、萎えている衵を着て、屐子がつやつやしていて歯に土が多くついたのを履き、白い紙に包んだ物を多く持ち、あるいは箱の蓋に草子などを入れて持って行くのは、声をかけ、呼びよせて見たい、と思う。

そこで門の近くを通る彼らを呼びいれようとすると、愛想もなく、返事さえもしないで行ってしまう。そんな時は、彼らを使っている主人の人柄が推し量られる、という。通りをゆく人々を観察する態度がよくうかがえる。

外出すると、様々な家を見ることになるので、その家の中の様子や動きにも関心がゆく。一七一段は「女ひとり住む所」を描いている。

女ひとり住む所は、いたくあばれて築土《ついいじ》なども全からず、池などのある所も水草《みくさ》ゐ、庭なども蓬《よもぎ》にしげりなどこそせねども、ところどころ砂子《すなご》の中より青き草うち見え、さびしげなるこそあはれなれ。ものかしこげに、なだらかに修理して、門いたくかため、きはぎはしきは、いとうたてこそおぼゆれ。

ひどく荒れていて築地が崩れ、池があるところにも水草が生え、庭も蓬こそ茂っていないが、諸所の砂から青い草が見え、その寂しげな様子が、風情がある、といい、賢《さかし》げに体裁よく修理して、門を厳しく固めているのは、とても面白みがなく感じる、という。少納言も一人で住むことがあったので、こうした情景を身近な存在として見ていたことであろう。

屋敷の風景

一三七段では、正月中旬にみかけた「えせものの家」（立派そうで立派でない家）で見た、まだ手入れがさほどではない「荒畠《あらばたけ》」に植えられた桃の木に登った童をめぐる一騒動を描いている。

いとほそやかなるわらはの、狩衣はかけやりなどして、髪うるはしきが、のぼりたれば、ひきはこえたる男児、また、こはぎにて半靴《ほうか》はきたるなど、木のもとにたちて、我に毬打《ぎちょう》切りて、などこふに、又髪をかしげなるわらはの、衵どもほころびがちにて、袴なへたれど、よき袿《うちき》きたる三、四人来て、卯槌《うづち》の木のよからむ、きりておろせ、御前にも召す、などいひて、おろしたれば、奪ひしらがひとりて、さしあふぎて、我におほく、などいひたるこそ、をかしけれ。

若々しい桃の木の上に登った童に向かって、木の下に集まった童たちが、自分たちに毬打の木を切って欲しい、と頼むと、女の子も三四人ほど来て、卯槌の木によいのを切って降ろせ、ご主人が入用だから、と頼む。そこで童が枝を切って降ろしたところ、奪い合って、童を仰ぎ見て、自分に多く、など言っているのも、おもしろい。

黒袴きたるをのこの、走りきてこふに、まて、などいへば、木のもとを引きゆるがすに、あやふがりて、猿のやうに、かいつきてをめくもをかし。梅などのなりたるをりも、さやうにぞするかし。

そこに黒い袴を着た男が走ってきて、頼んだところ、木の上の童が「待って」と言ったのに、男が木をゆさぶったので、童は猿のように木にしがみついてわめき叫ぶのもおもしろい。梅の実がなったときにもこういう騒ぎになるらしい。初春の一日の一齣を的確に描いているが、では身分の高い家の場合はどうであろうか。五七段には次のように記されている。

よき家、中門あけて、檳榔毛《びろうげ》の車白くきよげなるに、蘇枋《すおう》の下簾《したすだれ》、にほひいときよらにて、榻《しじ》に打ちかけたるこそめでたけれ。五位、六位などの、下襲《したがさね》のしりはさみて、笏《しゃく》のいとしろきに、扇うちおきなどしていきちがひ、又、装束し壺胡籙《つぼやなぐい》負ひたる随身《ずいじん》の出入《いでいり》したる、いとつきづきし。厨女《くりやめ》のきよげなるがさし出て、何がし殿の人やさぶらふ、など言ふもをかし。

立派な屋敷では、中門を開けたところに、白くきれいな檳榔毛の車が、蘇枋の下簾の鮮やかな色合いを見せ、榻に少しうち立ててあるのは、すばらしい。五位や六位の者などが、下襲の裾を石帯にはさんで、笏の新しく白いのに、扇を少し置くなどして行き違っていたり、正装して壺胡籙を背負った随身が出たり入ったりしているのも、似つかわしい。こざっぱりした台所働きの女が家から出て来て、何々のお殿様のお供の人はおひかえですか、など言っているのもおもしろい。身分に相応しい風景や行動は絶賛しているのがわかる。

二一六段は「おほきにてよき物」の筆頭に「家」をあげ、二一八段では「人の家につきづきしき物」として、「肱《ひじ》をりたる廊。円座《わろうだ》。三尺のき丁。おほきやかなる童女。よきはしたもの」をあげ、さらに「侍の曹司。折敷《おしき》。懸盤《かけばん》。中の盤。おはらき。衝立《ついたち》障子。かき板。装束よくしたる餌袋《えぶくろ》。唐傘。棚厨子《ずし》。提子《ひさげ》。銚子」などもあげている。外出先の家々を見たことによって、あるべき調度や人について列挙したのであろう。

季節に誘われて

宮仕えするようになって、十月中旬の月のあかるい頃に歩いてみようかと、女房十五、六人ほどで外出したことを記すのが二五四段で、二〇七段は夕涼みで、外に出た時のことを記している。

いみじう暑きころ、夕涼みといふほどに、物のさまなどもおぼめかしきに、男車の、前駆おふはいふべきにもあらず、ただの人も後の簾あげて、二人も一人ものりて、はしらせゆくこそ涼しげなれ。

たいへん暑いころ、夕涼みをしていると、物の有様なども何やらはっきりしないなか、男車が先払いをして走らせてゆくのは、いうまでもなく涼しげだが、普通の人でも車の簾を上げて、二人でも一人でも乗って、走らせてゆくのは涼しげである。

ましていて、琵琶かい調べ、笛のおとなどきこえたるは、過ぎていぬるもくちをし。さやうなるに、牛のしりがひの香の、猶あやしうかぎしらぬものなれど、をかしきこそ物ぐるほしけれ。いと暗う闇なるに、さきにともしたる松の煙の香の、車の内にかかへたるもをかし。

そのうえ琵琶を弾き鳴らし、笛の音が聞こえてくれば、その車が過ぎ去ってゆくのも心残りである。そうした時には、車を牽《ひ》く牛の後ろの革紐が、嗅いだことのない奇妙な匂いがするのも、おもしろく感じるのは我ながらどうかしている。月のない晩に、車の先にともしてある松明の煙の香りが、車の中に漂っているのもおもしろい。暑い日には夕涼みをよくおこなったが、その時には五感も敏感になったらしい。

二〇三段は「ひく物」の第一に琵琶をあげ、二〇四段は「笛」について、「笛は　横笛、いみじうをかし」と、遠くから聞こえてくるのが、しだいに近くなってゆくのがおもしろく、近くにあったのが、はるか遠くから聞こえてくるのもおもしろい。車でも、徒歩でも、懐に差し入れているものが何かはみえないが、これほどおもしろいものはないとも言っている。

忍んで行った所で逢瀬を楽しむのは夏がよい、と語っているのが七〇段である。

しのびたる所にありては、夏こそをかしけれ。いみじくみじかき夜の明ぬるに、露ねずなりぬ。

短い夜が明けてしまうので、寝ずに終わってしまうのだが、そのままどこも開け放してあるから、涼しく見渡せる。もう少し語り合うことがあれば、互いに受け答えするうちに、上の方で鳥が高く鳴いてゆくのが、あたかも鳥が見ているように感じられる。

また冬の夜、とても寒い時に、思う人と埋もれ臥して聞くと、鐘の音がまるで何かの底から聞えてくるように感じられておもしろい。鳥の声も最初は寒さのなかで羽の中に嘴《くちばし》を入れて、口ごもったように鳴くので、とても奥深く、遠くの声が明けるままに近くに聞こえてくるのもおもしろい、という。

逢瀬の時は夏でも冬でもよろしいようで、その夜明けを告げるのはともに鳥であった。また逢瀬といえば、一四三段の「むねつぶるる物」では、「例の所ならぬ所にて、ことにまたいちじるからぬ人の声、ききつけたる」と、ふだんいるところとは違ったところで、恋人の声をきくと、どきっとする、と語っている。

以上のように、少納言は外の空気に触れ、外部の世界を観察していた。しかし時代の激動は、そうした少納言を巻き込んでいった。再び宮中の世界の動きを見てゆこう。

三　激動の時代を生きる

一　政治の大きな変わり目

試される少納言

長徳元年（九九五）に道隆は病を得て関白を辞し、子の伊周への継承をはかるが、それとともに、大きな政治の変わり目が訪れた。ところが『枕草子』はその政治上の事件にほとんど触れず、この時期の話では頭中将藤原斉信《ただのぶ》との関係にしぼって記しているかのようである。七八段の「頭中将の、すずろなるそらごとを聞きて」と始まる話をみよう。

頭中将の、すずろなるそらごとを聞きて、いみじういひおとし、なにしに人と思ひほめけん、など、殿上にていみじうなんの給、と聞くにもはづかしけれど、まことならばこそあらめ、おのづから聞きなほし給てん、とわらひてあるに、

頭中将が、いい加減な根も葉もない噂を聞き、少納言をひどくいいけなして、どうして一人前の人間とほめたのであろうか、などと殿上の間で私のことをひどくおっしゃったのを聞いたので、恥ずかしかったけれど、本当のことならばともかく、おのずと思い直してくれるであろう、と笑ってそのままにしておいた、という。

ところが、黒戸《くろど》の前などを渡るにつけても、私の声などがする時には、袖で顔をふさいで少しも見

ようとせず、ひどくお憎みになられているのだが、どうのこうのと言わずにそちらに目も向けないで過ごしていた。そうしたなかで頭中将が少納言を再評価することになるのだが、それは二月の末のことであった。

二月つごもりがた、いみじう雨ふりてつれづれなるに、御物忌《おんものいみ》にこもりて、さすがにさうざうしくこそあれ、物やいひやらまし、となんの給、と人々かたれど、世にあらじ、などいらへてあるに、日一日しもに居くらしてまゐりたれば、夜のおとどに入らせ給にけり。

二月末のこと、雨がひどく降って退屈な折、頭中将は天皇の御物忌に籠もっていたが、さすがに淋しいということから、何か話をしよう、とおっしゃっている、と人々が語ってきたのに対し、まさかそんなことはないでしょう、と私は返答をしておき、女房たちのところにいたところへ頭中将から文が来た。

すぐには見ず、後で見たところ、青い薄様の紙にとても清げに書かれていて、「蘭省の花の時、錦帳の下」と記されていて、「末はいかにいかに」とあった。特に気にはとめなかったのだが、その後、返事をするよう使いの男が責めたてたので、「草の庵りを誰かたづねん」と、その奥に消し炭で書いて渡したという。既に触れたように『白氏文集』巻一七の詩「蘭省の花の時、錦帳の下。廬山の雨の夜、草庵の中」から採られた一節ということで、それに応じて記したものである。

実は、頭中将が少納言を試そうとしたものであったことを、翌朝に少納言の局にやってきた源中将宣方《のぶかた》が少納言に「ここに草の庵りやある」と声をかけて伝えてくれたのである。

頭中将との親交

頭中将は、昨夜、宿直所《とのいどころ》に少し気のきいた殿上人や六位蔵人などを集め、話をするなかで、「猶、このもの、むげに絶えはてて後こそ、さすがにえあらね。もしいひ出づる事もや、と待てど、いささかなにともおもひたらず、つれなきもいとねたきを、こよひあしともよしとも定めきりてやみなんかし」と言い出した。すなわち少納言とはすっかり絶交の状態になったままに過ごすわけにもゆくまい、もしかして何かを言い出すこともあるだろうが、待っていても全く知らん顔をしているのも癪に障るので、今宵こそ善悪の決着をつけよう、ということであの文を協議の上で送ったというのである。

しかしその返答を見て皆が驚き、「いみじきぬす人を、猶えこそ思ひすつまじけれ」と少納言を感嘆した。たいへんな盗人だ、やはり無視することはできぬ、ということになり、少納言の書いた詞に上の句をつけることになって、源中将につけるように言ったりしたのだが、結局、上の句はつけずじまいに終わったという。少納言を盗人といったのは、『白氏文集』の一節をうまく盗用したがゆえの賞賛を意味している。

これを契機に頭中将と少納言の交渉が進展することになるが、問題はこの話の時期である。頭中将は藤原斉信であって、正暦五年（九九四）八月に頭中将になり、長徳二年四月に宰相中将になるので、長徳元年か、二年の二月ということになるが、後に見るように長徳元年九月には斉信と少納言は打ち解けた仲であったから、話は長徳元年二月のものと見てよいであろう。

ここでもう一点、少納言を斉信が評価したことを伝えてきた「修理亮則光《すりのすけ》」が、修理亮になったのが長徳二年正月であることが問題となる。しかも則光は少納言に「いみじきよろこび」を伝えに来たといい、少納言から「司召《つかさめし》」があったとは聞いていないが、と問い返されていることから、修理亮への任官があったことが踏まえられている、という理解があって、今まで長徳二年のこととされてきた。

しかし則光が修理亮に任じられたのは正月のことで、また司召を喜びとして来たのではなく、少納言が評価されたという喜びを伝えようとして来たとある。則光は少納言のかつての夫であって、宮に仕える少納言には「兄」ということで宮に出入りしていた。長徳元年に六位の蔵人になっていて、頭中将を中心とする集まりに加わっていたことから、少納言に情報を伝えたのであろう。したがって、「修理亮則光」と少納言が記したのは、後に勘違いしたためか、かつての夫であったことから箔をつける意味があったのかもしれない。

ところで頭中将藤原斉信はどうして少納言のことを気にしていたのであろうか。当時、蔵人頭にはもう一人藤原俊賢がいて、正暦三年八月から蔵人頭になっており、そのため少納言はこれとの親交に重きをおいていた関係上、新任の蔵人頭に関心を向けなかったので、斉信のほうが気にかけるようになったものと考えられる。

太政官での女房の遊び

長徳元年四月十日、宮の父関白道隆が亡くなったことは、中宮にとっても、その別当として宮を補佐する少納言にとっても大きな痛手となった。父の病気で伊周は太政官を統括する内覧の地位についたが、父の死後、関白は父の弟右大将道兼がなり、それも束の間、五月八日に道兼が亡くなってしまう。この年は疫病で多くの貴顕が亡くなっている。
それとともに伊周の内覧が止められ、五月十一日に道長に内覧の宣旨が下されて、六月十九日には藤原氏の氏長者《うじのちょうじゃ》となった。伊周は政争に敗れたのである。これには天皇の母で、道長を推す姉の女院（東三条院詮子）の動きが大きく左右していたという。『栄花物語』は「女院もむかしより御心ざしとりわききこえさせ給へりし事なれば、としごろのほい（本意）なりと、おぼしめしたり」と、その事情を語り、『大鏡』も「女院は入道殿（道長）を取わき奉《たてまつ》らせ給《たまい》て、いみじう思ひ申させ給へりしかば」と記している。
一五四段は、こうした大きな政治的変動があった直後、宮が道隆に服喪していた長徳元年六月末の話である。

故殿の御服のころ、六月のつごもりの日、大祓《おおはらえ》といふことにて宮のいでさせ給べきを、職《しき》の御曹司をかた悪しとて、官の司の朝所《あいたんどころ》にわたらせ給へり。そのよさり、あつくわりなき闇にて、なにともおぼえず、せばくおぼつかなくてあかしつ。つとめて見れば、屋のさまいと平にみじかく、瓦葺にて唐めきさまことなり。例のやうに格子などもなく、めぐりて御簾ばかりをぞかけたる。中々めづらしくてをかしければ、女房、庭におりなどしてあそぶ。

宮は、服喪していた六月末日が大祓（夏越《なごし》の祓）ということで、清涼殿を出ることになったが、中宮職の御曹司では方角が悪く、太政官の朝所に渡ったところ、ここは実に暑くて狭かった、という。少納言が朝起きてみると、屋根は瓦葺、唐様であるため格子などはなく、御簾ばかりがめぐらされてかけられていた。かえってこれが珍しい風景であると、女房たちは庭におりて遊んだ。

その庭は「前栽には萱草《かんぞう》といふ草を、籬《ませ》ゆひて、いとおほくうゑたりける。花のきはやかに、ふさなりて咲きたる、むべむべしき所の前栽にはいとよし」と、萱草が咲き誇っていて、儀式ばっているところにはよろしいものであった。

若い女房たち二十余人は、時の鼓《つづみ》が鳴ると、そちらに走り寄り、階段を昇ったが、その高い所に登った様子は、天女が空から降りてきたようであった、という。日暮れになると、今度は陣を見物に行って大騒ぎをおこし、貴族たちの座る椅子に乗ったり、壊したりしたのであった。夜になり、暑さから御簾の外に臥していると、古い所なので百足《むかで》が落ちかかったり、大きな蜂の巣に蜂が集まったりして、恐ろしく思った、という。

新たな場に移って、女房たちが大騒ぎしていたのであるが、殿上人たちも、そうした女房を訪ねてきたので、太政官は夜行《やぎょう》の場ともなったのであり、七月七日に七夕祭を行うと、いつもより星が近く見えたのは狭い場所であったのだろうか、と記している。

さらに大きな激動がこれから宮を襲ってくるという状況にあって、女房たちには束の間の楽しみの時となったのだが、三巻本ではこれに続いて、「宰相の中将斉信、宣方の中将、道方の少納言など、参り給へるに」と始まる段落があって、新たな話の展開となる。しかし「宰相の中将斉信」とある藤原斉信が宰相中将となったのは、翌長徳二年四月二十四日のことであるから、三巻本が語る以下の話は、翌年のことを語ったものと見られる。その点、能因本にこの部分はない。一五四段の後半については後に触れることにしよう。

斉信との関係

宮は父のために月ごとの十日に経や仏の供養を行っていて、九月十日にはそれを中宮職の御曹司で行っている。このことを語るのが一二八段である。

故殿の御ために、月ごとの十日、経仏など供養せさせ給しを、九月十日、職の御曹司にてせさせ給。上達部、殿上人いとおほかり。清範《せいはん》、講師《こうじ》にて、説く事はた、いとかなしければ、ことにものの あはれふかかるまじき、わかき人々、みな泣くめり。

九月十日には、かつて小白河での八講供養において朝の講師を務めたことのある、説経の名手である興福寺の清範が講師となったが、その説経には若い人々もこぞって泣いたという。続いて、酒を飲み、詩を吟じるなどするなか、頭中将の藤原斉信が、「月秋と期して身いづくか」という、菅原文時《すがわらのふみとき》作の詩文を吟じたところ、その詞といい、声といい、たいへんすばらしかった。

そこで少納言が、斉信がうまく句を見つけ出したことを宮に告げに参ると、宮も同意見であって、今日のために用意してあったのだろうということで一致した。これに続いて、斉信が少納言と親しく付き合いたいと思っており、これからも付きあってくれるように頼んできたことから、二人の会話がはずんでいる。
斉信はここで「かばかりとしごろになりぬる得意」と語っているが、これはこの二月の頃から少納言との付き合いが深まっていったのであろう。斉信は、一二二段の「はしたなきもの」と始まる話のなかにも登場する。

八幡の行幸のかへらせたまふに、女院の御桟敷のあなたに御輿とどめて、御消息申させ給。世にしらずいみじきに、まことにこぼるばかり、化粧じたる顔、みなあらはれて、いかに見ぐるしからん。宣旨の御使にて、斉信の宰相中将の御桟敷へ参り給しこそ、いとをかしう見えしか。ただ随身四人、いみじう装束きたる馬副《うまぞい》の、ほそく、しろく、したてたるばかりして、二条の大路の、ひろく清げなるに、めでたき馬を打ちはやめて、急ぎまゐりて、すこし遠くよりおりて、そばの御簾の前にさぶらひ給しなど、いとをかし。御返うけ給て又かへりまゐりて、御輿のもとにて、奏し給ほどなど、いふもおろかなり。

一条天皇の八幡行幸は長徳元年十月二十一日であり、その還御《かんぎょ》は十月二十二日であった、斉信はまだ頭中将であったのだが、ここで「宰相中将」と記されているのは、この話が回顧談として語られているからであろう。石清水八幡への行幸の帰り道、女院こと東三条院の桟敷の彼方で、天皇は御輿を留め、女院の御前を通過することを伝える使者として斉信を派遣したが、少納言はそのすばらしい様を見て涙がこぼれるほどに感激し、自分の化粧している顔が現れてしまった、と記し、それを「はしたなきもの」であったと述べている。

貴公子と女房

翌年の長徳二年二月二十日過ぎの出来事を語る七九段の話にも斉信は登場する。

返《かえる》としの二月廿余日、宮の職へ出させ給し御ともにまゐらで、梅壺にのこりゐたりし、又の日、頭中将の御消息とて、昨日の夜、鞍馬に詣たりしに、こよひ方のふたがりければ、方違になんいく。まだ明けざらんに返ぬべし。かならずいふべき事あり。いたうたたかせで待て、との給へりしかど、局に独はなどてあるぞ、ここにねよ、と御匣殿の召たれば参ぬ。

長徳二年二月二十五日に、宮は職の御曹司に出られたが、これは中宮の兄の内大臣伊周やその弟隆家が、正月十六日に花山法皇の在所を従者に射させたという事件の噂が伝わり、二月十一日に二人の罪名を明法博士《みようぼう》に勘申《かんじん》するように命じられたことによるのであろう。

宮が中宮職の御曹司に出られたにもかかわらず、少納言は梅壺に留まっていてそこに頭中将斉信から消息がきた。昨夜は鞍馬に詣でたので、今宵は方角が塞がっているから、方違のためにそちらに行く予定を立てており、そこで言うべきことがあるので、私に戸を叩かせないよう、待っていてほしい、と言い送ってきた。

しかし少納言は、宮の妹の御匣殿から、どうして局に一人で寝るのか、と言われ、梅壺を留守せざるをえなかった。少納言が起きると、斉信が戸をしきりに叩いていたのだが、留守であると言ってとりあわなかった、という話を伝えられた。しかしそこに斉信が訪ねてきて、その姿がいかにすばらしいものであったかを、次のように記している。

桜の綾の直衣の、いみじう花々と、裏のつやなどえもいはずきよらなるに、葡萄染《えびぞめ》のいとこき指貫に、藤の折枝おどろおどろしく織りみだりて、紅の色うちめなど、かかやくばかりぞ見ゆる。白き、うす色など下にあまたかさなりたり。せばき縁に、かたつかたは下ながら、少し簾のもとちかうよりゐ給へるぞ、まことに絵にかき物語のめでたき事に言ひたる、これにこそは、と見えたる。

華やかな桜の綾の直衣は、裏の艶が言葉にあらわせぬほどに清らかで、葡萄染の色の濃い指貫には、藤の折枝の模様が散らされているなど、その見事な衣装と容姿とは、絵に描かれ、物語に語られるものは、このようなものであったかに見えた、という。

その斉信に応じるのが、若く髪の麗しい女房ならば見所はあるだろうが、私のようなものでは釣り合いがとれない、と次のように卑下しているのもおもしろい。

いとさだすぎふるぶるしき人の、髪などもわがにはあらねばにや所々わななき散りぼひて、おほかた色ことなる比なれば、あるかなきかなる薄鈍《うすにび》、あはひも見えぬきはきぬなどばかりあまたあれど、露のはえも見えぬに、おはしまさねば裳もきず袿《うちき》すがたにてゐたるこそ、物そこなひにて口惜しけれ。

盛りが過ぎて古びた人の、髪なども自分のものではないのか、所々乱れ、あるかないかわからぬ薄い鈍色の表衣や重ねの色合いもはっきりしない衣を、たくさん着ていても、全然引き立たない、などといった具合である。もちろん、謙遜が混じっているので、この言葉通りに受け取ることはできないが、その女心が伝わってくるのがおもしろい。

長徳二年四月からの動き

三月四日に中宮は里第《りてい》の二条宮に移り、やがて再び内裏に戻るが、四月に入ると、一日に伊周が法琳寺で太元帥法《たいげんのほう》を修《ず》して道長を呪詛《じゅそ》したということが奏され、政治情勢は一挙に急変した。四月二十四日に内大臣伊周は大宰権帥《ごんのそち》に、弟の中納言隆家は出雲権守に左遷され、中宮は再び二条宮に移ったのであるが、この時に斉信は蔵人頭から宰相中将に任じられている。その間の話を扱っているのが、先に見た一五四段の後半部である。

四月一日の頃、細殿《ほそどの》の四の口に殿上人が集うことがあった。しだいに人々が退出してゆくなか、頭中将斉信、源中将宣方、六位の蔵人が残って、経を読んだり、歌を謡ったりしていたところ、夜も明けようとしていたので、斉信が「露は別れの涙なるべし」と吟じて源中将とともに謡うのを聞いた少納言が、「いそぎける七夕かな」と言うや、斉信がひどく悔しがって、逃げてしまったという。

斉信が吟じた「露は別れの涙なるべし」とは、菅原道真が七夕について詠んだ「露はまさに別れの涙なるべし」に基づくものであったから、少納言が四月には七夕はまだ早いでしょうが、と応じたのである。そうしたことがあったので、七夕になったら、このことを言おうものと思っていたところ、斉信は宰相になってしまい、遠のいてしまったのだが、その七夕の日に参上してきた。

宰相中将斉信、宣方の中将、道方の少納言など、まゐり給へるに、人々いでて物などいふに、ついでもなく、明日はいかなることをか、といふに、いささか思ひまはしとどこほりもなく、人間《じんかん》の四月をこそは、といらへ給へるが、いみじうをかしきこそ。

宰相中将斉信、中将源宣方、少納言源道方らが参上して、女房たちと話をしている時、出し抜けに少納言が、明日はどのようになりますか、と言い出すと、斉信が淀みなく、「人間の四月をこそは」と答えたのがとてもおもしろかった、という。「人間の四月」とは『白氏文集』の「大林寺桃花」の詩に「人間の四月芳菲《ほうひ》尽き、山寺の桃花始めて盛《さか》んに開く」とあるのを踏まえた句で、斉信が四月のことを覚えていて、答えたことに感銘した、という。

斉信が頭中将から宰相になる前、少納言は天皇の御前で、斉信が詩をよく吟じられており、誰があれほどに見事に吟じられましょうか、しばらくは宰相に任じられずにお仕えさせるのがよろしいのでは、と申し上げたところ、天皇はたいそう笑いながら、そう言うのならば、任じないよ、と仰せになっていたのだが、蔵人頭を去って宰相になったのは、本当に寂しいことであった、という。

激変の時期、少納言は頭中将や天皇と会っては、中宮のためにいろいろと動いていたのであろう。しかしその政治的動きを一切記さずして、斉信との交渉について書くのに徹しているところに、逆に少納言の思いが伝わってこよう。

小二条の宮と里居の少納言

そうしたなかで中宮は妊娠して、小二条に移ったが、少納言はそれにはお供できなくなっていた。ここで初めて、少納言は道隆の死の影響を直接に語るところとなる。一三六段は、その時の少納言の宮への思いや嘆きを記している。

殿などのおはしまさでのち、世中にこと出でき、さわがしうなりて、宮もまゐらせ給はず、小二条殿といふ所におはしますに、なにともなく、うたてありしかば、ひさしう里にゐたり。御前わたりのおぼつかなきにこそ、猶たえてあるまじかりける。

殿（道隆）などが亡くなってからというもの、世の中が騒然となるなか、宮も宮中に参らなくなって小二条殿に移られたのだが、私は何ということもなく嫌な気分になったので、長く里にいたものの、宮の御前辺りが気がかりで、無沙汰を続けることもできそうになかった。そこに右中将源経房がやって来て、宮の周辺のことを語ってくれた。

右中将おはして物がたりし給。けふ宮にまゐりたりつれば、いみじうものこそあはれなりつれ。女房の装束、裳《も》、唐衣《からぎぬ》、をりにあひ、たゆまでさぶらふかな。御簾のそばのあきたりつるより見入れつれば、八九人ばかり、朽葉の唐衣、薄色の裳に、紫苑《しおん》、萩など、をかしうてゐなみたりつるかな。御前の草のいとしげきを、などか、かきはらはせてこそ、といひつれば、ことさら露おかせて御覧ずとて、と宰相の君の声にていらへつるが、をかしうもおぼえつるかな。

今日、宮様に参上したところ、たいへんしんみりとした感じがしました。女房の装束は、裳、唐衣などが季節に合っており、気を抜かず伺候《しこう》していました。御簾のそばの開いている所から覗き見ると、八、九人ほどが、朽葉の唐衣、薄紫色の裳に紫苑や萩など、美しく装って並んでいました。宮の御前の草がたいへん茂っているのを見て、どうしてなのか、かき払わせればよろしいのに、と言ったところ、わざと草に露を置かせ御覧になろう、ということです、と宰相の君の声がして応答されたのが、おもしろく感じられました。

経房中将はこう語ると、さらに続けて、女房たちから次のような言付けを少納言にするよう頼まれた、と語る。

御里居《おんさとい》いと心うし。かかる所にすまはせ給はんほどは、いみじきことありとも、かならず侍ふべきものにおぼしめされたるに、かひなく、とあまた言ひつる。語り聞かせたてまつれ、となめりかし。まゐりて見給へ。あはれなりつる所のさまかな。対《たい》の前にうゑられたりける牡丹などの、をかしき事、などの給ふ。

少納言が里にいられるのは、たいへん情けないこと。宮様が移られ遊ばされる折には、どんなことがあっても、必ず伺候すべきもの、とお思いになるものなのに、その甲斐もない、と多くの女房たちが言っていましたが、これは私に語り聞かせるようにということなのでしょう。参上して御覧になってほしいものです。しみじみとしたご様子で、対の屋の前に植えられた牡丹などが、おもしろく咲いています、などと中将はおっしゃったという。

この年五月一日に中宮は落飾して尼になったという噂が流れていたが、このことに少納言は触れていない。六月八日に東三条院にある中宮の二条宮が焼けてしまい、中宮亮高階明順《たかしなのあきのぶ》の二条の宅（小二条殿）に移っている。また経房は、宮の御所における女房の装束が、裳、唐衣などが季節に合っていた、と語っているので、秋の装束ということから季節は秋ということになり、後に見る道長を「左《さ》の大殿《おとど》」と言っているので、道長が左大臣になった七月二十日以降の間もない頃の話であろう。

少納言の思い

女房たちからの伝言を聞いても、少納言はそれを素直には受け取れなかった。その理由を次のように語る。

いさ、人のにくしとおもひたりしが、又にくくおぼえ侍しかば、といらへきこゆ。おいらかにも、とて笑ひたまふ。
げにいかならむ、とおもひまゐらする。御けしきにはあらで、さぶらふ人たちなどの、左の大殿方の人、知るすぢにてあり、とて、さしつどひ物などいふも、下よりまゐる見ては、ふといひやみ、放ちいでたるけしきなるが、見ならはずにくければ、まゐれ、などたびたびある仰せごとをも過ぐして、げにひさしくなりにけるを、又宮の辺には、ただあなたがたにいひなして、そら事なども出でくべし。

さあ、どうでしょうか。人が私を憎らしいと思っていることは、私にも憎らしく感じられるのですから、と返事をすると、経房は大らかな態度で笑われた。本当のところ、私のことをどう考えておられるのか、宮にはそんなことを懸念された様子はないが、ただ傍にお仕えする人たちが、あの人は左大臣道長方と知り合いの人である、と皆で集まって噂をしていました。私が下から参るのを見ては、急に話をやめたり、私をのけものにしたりするような態度をとるようになりました。今までそんな経験はなかったので憎らしくなり、「参れ」とたびたび仰せがあってもやり過ごし、長い時がたってしまいました。宮の周辺ではただ道長方の者と決め付けて、あらぬ噂なども出ているのでしょう。

少納言は宮の周辺の人から道長方に加担していたと見られており、それに嫌気がさして里に籠もっていた、という。そうしたなか「例ならず仰せごとなどもなく、日比《ひごろ》になれば、心ぼそくてうちながむるほどに」と、いつもとは違って、宮からの仰せ事などもなく、何日かが過ぎてゆくので、心細く物思いにふけっていたところ、宮の御所から使いがやってきた。

長女《おさめ》、文を持てきたり。御前より、宰相の君して、しのびて給はせたりつる、といひて、ここにてさへひきしのぶるも、あまりなり。人づての仰せ書きにてあらぬなめりと、胸つぶれてとくあけたれば、紙には物もかかせ給はず。山吹の花びら、ただ一重をつつませ給へり。それに、

いはでおもふぞ

とかかせ給へる、いみじうひごろの絶間《たえま》なげかれつる、みななぐさめてうれしきに、長女もうちまもりて、御前には、いかが、もののをりごとにおぼしいできこえさせ給なる物を。たれも、あやしき御ながゐ、とこそ侍めれ。などかはまゐらせ給はぬ、といひて、ここなる所に、あからさまにまかりて、まゐらむ、といひていぬるのち、

長女（女官の長）が文を持ってきて、宮様から、宰相の君を通じてこっそり下さったものです、と言って渡された。この時にあっても、しのびやかに伝えてくるのは、あまりなことである。しかし人を介しての仰せ書きではないのだ、と胸がしめつけられ、その文を開いたところ、山吹の花がただ一重包んであって、それに「いはでおもふぞ」とお書きになっていた。

ひどく日頃の無沙汰を歎かれていたのだと知り、慰められて嬉しく思っていると、長女もこちらを見つめて、宮様から、どんなにか、物事の折々に貴方をお思いになられているのかが伝わってきますのに、女房たちは、誰もが理解できない御長居である、と言ったり、どうして参上しないのか、と言ったりしていました。

ここまで語ると、長女は、ついそこまで用事がありますので、また伺いますと言って、立ち去った。そこで少納言は宮の真意を知って大いに喜び、すぐに返事をしたためようとした。

宮の御所への参上

ところがいざ返事を書こうにも、「いはでおもふぞ」という歌の本歌《ほんか》を忘れてしまい、動揺する。

御返事書きてまゐらせんとするに、この歌の本、さらにわすれたり。いとあやし。おなじふる事といひながら、しらぬ人やはある。ただここもとにおぼえながら、いひ出でられぬは、いかにぞや、などいふを聞きて、前にゐたるが、下ゆく水、とこそ申せ、といひたる。などかくわすれつるならむ。これに教へらるるもをかし。

返事を書こうとしたのに、本歌をまったく忘れてしまったのは、たいへん妙なことである。同じ古歌とはいいながら、これを知らない人がいるのだろうか。もうすぐここのあたりまで浮かんでいながら、思い出せないのは、どうしてだろうか、と独り言を言っていたところ、前にいる童が「下ゆく水、と申します」と言った。どうして忘れてしまったのか、童に教えられるとはおもしろい。

山吹の花は、『拾遺集』に載る「わがやどの八重山吹は一重だに　散り残らなむ春のかたみに」の歌に基づいており、少納言の真心に期待しているという宮の意が込められていた。少納言が思いだせなかった本歌は『古今六帖』に載る「心には下ゆく水のわきかへり　言はで思ふぞ言ふにまされる」

というもので、長く消息を出さなかったが、そなたへの思いは言うのにまさる強いものだ、という意が込められていた。

このようなことがあって、少納言は返事を参らせ、少し時を経て、宮の御所に参上したのである。

御返まゐらせて、すこしほどへてまゐりたる、いかがと例よりはつつましくて、御き丁に、はたかくれてさぶらふを、あれは、いままゐりか、など笑はせたまひて、にくき歌なれど、このをりはいひつべかりけり、となんおもふを、おほかた見つけでは、しばしもえこそなぐさむまじけれ、などの給はせて、かはりたる御けしきもなし。

返事を出した後、参上したのだが、どうだろうかと、いつもよりは遠慮がちに、几帳に面《おもて》を少し隠して伺候したところ、宮は、あれは新参者か、などといってお笑いあそばされ、気にいらない歌なのだけれども、この場合は、そんな風に言うべきであろう、と思ったのである。そなたを見つけださなくては、少しの間も心が慰められない、などと仰せられ、前と変わったご様子はなかった。宮は快く少納言を迎えたのである。

そこで少納言は、あの歌の本歌を童に教えられたことなどを申し上げると、たいへんにお笑いになって、そうした事もあるのですよ、あまりに知りつくした、などとあなどっている時などには、そういうことがあるのです、とおっしゃって、そのついでに、なぞなぞ合わせがあった時のことをお話しになられた。

なぞなぞ巧者《こうしや》の人が勝負に臨んで、一番は私にお任せを、と言ったので、皆が期待をしたところ、当日になって「天に張り弓」というなぞなぞを出し、あまりに分かりきった「三日月」という答えだったことから、敵方を喜ばせ味方を歎かせた、という。少納言の自負心をなぞなぞ巧者のそれに喩えた話である。

御前にいた人々は皆これを聞いて笑っていたが、少納言は「これはわすれたることかは。ただみな知りたることとかや」という感想を綴って、私には忘れられないこと、皆知ってのことだと思ったのであるが、と書き添えている。まだわだかまりを抱いていたのである。

中宮をめぐる新たな動き

こうして少納言は宮の御所に復帰したが、中宮をめぐって新たな動きはめまぐるしかった。七月二十日に大納言藤原公季《きんすえ》の女子の義子《ぎし》が入内し、八月九日には女御となった。一五五段の「弘徽殿《こきでん》とは、閑院《かんいん》の左大将の女御をぞきこゆる」と始まる話の「閑院の左大将」とあるのが、長徳二年九月八日に左大将になった公季であり、その娘は弘徽殿の女御と呼ばれた。

十月になると、中宮の兄、藤原伊周《これちか》が秘かに播磨国から入京し、中宮の御所に隠れていたことが中宮大進《だいじょう》の平生昌《なりまさ》からの密告によって、知られるところとなり、伊周は追捕《ついぶ》されて十月十一日に大宰府に追われる事件が起きた。伊周が入京したのは、生母である高階貴子《きし》が病に沈んでいて、その面会を望んでいたからであったという。貴子は、その十月下旬に悲嘆のまま死去してしまうが、やがて十二月十六日に中宮は皇女脩子《しゅうし》を出産している。

このような事情からすれば、少納言が宮の御所に出仕することは少なく、里にいることが多かったろう。既に見たように、そうしたなかで少納言は宮から与えられた紙に思うところを書き、自らを慰めていたのである（二五八段）。その書いた草子を見て持ち去ったのは左中将経房であるが（跋文）、次に見る八〇段はその里に少納言がいた時の話である。

里にまかでたるに、殿上人などの来るをも、やすからずぞ人々はいひなすなり。いと有心《うしん》にひき入りたるおぼえ、はたなければ、さいはんも憎かるまじ。又、昼も夜も来る人を、なにしにかは、なし、ともかかやきかへさん。まことにむつまじうなどあらぬも、さこそは来めれ。あまりうるさくもあれば、此度、いづくとなべてには知らせず、左中将経房の君、済政の君などばかりぞ知り給へる。

里に退出している時に、殿上人などが訪れてくるのは穏やかでない、と人々が言っていたという。でも遠慮して引き籠もっている、という考えは私には全くないので、そう言われても憎らしくは思わない。昼も、夜も来る人を、どういう理由で、いないと言って、恥をかかせて帰らせることができようか。ただ、本当に昵懇《じっこん》でもない人が、そんな風にして来るようでは、あまりに煩わしいので、今度はどこにいるとも知らせてはいない。左中将経房や済政だけが知っている、と。

そうした頃に「左衛門尉則光」が来て話をするのには、宰相中将斉信から、少納言の居場所を教えなさい、知らないということはなかろう、と問われたので、知らない、と申したところ、知らぬ筈はあるまい、言いなさい、としつこく言ってきたが、全く知らない、と言った。しかしさらに白状させようとしたので、すんでのところ、言ってしまいそうになったのだが、そのことを近くで聞いていた左中将経房は、平気で知らん振りをして座っていた、という。その後も、宰相中将斉信からは居場所を教えるように、としつこく責められたことを伝えてきたという。

この則光とは橘則光で、少納言のかつての夫であり、左衛門尉《さえもんのじよう》になったのが長徳三年正月二十八日、宮が中宮職の御曹司に移るのが長徳三年六月二十二日のことで、それ以後に少納言は宮に常に伺候するようになるから、おそらく話の時期は長徳三年の前半であったろう。

2　中宮を支えて

職の御曹司への復帰

中宮が長徳二年（九九六）十二月に皇女を産んだこともあって、宮の周辺では新たな動きがはじまっていた。長徳三年になると、二月九日に皇女の五十日《いか》の儀が行われ、四月五日に伊周と弟隆家の罪が赦されて、京に召還されることになったのである。

そうしたなかで六月二十二日に宮は中宮職御曹司《しきおんぞうし》に迎えられた。宮は出家していたのではないか、という批判もあったが、宮周辺の人々は、出家していない、と主張していた。入内は天皇が皇女の美しさを聞いて促したもので、宮と若宮に対面したことから、宮が中宮職の御曹司に迎えられて、天皇の寵愛はいよいよ深くなった、と『栄花物語』は記している。

これにともなって少納言も職の御曹司に出仕するようになったのであろう。次の七四段は、その職の御曹司の様子を改めて感慨深げに記している。

職の御曹司におはしますころ、木立などの、遥に物ふり、屋のさまもたかう、けどほけれど、すずろにをかしうおぼゆ。母屋は鬼ありとて、南へ隔ていだして、南の廂《ひさし》に御几帳《みきちょう》たてて、又廂に女房はさぶらふ。

近衛の御門より左衛門の陣にまゐり給上達部《かんだちめ》の前駆《さき》ども、殿上人のはみじかければ、大前駆、小前駆とつけて、聞きさわぐ。あまたたびになれば、その声どももみな聞しりて、それぞ、かれぞ、など言ふに、又、あらず、などいへば、人して見せなどするに、いひあてたるは、さればこそ、などいふもをかし。

宮が中宮職の御曹司にいらっしゃった頃、庭の木立が前とくらべてはるかに古くなっており、建物の様子は、高くて親しみがもてない感じがしたけれども、無性におもしろく感じられる。母屋には鬼がいるという噂から、南に仕切りを出し、その廂に宮の御几帳を立てて御座所となし、廂の間に女房たちが伺候した。

上達部と殿上人が宮中に参内する際は、近衛の御門（陽明門）から職の御曹司を経て左衛門の陣に参ることから、上達部の前駆の立てる声が聞こえてくる。殿上人では短いのに、高かったので、大前駆、小前駆などと名づけ、それを聞いては女房たちが大騒ぎをした。度重なるうちに、声を皆が聞きわけるようになり、それは誰、あれは誰、などと言う。これに対し、そうではない、などという女房がいると、人をやって見させなどし、言い当てた女房が、やはりそうでしょう、などと言うのもおもしろい。

久しぶりに戻ってきた職の御曹司の様子を、以前と比較して変わったなあ、と実感し、戻ってきたことを喜ぶなかにも、騒々しい女房たちの様子をよく描いている。頃が晩夏であることは、その続きの文章に「有明」とあり、「何がし一声秋」という一節を殿上人が吟じていたとあることから知られる。この句は「池冷ややかにして水に三伏《さんぷく》の夏なし　松高うして風に一声の秋あり」という源英明《ふさあきら》の詩に基づく朗詠である（『和漢朗詠集』納涼）。ではその続きを見ることにしよう。

少納言の再出仕

職の御曹司にいた女房たちは物珍しさに庭に下りていった。

有明の、いみじう霧りわたりたる庭に、おりてありくをきこしめして、御前にも起きさせ給へり。うへなる人々のかぎりは出でゐ、おりなどしてあそぶに、やうやう明もてゆく。左衛門の陣にまかりて見ん、とて行けば、我も我もとおひつぎて行くに、殿上人あまた声して、何がし一声秋、と誦してまゐる音すれば、逃げいり、物など言ふ。月を見給けり、などめでて、歌よむもあり。

有明の月の頃に、いたく霧が渡っている庭に下りた女房たちが歩きまわっていたのを、宮もお聞きになって起きられていた。女房たちはある限りが庭に出て遊んでいるうちに、だんだん空が明けてゆく。そこで左衛門の陣に行って見よう、と少納言が誘ったところ、我も我もと追いかけてきた。やがて大勢の殿上人の声がして、「何がし一声秋」と吟じてやって来たので、あわてて御曹司に戻ったのだが、月を見ていらっしゃったのですね、などと感心して、歌を詠んだ殿上人もいた。

こうして中宮の職の御曹司への復帰とともに、宮の周辺に賑わいが戻ってきた。「夜も昼も殿上人のたゆるをりなし。上達部まで参り給に、朧気《おぼろげ》にいそぐことなきは、かならず参り給」と、殿上人が夜、昼なく集まってきて、絶えることがなく、上達部もまた参った時には、急ぐ用事が特別にないときは必ずやってきた、という。

しかし少納言はすぐ常に伺候しようとはしなかった。八二段は、先の七四段の続きと考えられる話で、「さてその左衛門の陣などにいきて後、里に出てしばしある程に」と始まっている。職の御曹司から左衛門の陣に行った後に、少納言は里に帰ってしばらくいると、中宮から出仕を催促する仰せが届いた、と記している。

早く来るようにという仰せの端に、その仰せを承って書いた女房の手で、宮は左衛門の陣に行った時の少納言の後ろ姿を、いつも思い出されています、とあって、その後ろ姿の様子が「つれなくうちふり」（身なりを構わず、年寄りっぽい様子）であったという宮の感想が記されていた。

これに少納言は直ぐに参ると返事をして、自分はその格好を「いかでかはめでたし」と思っていました、と記し、『宇津保物語』の話を書き添えた。すると宮からは、その例はおかしいと思う、とあり、さらに「よろづの事をすててまゐれ、さらずはいみじうにくませ給はん」という強い命令が到来したので、少納言はその「いみじう」とある文字に「命も身もさながらすててなん」と対応することを決め、出仕をするようになった、という。

その出仕の時期が、いつからかは明らかでないが、おそらく年を越さずに長徳三年の年内のことであったろう。ここに少納言は宮に末永く奉仕することを決断したのである。そして出仕するなかで親しくなったのが、当時、蔵人頭で弁を兼ねていた頭弁《とうのべん》の藤原行成である。

行成は藤原義孝の子で、祖父の太政大臣伊尹《これただ》の養子となり、長徳元年八月二十九日に蔵人頭となって、長徳二年四月二十四日に権左中弁を兼ねていた。かつて少納言は、頭中将の藤原斉信と親しくしていたが、それが参議になったのに代わって、行成が頭弁になったのであるが、その頃には、少納言はあまり出仕しておらず、親交はなかったのであろう。

頭弁藤原行成との付き合い

四六段は、その行成との親交について語っている。話全体は後に書かれたものであるが、次のように中宮が職の御曹司にあった頃からの話を記している。

職の御曹司の西おもての立蔀《たてじとみ》のもとにて、頭弁、物をいと久しういひたち給へれば、さしいでて、それはたれぞ、といへば、弁侍《さぶらう》也、との給。なにか、さもかたらひ給。大弁みえばうちすて奉りてん物を、といへば、いみじうわらひて、たれか、かかる事をさへいひ知らせけん。それ、さなせそ、とかたらふなり、との給。

職の御曹司の西面《にしおもて》の立蔀のもとで、頭弁が、女房の誰かととても長く話をしておられるので、出ていって、そこにいるのは誰か、と言ったところ、弁が伺っているのです、と頭弁がおっしゃる。しかし女房に向かって、どうして、そんなに語らいあっているのですか、大弁が現れたならば、見捨てられてしまいますよ、と言うと、頭弁がたいそう笑って、誰がそのようなことまで言って、知らせたのでしょうか、そんなことは、どうかしないで欲しい、と話し込んでいたのです、とおっしゃった。

頭弁と話し込んでいる女房が大弁と付き合いがあったことから、少納言がその女房をからかったところ、頭弁が当意即妙な返答をしたのである。宮が職の御曹司にいたころであり、頭弁のほかに大弁がいたとあるので、この話の時期は、頭弁が藤原行成で、その行成が長徳四年十月に右大弁に昇任しているので、それ以前ということがわかる。

女房が付き合っていた「大弁」とは、職の御曹司にたびたびやってきていたことから、中宮を補佐していた中宮権大夫で、左大弁の源扶義《すけのり》であろう。扶義は正暦元年十月に中宮が立てられると十月五日に中宮権亮となり、正暦二年三月には蔵人頭、正暦四年七月に中宮権大夫を兼ね、正暦五年八月に参議、同九月に右大弁になるなど、中宮に長年に亘って仕えた人物であって、長徳二年八月に左大弁に転任し、長徳四年七月に亡くなっている（『公卿補任《くぎようぶにん》』）。

さて藤原行成は蔵人頭として、天皇から中宮に伝達すべき政務の要件について、しばしば職の御曹司にやってきており、その取り次ぎの役をしたのが少納言であった。その様子を同じ四六段が次のように語っている。

物など啓《けい》せさせんとても、そのはじめいひそめてし人をたづね、下なるをもよびのぼせ、つねに来て言ひ、里なるは文かきても、みづからもおはして、おそくまゐらば、さなん申したる、と申にまゐらせよ、との給。それ、人のさむらふらん、などいひゆづれど、さしもうけひかずなどぞおはする。

頭弁が用件を宮に申す時、最初に取り次ぎを頼んだ人（少納言）を探し、局に下がっている時にまでも呼んで申させ、里にいる時には文を書いたり、あるいは自らいらっしゃったりした。もし遅く宮に参上するようならば、頭弁がこう申していました、と伝えに人をやりなさい、とおっしゃる。普通、そうした件は、他の女房がおりますから、などと言ってその人に譲るのだけれども、こうしたことは承知しない、といった按配でいらっしゃる。

中宮への取り次ぎを、少納言を介して最初に行ってから、行成は少納言を信頼し、頼りにしていたことがわかる。その最初の取り次ぎの内容がどのようなものであったのかは明らかでないが、長徳三年十二月十三日には宮の皇女脩子が内親王になり、その月に宮の兄の伊周が罪を赦されて入京しているので、こうした一連の案件について、少納言が用いられたのかもしれない。

行成の人となり

少納言はそのような態度をとる行成に対し、「あるにしたがひ、さだめず、何事ももてなしたるをこそ、よきにはすめれ、とうしろ見きこゆれ」と、何事もその場に応じて、一つと定めずに対処するのがよいとされています、と忠告がましいことを申し上げると、行成は、「わがもとの心の本性、とのみの給て、改まざるものは心なり、との給《たまう》」と、それは我がもともとの心の本性であるから、改まらないのは心である、と語ったという。

こうした行成の人となりを少納言は次のように高く評価した（四六段）。

いみじう見え聞えて、をかしきすぢなどたてたることはなう、ただありなるやうなるを、みな人、さのみ知りたるに、なほおくふかき心ざまを見しりたれば、おしなべたらず、など、おまへにも啓し、又、さ知ろしめしたるを、つねに、女はおのれをよろこぶ物のために顔づくりす。士はおのれを知る物のために死ぬ、となんいひたる、といひあはせ給ひつつ、ようしり給へり。

たいそう目立つようにしたり、言葉を飾ったりして、風流な方面のことを特に見せようとすることがなく、ただありのままであるような態度について、皆はそういう人であると思い込んでいるが、私はもっと奥のある心の様を見知っているので、「おしなべての方ではありません」と、宮に申し上げたところ、また宮もそうお考えになっていた、という。

行成は常に、「女は自分を喜んでくれる人のために化粧する、男は自分を理解してくれる人のために死ぬ」という諺について、私と意見が一致していると語っておられて、私が行成の本当の姿を知っていることを知っておられた、ともいう。この、「女は」と始まる諺《ことわざ》とは、『史記』刺客列伝に見えるものであり、少納言の教養をよく理解していたことがわかる。

しかし他の女房たちは行成に批判的であった。「此君こそ、うたて見えにくけれ。こと人のやうに、歌うたひ、興じなどもせず、けすさまじ」と、若い女房たちは、頭弁はいやな方、お目にかかり難い方であり、他の人のように、歌を謡ったり、ものに興じたりもしない、面白みのない人だ、と謗っていたという。

実際、行成が女房たちをいかに翻弄していたのかは、続く文章のなかで具体的に記しているが、ここでは省略しよう。

夜をこめて

行成と少納言との間で交わされた歌のやりとりのなかで、『百人一首』に載る少納言の和歌は詠まれた。それは一二九段の「頭弁の、職にまゐり給て」と始まる話に見える。

頭弁こと藤原行成がやって来て、少納言と話をしていて、早くに帰ってしまった後、蔵人所の用紙である紙屋紙《かみやがみ》に、今日は心残りがします、夜通しで昔物語をするところであったのですが、鶏の声にせきたてられて、と言い送ってきた。そこから次のようなやりとりになったという。

御返に、いと夜深く侍ける鳥の声は、孟嘗君《もうしょうくん》のにや、ときこえたれば、たちかへり、孟嘗君の庭鳥は、函谷関《かんこくかん》をひらきて三千の客、わづかにされり、とあれども、これは逢坂の関也、とあれば、

夜をこめて鳥のそらねははかるとも　世にあふさかの関はゆるさじ

心かしこき関守侍り、ときこゆ。

少納言はその返事として、たいそう夜更けに鳴いた鳥の声は、中国の孟嘗君のそれでしょうか、と伝えると、すぐに孟嘗君の鶏は、函谷関を開いて、三千の食客《しょっかく》をやっと遁れさせたというが、これは逢坂の関のことなので、と返してきた。そこで少納言は、夜のまだ明けないうちに鶏の鳴き声でだませても、ここは逢坂の関ですからだまされて許すようなことはしませんよ、という内容の歌を詠んで、しっかりした関守がおりますので、という詞を添え、返したという。

これは『史記』の孟嘗君列伝に載る故事を踏まえたやりとりである。中国の斉《せい》の王族孟嘗君が秦《しん》に抑留されていたが、それを遁れて函谷関に至った時に、鶏の鳴き声を真似することの名人を使い、鶏の鳴き声をさせて時刻を誤らせ、無事に関を通過したという。

これに続く話に登場する「経房の中将」が長徳二年に右中将になっており、少納言が宮仕えに復帰し、頭弁が行成であることから、この話は長徳四年のことと考えられ、さらに少納言はこの年五月から歌を詠まなくなるので、その五月より前のことであった、と知られる。

五月過ぎから歌を詠まなくなった経緯を語っているのが、五月一日の雨がちの頃に、「郭公《ほととぎす》の声、尋にいかばや」と少納言が女房を誘いだしたと見える、九五段の話である。復帰した少納言にとって、女房たちとの付き合いは大事であった。宮や頭弁などの信頼は厚かったにしても、女房たちはかつて少納言を道長方の人間であると非難していたからである。そこで「五月の御精進のほど、職におはします比《ころ》」（宮が職の御曹司にあって御精進をしていた頃）に、調度類を収納する塗籠《ぬりごめ》という部屋の前にある二間を特別に仕立てた後、少納言は女房たちに声をかけ、賀茂の奥へと誘って、そこでホトトギスの鳴き声を聞こうとしたのである。

賀茂に女房たちと外出の一件

五月五日に女房たちを外に連れ出した少納言が、中宮の伯父の高階明順の家を訪れたところ、そこではかしがましいほどにホトトギスが鳴いていたという。さらに帰路の一条殿辺りで「侍従殿やおはします」と、一条殿こと藤原為光の子「藤侍従《とうの》」公信を呼び出した。この公信は長徳二年九月に侍従となり、同四年十月に右兵衛佐になっている。

実はこの一件で、少納言は宮の機嫌をそこねてしまった。まず外出する際に、女房たちが「四人ばかり乗りていく。うらやましがりて、なおいまひとつして、同じくは、などいへど、まなと仰せらるれば、聞きいれず、なさけなきままにていく」と、次々に出かけようとしたので、それはならぬ、と宮から命じられたにもかかわらず、聞き入れずに外出してしまったからである。精進の月という、斎《さい》戒《かい》を守っている宮の許しがなく外出したことに、宮は機嫌を悪くしていた。

しかも立ち寄ったのが、宮の伯父の高階明順の家であり、そこで女房たちが大はしゃぎした後、帰りには藤侍従公信を、ホトトギスの声を聞いてきました、と言って呼び出し、あわてて駆けつけてきた公信の姿を見て大笑いしたばかりか、少納言に歌を求めた公信に対し、少納言が宮様にお見せしてから、と断って帰参したからである。

帰った女房たちに対し、残された女房が恨みを言うなか、女房たちが公信の姿格好を語り出すと、大笑いになったという。宮から歌はどうしたのかと聞かれた少納言は、詠まなかった、と答えると、宮は「口をしの事や、上人《うえびと》などの聞かんに、いかでか露をかしき事なくてはあらん」と、残念なことよ、殿上人から聞かれたのに、どうして歌を出さなかったのかと、悔しがられたという。

公信はただの人ではなかった。道長の養子となった「上人」(殿上人)であったから、道長との関係を大事にする宮にとっては、丁重に応対すべきものと考えていたのであるが、道長方である、と女房たちに思われていた少納言は、それを軽く扱うことで、道長方ではないところを見せたかったのであろう。

そこに公信から歌の催促が再びあって、宮から詠むように勧められたのだが、もう意地になっていた少納言には、良い歌が思い浮かんでこず、そのうちに雷がおそろしく鳴って、慌てふためくなか、このことを忘れてしまった。

二日後、少納言の詠んだ歌を書き記すように命じられていた宰相の君が、どうですか、明順の手ずから折った下蕨《したわらび》は、と少納言に語りかけた言葉を聞いて、宮が「下蕨こそ恋しかりけれ」と、下の句を詠んで、上の句を詠むように言われた少納言が、やむなく「郭公たづねて聞きし声よりも」と何とか付けたのであるが、宮から「いみじううけばりけり」と、どうしてホトトギスのことにそんなに心にかけて歌を詠むのか、と笑われてしまった、という。

この後も、さらにどうして歌を賀茂の奥では詠まなかったのか、と宮に問われると、歌は一切詠むまいと思っています、これから詠むように命じられても詠みません、それでも詠めということであれば、もうお側に伺候するのを遠慮させてもらいます、と答え、いくつかやりとりがあって、詠まないことが了承されたという。

呉竹の句

この五月における行成との交渉を描いているのが、一三〇段の「五月《さつき》ばかり、月もなういとくらきに」と始まる話である。

五月ばかり、月もなういとくらきに、女房やさぶらひ給、と声々していへば、いでて見よ。例ならずいふはたれぞとよ、とおほせらるれば、こはたそ。いとおどろおどろしう、きはやかなるは、といふ。ものはいはで、御簾をもたげて、そよろとさし入るる、呉竹なりけり。おい、この君にこそ、といひたるを、聞きて、いざいざ、これまづ殿上にいきて語らむ、とて、式部卿の宮源中将、六位どもなど、ありけるはいぬ。

五月のほど、月も出ていない暗い夜のこと、女房がたはお仕えしていますか、という声々がしたので、出て見なさい、普通でなく、言い立てるのが誰なのか、と宮が仰せられたので、誰なの、仰山《ぎょうさん》な、際立つ声をしているのは、と聞くと、物も言わずに御簾を上げて、そよろと差し入れられたのは呉竹《くれたけ》であった。

そこで少納言が、おや、この君でしたか、と言ったのを聞くや、式部卿の源中将や六位の蔵人などが、さあ、さあ、これを真っ先に殿上の間に行って話そう、と言って、去っていった。少納言が竹を指して、「この君」と言ったのは、『本朝文粋《もんずい》』の藤原篤茂《あつしげ》の竹の詩に、晋《しん》騎兵参軍の王子《おうし》猷《ゆう》が「種えて此の君と称」し、唐の白楽天が「愛して我が友とな」した、とあるのに基づくものであって、これを聞いて驚いた殿上人たちは、帰って殿上の間で話そうと去っていったのである。

一緒にきていた行成だけが留まっており、「あやしくても、いぬるものどもかな。御前の竹ををりて、歌よまんとしつるを、おなじくは職にまゐりて、女房など呼びいできこえてと持てきつるに、呉竹の名をいととくいはれて、いぬるこそいとをかしけれ」と、どうして彼らは去っていったのか、御前の竹を切って歌を詠もうとするなか、同じことなら職の御曹司に行き、女房たちを呼び出して詠もうということになり、持ってきたのに、呉竹の名を言われ、去っていったというのはおもしろいことだ、と説明した。

この故事を誰に教わったのか、普通の人が知っているはずもない事を知っているとは、と質問したので、竹の名とも知りませんでしたのに、失礼だと思っていらっしゃるでしょう、と答えると、本当に知らないのかな、とおっしゃった。

このような真面目な話をしていると、「此の君と称す」という詩を吟じて彼らが集まってきた。行成が、殿上で話し合っていた目的を果たせなかったのに、どうして帰ってきたのか、と彼らに尋ねると、ああした事にどう答えたらいいのか、答えが見つからず、帰って殿上で話をしたところ、天皇もお聞きになって、興じておられました、と語ったという。

その翌朝早くに、少納言命婦《みょうぶ》が天皇の御文を参らせたので、この事を宮に啓したところ、召されて、そのような事があったのか、と問われ、知りません、何とも思わずに出た言葉を、行成の朝臣がとりなしてくれたのでしょう、と申したところ、とりなすと言っても、と微笑んでおられた、という。

頭弁が行成であることや宮が職の御曹司にいること、他の殿上人が復帰した少納言の実力をあまり知らなかったこと、行成が歌を詠みたがらない少納言を歌を詠ませようとしたことなどから、この話は長徳四年五月の頃のことであり、ここでも少納言は歌を詠まなかったのである。

落ち込む少納言

先に見た九五段の少納言が歌を詠まなかったという話の続きに、「内大臣」が庚申《こうしん》待《ま》ちの儲《もう》けをするということから出向いた話がみえる。宮は権力者の道長を補佐する立場にあった内大臣公季からの誘いを受けたのであろう。五月の庚申の日は、もう過ぎていたので、次の七月四日の庚申の日のことと見られる。

庚申の日には、腹のなかにいた悪い虫が出てきて、天に昇り、その人の罪を天帝に報告すると命が縮まる、と言われており、眠らずに徹夜してそれを防ぐため、飲食や遊びをする風習があった。

その庚申待ちの場で歌を詠むように勧められた少納言が、歌の題を取らず歌を詠まないでいたところ、「など歌はよまで、むげに離れゐたる、題とれ」と、内大臣に責められたので、「さる事うけたまはりて、歌よみ侍るまじうなりて侍れ」と、宮から歌を詠まなくともよい、といわれていますので、と断った。

しかしさらに強く責められたことから、宮から歌が寄せられた。その歌は「元輔がのちといはるる君しもや　今宵の歌にはづれてはをる」というもので、歌人で著名な清原元輔の娘といわれてきた少納言であれば、今夜の歌からは、はずれて終わるのである、とあったので、少納言は「その人の後といはれぬ身なりせば　今宵の歌をまつぞよままし」と返して、父に遠慮することがなければ、歌を詠みますものを、と答えたという。

この一件があった翌月、宮が「職におはします」八月中旬、月の明るい夜の話が、次の九六段である。宮は天皇に仕えていた右近《うこん》内侍に琵琶を弾かせ、廂の間の端近くにいらっしゃり、その前で女房たちは、あれこれと物を言ったり、笑ったりしていたが、少納言は廂の柱に寄りかかったまま、物も言わないでいた。

そこで宮からは、どうして、そのように音も立てないのか、物を言いなさい、寂しいではないか、という仰せがあったので、ただ秋の月の心を見ていました、と申したところ、「さもいひつべし」（そうも言うことができようか）とおっしゃった、という。

琵琶を聴きながら月を愛で、談笑している女房たちと比べて、物憂げな少納言に宮が声をかけてきたのである。五月にホトトギスの鳴き声を聞いて歌を詠まなかったことがあってからこのかた、うかぬ日々をすごしていた少納言は、これに対して、月を見ないで月の心を見ています、歌は浮かんできません、と答えたつもりだったのであろう。

不断の御読経と雪山

こうして少納言が職の御曹司にいる宮に仕えるなかに、長徳四年も年末を迎えるころに起きた話を語るのが、八三段である。話は二つからなるが、最初の話をまず見よう。

職の御曹司におはします比、西の廂に不断《ふだん》の御読経《おんどきよう》あるに、仏などかけたてまつり、僧どものゐたるこそさらなるなれ。二日ばかりありて、縁のもとに、あやしき物の声にて、猶かの御仏供《ぶく》のおろし侍《はべる》なん、といへば、いかでか、まだきには、いふなるを、なにのいふにかあらんとてたち出て見るに、なま老いたる女法師の、いみじうすすけたる衣をきて、さるざまにていふなりけり。

職の御曹司の西の廂で、不断の読経が宮の主宰で行われた。仏像を架けて僧たちの読経が始まって二日後、縁の下から怪しい者の声がして、仏様への供え物のお下がりがあるでしょうか、と言い、それに僧が、どうして、まだまだ、と言っていたので、誰が言っているのかと、少納言が立って出て見ると、老いた女法師が、ひどく煤《すす》けた衣を着、猿のような格好でいた。話はこの女老法師をめぐって展開してゆくのだが、詳しくは後にみることにしよう。

もう一つはこの年十二月十日ほどから雪がたくさん降ってきたことにともなう話である。

師走の十よ日の程に、雪いみじうふりたるを、女官どもなどして、縁にいとおほくおくを、おなじくは、庭にまことの山をつくらせ侍らんとて、さぶらひめして仰せ事にていへば、あつまりてつくる。主殿《とのもり》の官人の、御きよめに参りたるなども、みなよりて、いとたかうつくりなす。宮司などもまゐりあつまりて、こと加へ興ず。

十二月中旬、雪がいたく降ったので、女官どもに命じて、縁に多くの雪が置かれたの見て、同じことならば、庭に本当の雪山を作らせようと思いたち、侍を召して、宮の仰せである、と言うや、集まってきて作り始めた。主殿寮の官人で、清掃に参った者も皆、寄ってきて、随分と高く作った。中宮の宮司なども参集すると助言をして、おもしろがっていた。

そのうちに三、四人だった主殿寮の官人も二十人ほどに増え、さらに里にいる人々にも声をかけた。山を作るものには二、三日の暇はくれるであろう、と召集したという。こうして雪山を作り終えたので、宮司を召して、縁に置かれていた絹を二巻ずつ禄として与えると、官人たちは一つ取り、一つ取り、と拝みつつ、腰にさして出ていった。
この山を作っていた時に天皇の使者の式部丞《しきぶのじょう》がやって来て、今日は、雪山をお作らせにならないところはございません。御前の壺をはじめ東宮でも弘徽殿に、道長公の住む京極殿でもそうでした、と語ったので、「ここにのみめづらしと見る雪の山　所々にふりにけるかな」という歌を詠んでしまい、そばにいる人を通じて示したところ、式部丞は首をたびたび傾げた末、返歌をさしあげ、この歌を汚すわけにはゆきません、返歌などをするにはふざけていますので、御簾の前で人々に披露します、と言って、立ち去ってしまった。歌をたいへん好んでいると、聞いていたのだが、妙なことである。これに宮は、聞いて、よほどいい歌だと思ったのでしょうとおっしゃった。

雪山の消える日

雪山がすぐには消えなかったことから、話は次へと展開してゆく。

これいつまでありなん、と人々にのたまはするに、十日はありなん、十よ日はありなん、などただ此比のほどをあるかぎり申すに、いかに、ととはせたまへば、睦月の十よ日まで侍りなん、と申すを、おまへにも、えさはあらじとおぼしめしたり。女房は、すべて、年のうち、つごもりまでもえあらじ、とのみ申すに、あまり遠くも申つる哉、げにえしもやあらざらん、一日などぞいふべかりける、と下にはおもへど、さはれ、さ迄なくともいひそめてんことはとて、かたうあらがひつ。

この雪山はいつまで残っているのであろうか、という予想が立てられるところとなって、十日、十余日などのこの頃あたりであろう、と皆が言ったのを聞いた宮が、少納言にどうか、と尋ねた。そこで正月の十日過ぎまで、と言ってしまった。

宮もそれまでとはお思いにならず、女房たちも年内はもつまいと申していたので、あまりに遠い日を予想してしまった、と思うようになり、月初めまでと言えばよかった、と内心では、しまった、と思ったのだが、言い出したことだと考え、頑固に通した、という。

こうして関心と興味は雪山の消える日へと移ってゆく。この付近から、予想を最も遠くにおいた少納言の、雪山よ、残れ、という思いと焦燥とが記されてゆく。それを日記風に記してみよう。

大晦日　少し小さくなったようだが、まだたいへんに高い。昼になって、かの女老法師がやって来て、求められて歌を詠み、雪山に登って去っていった。

元日　また雪が多く降ったので、嬉しく思っていたところ、「これはあいなし。はじめのきはをおきて、いまのをばかき捨てよ」と、初めの雪を残し、今の雪は掻き捨てなさい、という宮の命令が下った。また侍の長が来て、斎院からの届け物を持ってきたので、それを宮に持参して、贈り物の風流なやりかたに感動した。雪山は消える気配はなかったが、黒くなって、見る甲斐もない姿となっていた。しかし勝った心地がして、どうか十五日までは持ち続けさせて欲しい、と念じた。

三日　宮がにわかに内裏に入られた。大変、口惜しくなって、この山の終わりを見届けないでしまうのか、と思ったのだが、入内のために御物《ぎょぶつ》の具を運ぶという騒がしいなか、木守《こもり》を縁に呼びよせ、「この雪の山、いみじう守りて、わらはべなどにふみちらさせず、こぼたせで、よく守りて、十五日までさぶらへ。その日まであらば、めでたき禄給はせんとす。私にもいみじきよろこびいはんとす」と、雪山を守るように語らい、菓子やら何やら、多く取らせたところ、雪山を守ると誓った。

七日　この日までは職の御曹司にいたが、御曹司を出ることになったので、木守には、七日の御節供の下ろしを与え、さらなる実行を命じた。以後、里にあっても、雪山がどうかを調べさせた。

十日　五・六尺ばかりあるという報告にうれしく思った。

十三日　夜に雨がひどく降ったので、これでは消えてしまう、と口惜しくなったが、今一日は持つようにと念じ、夜も起きていた。

十四日　朝、人をやって見に行かせると、円座《わろうだ》ほどになっています、木守が童をやって守り、明日・明後日までもいます、と言ったので、たいへん嬉しくなった。いつしか明日になったら、歌を詠んで物に入れて宮に進上しようと思ったのも、侘しく感じた。

宮の計画

十五日には、まだ暗いうちに大きな折櫃《おりびつ》などを持たせ、これに雪の白い所を入れて持ってくるように、汚いところはかき捨てよ、と言って使いを遣わしたところ、すぐに戻ってきて、「はやく失せ侍にけり」という報告で、少納言は唖然として、人に見せようとしてやっと詠んだ歌も忘れてしまった、という。

どうしてなのか、昨日はあれほどあったものが、夜のほどに消えてしまったとは、と尋ねた。木守が言うのには、昨日は暗くなるまでございました、禄を賜るつもりでもありましたが、残念です、と。そこに内裏から仰せがあり、「さて雪は、今日まであリや」とおっしゃってきたのが、大変にねたましく口惜しかった。

やむなく、昨日の夕暮れまではありましたが、今日なくなったのは、夜のうちに、人が憎く思って、取り捨てたものと推量しています、と返答し、正月二十日に内裏に参り、雪山のことについて、「身はなげつ」（中身を捨てた）ということから、蓋だけを持ってきた法師のような格好で、御前に参って申した。

使者がやって来たことが意外であったことや、物の蓋に小山を作り、白い紙に歌をたくさん書いて進呈しようと思っていたことなどを話すと、宮は大笑いをされ、御前の前にいる人々も笑った。

実は、十四日の夕方に侍を派遣して取り捨てさせたのである。左近の司の築地などに皆、捨てさせた。雪はしっかりしていて、二十日までは持ちそうであるということから、壊すことを考えたという。

宮は少納言が強く主張するので、意地になっていたのであろう。負態《まけわざ》として、少納言に和歌を詠ませようと考え、雪山を壊させたのだが、天皇はその考えを聞き、とても考え深く争ったものだ、とおっしゃったという。

ところが、少納言が哀れな様子で、歌を書いて進呈したいといったので、実情を語ることになったのである。そしてそなたが勝ったのだから、詠んだという歌を聞かせなさい、といい、人々もそう勧めた。しかし少納言は、果たして先の返事で推量した通りであったことがわかったものの、どうしてそんな情けない話を聞きながら、歌を申しあげましょうか、と答え、もう歌は詠まない、と堅く思ったという。

この結末はともかく、少納言は、宮と天皇二人が話し合って、雪山を壊したことを知り、二人の仲睦まじい有様を感じて喜んだことであろう。長徳五年は正月十三日に改元して長保元年となるが、その月三日に宮は天皇に召されて入内し、良好な関係が保たれるなか、宮は妊娠し、皇子の出産が望まれるようになった。

一章で指摘したように、この時期に紙が内大臣から天皇と宮に献上され、『枕草子』執筆へと至ったのである。

3　宮中の人々

蔵人頭との関係

少納言は宮に仕えるなかで、多くの人々と交渉を持ち、その人々の動きや言葉に触れている。それらの全体像を探って、この時代のあり方に迫ってみよう。

少納言が最も親密な関係を築き、『枕草子』に多くの関係記事を残したのは、頭中将《とうの》や頭弁といった蔵人頭《くろうどのとう》であって、そのうち弁官で蔵人頭を兼ねたのを頭弁、近衛の中将で蔵人頭を兼ねたのを頭中将という。

蔵人所は天皇の秘書官庁であり、天皇への訴えを仲介し、天皇の命令を伝える役割を担うなど政務の中心に位置していたから、少納言は彼らと親交を結ぶことによって、宮を支えようとしたのである。正暦二年から長保三年までの蔵人頭を『職事補任《しきじぶにん》』からあげるが、補任の順序から次のようなA・Bの二つの流れからなることがわかる。

A　藤原公任《きんとう》　永延3・2・23〜正暦3・8・28　左中将
　　藤原俊賢《としかた》　正暦3・8・28〜長徳1・8・29　右中弁
　　藤原行成　長徳1・8・29〜長保3・8・25　権左中弁
　　源　経房　長保3・8・25〜寛弘2・6・19　左中将

B　源　扶義《すけのり》　正暦2・3・25～正暦5・8・28　左中弁
藤原斉信《ただのぶ》　正暦5・8・28～長徳2・4・14　左中将
藤原正光　長徳2・4・14～寛弘1・2・26　左中将

蔵人頭は二年ほど勤めると参議（宰相）になるのであって、頭弁の場合は、朝廷の実務の中枢を担って昇進してゆき、頭中将の場合は、その後の出世を大きく約束されていて、政界を指導する立場を占めることが多かった。

上の表の人物のうち、俊賢・行成・斉信については、既に見たように少納言がその付き合いについてよく記している。扶義や正光は蔵人頭であったが、『枕草子』に蔵人頭として登場しないのは、そのときのもう一人の蔵人頭である俊賢・行成がもっぱら少納言と交渉をもっていたからであろう。

公任は少納言が宮に仕え始めた時の蔵人頭であったため、その時のことは記されておらず、参議になってからの話が次の一〇二段に見えるのみである。

二月つごもり比に、風いたう吹て、空いみじうくろきに、雪すこし打ちりたる程、黒戸に主殿寮きて、かうてさぶらふ、といへば、よりたるに、これ、公任の宰相殿の、とてあるを、見れば懐紙に、

すこし春ある心ちこそすれ

とあるは、げに、今日のけしきにいとようあひたる。これが本は、いかでかつくべからん、と思

ひわづらひぬ。

二月の晦日の頃、風がたいへん吹いて、空がたいそう黒くなり、雪が少し降ってきたところに、黒戸に主殿寮の官人がやって来て、お伺いします、と言うので、寄ってゆくと、これを公任の宰相殿から、と文を渡された。見れば懐紙に、少し春があるような気持ちがする、という歌の下句があった。まさに今日の景色によくあった歌なのだが、これの上の句をどう付ければよいのか、公任は歌壇の第一人者であっただけに少納言には覚悟が必要だったから、思い悩んだ。

殿上に誰がいるか、と聞くと、誰それ、と答え、女房たちに示したところが、恥ずかしい、と言って取り合わない。宮にお見せしようとしたが、天皇がいらっしゃっていてお会いできない。催促が急なので、やむなく少納言は「空寒み花にまがへてちる雪に」(空が寒いので花にみまがうばかりに散る雪に)と、震え震え書き渡した、という。

その結果を心配していたところ、「俊賢の宰相」が、天皇に仕える内侍《ないし》になしましょうか、と奏聞《そうもん》したとかいうことを聞いた、と「左兵衛督《さひょうえのかみ》の中将におはせし」人が語っていたという。少納言は一安心したという。

蔵人所の人々

蔵人頭の宮中での位置をよく物語っているのが、一六四段の、「君達は　頭中将、頭弁。権中将、四位少将。蔵人弁、四位侍従。蔵人少納言、蔵人兵衛佐」という、君達(公達)を列挙した記事である。蔵人頭は公達の筆頭に位置していたことがわかる。

　それに続く「権中将、四位少将」は、近衛府の将であって、天皇を護衛し、また荘厳する貴族の花ともいうべき存在であった。少将は位が五位相当であり、通常、位が上がると、その官職をやめざるをえないが、四位に上がっても職を解かれないのが四位少将であって、それは特別な恩寵による。この点は、四位侍従も同じことで、天皇の傍にあって手助けをする侍従も五位相当であるが、四位に上がっても侍従のままでいるのは、特別な恩寵によっているのである。

　蔵人所は蔵人頭を筆頭に、五位蔵人、六位蔵人らの蔵人と、彼らを事務的に支える出納《すいとう》、侍として様々な雑役を担った所衆《ところのしゅう》や所雑色《ぞうしき》からなっていた。先の公達を列挙したなかの蔵人弁《くろうどのべん》や蔵人少納言、蔵人兵衛佐は五位蔵人であり、そのうちでも弁や少納言、兵衛佐を兼ねると高く評価され、その後の出世が約束されていた。少納言が出仕した正暦二年から長保三年までの時期の五位蔵人を『職事補任』から見ておこう。

	〔兼任〕	〔補任時期〕	〔去任時期〕	〔任後の官位〕
源　俊賢	右少弁	永延2・10・25～	正暦3・8・28	蔵人頭
平　明理	右少将	永祚2・9・1～	正暦6・1・7	四位
藤原登朝		正暦3・8・28～	正暦5・10	辞退
高階信順	右少弁	正暦4・11・15～	正暦6・1・11	四位
藤原為任		正暦6・1・11～	長徳5・1・7	四位

源　道方　少納言　正暦6・1・11〜長保2・1・24　四位
藤原説孝　右中弁　長徳4・7・14〜長徳5・1・7　四位
藤原重家　右少将　長保1・1・10〜長保2・1・7　四位
藤原朝経　左少弁　長保2・1・27〜長保5・1・7　四位
源　済政　阿波権守　長保2・1・27〜長保4・2・30　四位

多くは四位に叙せられて五位の蔵人を辞めてゆくことがわかる。『枕草子』には、蔵人弁として、宮の伯父の高階明順が二五九段の関白の積善寺での一切経供養の話に見え、蔵人少納言としては、源道方が七七段の話の御遊で琵琶を弾いているのが僅かに見えるだけである。源俊賢は蔵人頭としては見えても、五位蔵人の時期には見えない。少納言は五位蔵人に接する機会はあったのだが、そこと密な交渉をもつことは少なかったのであろう。

二五九段の関白の積善寺での一切経供養の日に、天皇の使者として五位蔵人と六位蔵人が派遣されたが、五位蔵人の実名を記していないのに、六位蔵人については、「式部の丞則理《のりまさ》」の実名を記しているのである。

六位蔵人の動き

六位蔵人は殿上にあって使役・雑役に奉仕しており、六位ながらも蔵人であることから「公達」に数えられた。年中行事などでの華やかな姿が印象的な存在で、二七六段の「きらきらしき物」の一例に「蔵人の式部の丞の、白馬《あおうま》の日、大場練りたる」と、式部丞を兼ねた六位の蔵人が白馬の節会の日に練り歩いているのをあげている。

「めでたき物」を列挙した八四段には、「六位の蔵人、いみじき君達なれど、えしも着給はぬ綾織物を、心にまかせてきたる、青色すがたなどのいとめでたきなり」と、六位の蔵人は立派な公達であり、そうそう着ることのできない綾織物を思いのままに着た青色の姿はとても立派だ、と記し、次のように指摘している。

普通の人の子が、人に仕えていて、どうとも見えないような存在ではあっても、蔵人になれば、「えもいはずぞあさましきや」と、その変わりようは意外なほどである。宣旨などを持参し、大饗《だいきょう》の甘栗の使者などとして参ると、その饗応されるさまは、どこの天から降ってきた人であろうかとも思えた、という。さらに「六位の宿直《とのい》姿のをかしき」は紫の指貫《さしぬき》のためである、とも記す。

七三段は、内の局のなかでも細殿《ほそどの》がおもしろいことを語る話。多くの殿上人たちが詩を吟じ、歌を謡うのが聞こえてくるので、戸を開けてみると、ぎっしりいた殿上人に混じって、六位蔵人が青色の袍《ほう》を着て、得意げに立っているのが、おもしろいという。

ただ五位に位があがると、蔵人をやめざるをえなくなり、それまでは丁重に扱われていたのが、そうではなくなってしまう。こうしたところから、辞める前から、次には「何になろうか」などと希望している様が見られるが、そうあってはならない、と一七〇段の「六位蔵人などは」と始まる話は語る。

かうぶりえて、なにの権守、大夫などいふ人の、板屋などのせばき家持たりて、又小檜垣《こひがき》などいふものあたらしくして、車宿に車ひきたて、まへ近く一尺ばかりなる木生ほして、牛つなぎて、草など飼はするこそ、いとにくけれ。

五位になったら、どこかの国の権守や大夫と称し、狭い板屋の家を持って立派な構えを心がけようとするのだが、その前途はたかが知れている、という。少納言はかつての夫の橘則光が六位蔵人となっており、近くに六位蔵人を見ることが多かったので、その殿上での振る舞いと、辞めた後の落差をよく知っていたのである。

六段の、殿上で飼われていた猫の話では、猫を脅したとして犬の翁丸《おきなまる》が追い払われているが、この時に犬を追い払うよう命じられたのが六位蔵人の源忠隆と「なりなか」の二人であった。「ねこを御ふところに入させ給ひて、をのこどもめせば、蔵人忠隆、なりなか参りたれば、この翁丸、うち調じて犬島へつかはせ、ただいま」とあって、驚いた天皇が犬を狩って犬島に送るようにお命じになった、という。

九九段は、雨が降っていた頃、六位蔵人の式部丞藤原信経が天皇の使者として宮に参ったので、褥《しとね》を差し出した時、いつもよりそれを遠くにおしやっていたので、誰のためにそうするのかと聞くと、このような雨の日に、座ったならば、足形がついて汚くなるので、と答えたことから、少納言とのやりとりがあった。

六位蔵人は、蔵人所の下にある「所」という機関の別当に任じられていたが、信経がその一つである「作物所の別当」になった時、物の絵図面を差し出して、「これがやうにつかうまつるべし」と、書き送ってきたのだが、その字があまりにも無類な変なものなので、この通りに調進したならば、異様な物ができましょう、と書いて示したところ、とても笑い物になり、信経はたいそう腹を立てて少納言を憎んだという。

六位の蔵人・源方弘

なかにはうんざりさせる六位の蔵人もいた。それが長徳二年正月に蔵人となった源方弘《まさひろ》である。五三段の「殿上の名対面《なだいめん》」のおもしろさを語る話に登場する。

「名対面」とは殿上の宿直者を点呼する行事であるが、これを天皇の御前で行う場合のことを、少納言たち女房が面白く聞いていた様子を描いている。殿上人の名対面に続いて、滝口が弓を鳴らし出てくると、蔵人は足音高く、板敷きを踏み鳴らし、「誰々か侍る」と問うが、当直の滝口がそろわない場合、「いかに」と事情を問うことになっていた。

しかし方弘はそれをせずに帰ってしまいそうになったので、公達が教えたところ、「いみじう腹だちしかりて」と、腹を立てて滝口をしかりつけたので、滝口の武士にさえも笑われたという。また御厨子所《ずしどころ》の御膳棚に、沓《くつ》を置いていて大騒ぎになっているのを聞いた方弘が、それは私が置いたものだ、と自ら平然と言い放って騒がれたともいう。

一〇四段では「方弘はいみじう人に笑はるる物かな」と始まって、その粗忽者《そこつもの》である様子を描いている。「親などいかに聞くらん」と、親に同情を寄せているほどである。たとえば、供として長く付き従っている者を呼び寄せ、どうしてこんな私なんかに使われているのか、どういう考えだ、などと言った、という。

方弘は左馬頭《さまのかみ》源時明の子であるが、和泉守致明《むねあき》の養子となり、長徳元年十月に文章生《もんじょうしょう》から蔵人所の雑色となって、さらに長徳二年に蔵人になって修理権亮や式部丞となっている。衣服などの調製に上手な家であることから、他人よりも着こなしはよかったが、「これをこと人に着せばや」（これを他人に着せたいものだ）と言うなど、言葉遣いが可笑《おか》しいことを、いくつも少納言はあげている。また上席の蔵人頭がまだ殿上の間の台盤に着いていないのに、方弘が豆一盛りを摘み、小障子の後ろで食べていたのが丸見えで、笑われていた、ともいう。

そうしたおかしな言動や行動にもかかわらず、やがてついには阿波守にまで至る。たたき上げの苦労人なだけに、人を笑わせる行為や言動をすることによって、自らの存在感を示していたのかもしれない。五位蔵人とは違って、よほどのことがない限りはその後の出世が望めなかっただけに、笑われても平気で、そのパフォーマンスを続けたのであろう。

いわば少納言とは対極にあった人物であっただけに、人を批判するのを慎んでいた少納言も、書き記さざるをえなかったであろう。その意味から、少納言が、強く批判して記したもう一人が、すでに見た中宮大進の平生昌《なりまさ》である。

五段では、宮を自宅に迎えた生昌の不躾な振る舞いを糾弾しているが、それは中宮を支える中宮職の宮司であったにもかかわらず、もてなす態度が全くなく、家主然に振る舞っていたからであった。

中宮職の人々

続いて中宮職の人々を探ってみよう。中宮職は、中宮大夫を筆頭に中宮亮、中宮大進・中宮少進などから構成されていた。定子のために中宮職が置かれると、最初の中宮大夫には藤原道長が任じられた。正暦元年十月五日のことであり、少納言が宮に仕えるようになったのは、実は道長の推薦によるものであろうことは先に指摘したところである。

この時に、中宮権亮には左中弁の源扶義が、中宮大進には宮の伯父の高階明順が任じられたが、このうち明順はその後も長らく中宮大進を務めた。かつて少納言の父清原元輔が別の中宮ではあるが、中宮大進となっていて中宮権亮になることを望んでいただけに、この職には親近感を覚えていたことであろう。

中宮権亮となった扶義は、翌二年三月に蔵人頭となり、同三年八月には内蔵頭となって、十一月に中宮が二条の新宮に移ると、その功労として翌年七月に中宮権亮から中宮権大夫に任じられ、さらに正暦五年八月に参議になるなど、中宮に一貫して奉仕していた。宮の父道隆が長徳元年四月に亡くなって道長が内覧となったので中宮大夫を去り、中宮大夫の置かれないなかにあっても、扶義は中宮権大夫として奉仕を続けた。その間に右大弁、左大弁となった後、長徳三年七月に大蔵卿となったものの、翌長徳四年七月に亡くなっている。

扶義は中宮に常に伺候していた関係上、宮の女房と親しい関係にあったことが、四六段の「職の御曹司の西おもての立蔀のもとにて」と始まる話にうかがえ、さらに二五六段に登場する、耳の敏《さと》い大蔵卿とはこの扶義のことであろう。

大蔵卿ばかり耳とき人はなし。まことに蚊のまつげの落つるをも聞きつけ給つべうこそありしか。職の御曹司の西面にすみしころ、大殿の新中将、宿直にてものなどいひしに、そばにある人の、此中将に扇の絵の事いへ、とさざめけば、いまかの君の立ち給ひなんにを、といとみそかにいひ入るるを、その人だにえ聞きつけで、なにとか、なにとか、と耳をかたぶけ来るに、とほくゐて、にくし、さの給はば、けふはたたじ、との給ひしこそ、いかで聞きつけ給らんと、あさましかりしか。

扶義の耳の鋭さへの驚きを記したもので、蚊の睫毛《まつげ》が落ちる音さえも聞きつけるほどであったとして、その逸話を語っている。大殿の新中将こと藤原道長の養子であった成信が、宿直して少納言に声をかけてきたので、そばにいた女房が、この中将に扇の絵の事を言いなさい、と囁いたので、そのうちにかの君（大蔵卿）が立ち去ってしまったらね、とひそやかに答えた。

これを女房さえ聞きつけることができずに、何ですか、何ですか、と耳を傾けてきたのに、遠くにいた大蔵卿が、憎らしい、そうおっしゃるのならば、今日は退出しないでおきましょう、と語られたのは、どうして聞きつけたものか、と呆れてしまった、という。

大蔵卿は常に宮に伺候していて、女房たちの言動には耳を欹《そばだ》てていたのであろう。特に少納言の言動には常に注意を払っていたものと考えられる。その扶義の死後、翌長保元年正月三十日に中宮大夫となったのが、生昌の兄の中納言平惟仲であって、兄弟揃って中宮を支えることになった。

だが、情勢の変化に敏感に対応した惟仲は、その年の七月には大夫の職を辞して去っている。おそらくそれに連動して生昌も大進の職を辞退したのであろう。道長の力の伸張とともに、中宮を支える役所の力が失われ、宮司へのなり手もなくなっていったことが見てとれる。

上達部の存在感

少納言は、蔵人所や中宮職の関係者だけでなく、殿上にやってくる多くの人々と関わった。そのうち公卿である上達部《かんだちめ》についてまず見ておこう。

一七九段の「位こそ猶めでたき物はあれ」と始まる話は、同じ人であっても、「大夫のきみ」や「侍従の君」などは気安く応対できるが、中納言、大納言、大臣になられると、思いのままではなく、尊く思うようになる、と指摘している。

「大夫のきみ」とは五位を意味する大夫ではなく、右京大夫や修理大夫などの実務官庁の長官の大夫を意味するもので、「侍従の君」は天皇の傍に近侍して御用をつとめる侍従のことである。彼らも中納言以上になれば、格段に扱いが違ってくる、というのである。

上達部は、その中納言以上と、参議や三位以上の公卿《くぎょう》をさすが、一六三段は「上達部は　左大将、右大将。春宮《とうぐう》大夫。権大納言、権中納言。宰相中将、三位《さんみ》中将」という順に列挙している。ここに大臣や大納言、中納言がないのは、言うまでもないからであろう。左大将、右大将などの近衛府の長官は、大臣や大納言、中納言が兼任した職であるから、その兼職のほうを記し、重視されていたことを示しているのである。

二七六段の「きらきらしき物」を列挙している中でも、筆頭にあがっているのは、「大将、御前駆《さき》おひたる」と、大将が行幸の際の前駆を務めることであった。続く二七七段には「神のいたうなるをりに、神鳴《かんなり》の陣こそいみじうおそろしけれ。左右の大将、中少将などの、御格子《みこうし》のもとにさぶらひ給、いといとほし。鳴りはてぬるをり、大将おほせて、おり、との給」と、雷が鳴っている折に、左右の大将や中少将などが殿上の御格子の下にあって警護のために伺候しているのは、とてもたいへんで気の毒である、という。

近衛府の大将は、このように天皇の護衛にあたり、行幸ではその前駆を務め、天皇を荘厳《しょうごん》する名誉ある重職だったから、常に殿上に伺候していたのである。

次の春宮大夫も、大臣や大納言、中納言の兼任であったが、春宮が次の天皇になるだけに尊ばれた。権大納言や権中納言が、正の大納言や中納言ではなく、あげられているのは、特別に権官《ごんかん》（仮の官）として任じられたからであろう。ただこの後、権官の数が増えてゆくと、特別視されなくなる。

公卿のなかでも中将を兼任している宰相中将と三位中将は尊ばれていた。正暦二年の場合を見ると、その年に宰相中将となった伊周はすぐに中納言となり、代わりに宰相中将になったのが三位中将だった藤原道綱である。その道綱も長徳二年には中納言になり、同じ年に右大将となっている。この間、正暦五年に隆家が三位中将となって、その翌年に権中納言となっている。

道綱に代わって宰相中将となったのは、少納言と親しかった藤原斉信で、長保三年に権中納言になっていて、それに代わって宰相中将になったのは、これも少納言と親しかった源俊賢である。これらによれば、三位中将や宰相中将の出世は早かったことがわかる。

ここで少納言が『枕草子』を書く契機となった、紙を宮に献呈した内大臣藤原公季《きんすえ》の昇進のルートを見ておこう。天元四年（九八一）に二十五歳で三位中将となり、永観元年（九八三）に参議となって侍従を兼ね、寛和二年（九八六）に春宮権大夫となるとともに権中納言に任じられ、永祚元年（九八九）には春宮大夫となり、長徳元年（九九五）に権大納言、長徳二年に左大将となって、同三年にはついに内大臣になっている。上達部として名誉ある官職を歴任したのである。

ただ少納言は、宰相中将となった藤原斉信に対し、里に住んでいた時に居場所を教えなかったが、それは上達部との接触はできるだけ避けていたためである。公卿《くぎよう》との付き合いが増えると、私的な付き合いを優先することになってしまい、中宮を支えるわけにゆかなくなったからであろう。

殿上人たち

殿上に昇る資格を有していた殿上人（上人）の話はとても多い。八五段は「なまめかしき物」の筆頭として「細やかにきよげなる君達《きんだち》の直衣《のうし》姿」をあげているが、この「君達」が上達部・殿上人の総称である。二段は「四月。祭の比いとをかし。上達部、殿上人も、袍のこきうすきばかりのけぢめにて、白襲《しろがさね》どもおなじさまにすずしげにをかし」と、四月の賀茂祭における上達部・殿上人の装束をおもしろいとしている。

殿上人とは五位、四位の昇殿を許されたもので、その数は多かった。二段の正月七日の白馬の節会では、「左衛門の陣のもとに」立っていた殿上人たちが、舎人《とねり》の弓を取って、馬を驚かせ、見物人を笑わせており、八八段は、五節《ごせち》の頃に、殿上人が直衣を脱ぎ垂らして、扇などで拍子をとって「つかさまさりと、しきなみぞたつ」という歌を謡っていたことを記している。この歌は『梁塵秘抄《りょうじんひしょう》』にみえる「お前よりうちあげうちおろし越す波は　つかさまさりのしきなみぞたつ」という今様《いまよう》であろう。九〇段では、中宮の御座所の「上の御局」の前で、殿上人が「日一日、琴、笛吹き遊び暮し」と、一日中、琴や笛を演奏していたとあり、日常的には日直・宿直や陪膳など、また年中行事では列立して華を添えるなど、天皇に奉仕し、宮のもとにも出入りしていた。二七二段はその天皇と殿上人との優雅な様子を描いている。

日のうらうらとある昼つかた、又いといたう更けて、子《ね》のときなどいふほどにもなりぬらんかし、おほとのごもりおはしましてにや、など思ひまゐらするほどに、男ども、とめしたるこそ、いとめでたけれ。夜中ばかりに御笛の声の聞えたる、又いとめでたし。

日差しがうららと照る昼ごろ、あるいは夜の子の刻の頃もあろうか、天皇がお休み遊ばせておられると思っていると、そこに殿上人が召されているのがすばらしい。夜中に天皇の笛の音が聞こえてくるのもまたすばらしい。その殿上人の衣装のあるべき様については、二六二段から二六五段にかけて記されている。

指貫は　紫の濃き。萌黄。夏は二藍《ふたあい》。いと暑きころ、夏虫の色したるもすずしげなり。
狩衣は　香染《こうぞめ》の薄き。白きふくさ。赤いろ。松の葉いろ。青葉。桜。柳。又青き藤。

男は何の色の衣をも着たれ、単衣《ひとえ》は白き。日の装束の、紅の単衣の衵《あこめ》など、かりそめにきたるはよし。されど、なほ白きを。黄ばみたる単衣などきたる人は、いみじう心づきなし。練色の衣どもなど着たれど、猶単衣は白うてこそ。
下襲は　冬は躑躅《つつじ》。桜。掻練襲《かいねりがさね》。蘇枋襲。夏は二藍。白襲。

このうち二六四段が記しているのは、単衣は白いのがよく、「日の装束」こと正装では紅の単衣の衵なども、仮初《かりそめ》ではよいが、それでもなお白いのが良く、黄ばんだ単衣を着ているのは気に入らないという。

殿上人たちとの交流

殿上人たちも、宿直・日直、陪膳などの奉仕に大変であった。二二九段の「雪高う降りて」と始まる話は、宿直のためにやってくる殿上人の姿を描いている。

雪高う降りて、今もなほ降るに、五位も四位も、色うるはしう若やかなるが、上の衣の色いときよらにて、革の帯のかたつきたるを、宿直姿にひきはこえて、紫の指貫も雪に冴え映えて、濃さまさりたるを着て、衵の、紅ならずは、おどろおどろしき山吹を出だして、唐傘をさしたるに、風のいたう吹きて、横ざまに雪を吹きかくれば、すこし傾けて歩みくるに、深き沓、半靴《ほうか》などの、はばきまで、雪のいと白うかかりたるこそをかしけれ。

若い五位・四位の殿上人が宿直のために、雪が降り積もり、横殴りに降ってくるなかを懸命に歩んでくる姿を印象的に描いている。これに続く二三〇段では、「細殿の遣戸《やりど》を、いととう押しあけたれば、御湯殿《おゆどの》に、馬道より下りてくる殿上人、萎えたる直衣、指貫の、いみじうほころびたれば」と、彼らが宿直を終えて帰ってゆく、疲れた様子を描く。

一一八段は「あつげなるもの」(暑苦しいもの)の一例として、「出居《いでい》の少将」をあげているが、これは暑い時期の年中行事である相撲節会《すまいのせちえ》において、天皇を荘厳して座席に座る近衛の少将である。

少納言はこうした殿上人との付き合いが多かった。一〇一段では　殿上から梅の花の皆散った枝がもたらされ、「これはいかが」と問われて、少納言が「ただはやく落ちにけり」と答えたところ、多くいた殿上人たちがその詩句を吟じていたという。詩文に強い少納言は殿上人に人気があったのだ。また中宮が職の御曹司にいた時には、女房たちが陣に集まっていた殿上人と交流した話が七四段にあるように、宮に仕える女房は殿上人との交流が盛んだった。

八〇段は、蔵人頭から宰相中将になった藤原斉信に居場所を知らせずに里にあった少納言が、数人の殿上人と付き合っていたことを語る。「里にまかでたるに、殿上人などの来るをも、やすからずぞ人々は言ひなすなり」と、殿上人と里で付き合うのを非難する人がいたことから、今回は、「いづくとなべてには知らせず。左中将経房の君、済政の君などばかりぞ知り給へる」と、ただ左中将経房と済政のみに知らせて逢っていたという。

経房・済政は七七段の御遊では、それぞれ笙の笛、箏の琴を演奏して、少納言に「おもしろし」と評価されており、音楽の芸にも勝れていた。注目されるのはこの経房が道長の猶子となっている点で、二五六段の耳の敏い大蔵卿の話に登場する、殿上で宿直していた「大殿の新中将」成信もまた道長の養子であった。二五五段にはその成信が人の声をよく聞き分ける人物であったことを語り、二七三段は「成信の中将」が「その君、つねにゐてものいひ、人のうへなど悪きは悪しなどの給し」と、いつも殿上に伺候して、人の悪い点は、きちんと悪いと語っていたという。

少納言は、道長に近い人物からその周辺の情報を得るべく接近していたとも考えられる。

女房との交流

最後に少納言と同じ立場にある、宮仕えしている女房について見ておこう。八八段の五節の頃の話によれば、五節の初日、天皇が舞姫を御覧になるということで、蔵人が厳しく規制をしている最中、宮の女房二十人ほどが、見張っている蔵人を何とも思わずに戸を開けてきたことを記している。宮には少なくとも二十人の女房が仕えていたが、そのうち乳母《めのと》は、中宮を育てただけに権勢があった。

二二八段はその乳母について、生まれ変わって天人になるのはこういうものかと思えたというが、これは普通の女房が御乳母となった場合で、唐衣を着ず、裳もつけずに、添え臥して、帳台の内を居所となし、女房たちに命じたり、文を取り次がせたりしているその様は、いい尽くせない、と権勢を語っている。

一七九段は「位こそ猶めでたき物はあれ」と始まる、身分の上の人間のすばらしさを記した話であるが、そうした男などとは違って、「女こそ猶わろけれ」と、女はやはりつまらないと記してその事情を記してゆく。

宮中での天皇の御乳母は、内侍のすけや三位になると重々しいが、そうだからといって、年齢も盛りが過ぎれば、何ほどの事があろうか。大体はそうそうはうまくゆくまい、受領《ずりよう》の北の方になって国に下るのが、普通の身分の人にとって幸いの極みと思われているようだ。

こうした乳母の夫となった男を、一八〇段では「かしこき物」（恐れ入るもの）の筆頭にあげている。身分の高い人を妻とともに育てているだけに、厚遇されていたことを記している。後代になると、この乳母夫《めのと》が院や武家の後見役として次第に権勢を握ってゆくことになってゆく。

乳母のうち、少納言が実際の行動を記しているのが宮の乳母「命婦《みようぶ》の乳母」である。九一段では宮の女房たちに縫い物が命じられた際、「命婦の乳母、いととく縫ひはてて、打ちおきつる」と、縫い物が上手で、その手の早い存在であったことがわかる。正暦元年に宮が立てられた時に、「従五位下高階光子、后の乳母か」（『小右記』）とあるので、命婦の乳母は宮の母の妹であった。二二三段はその乳母が日向《ひゆうが》に下ったことを次のように記している。

御乳母の大夫の命婦、日向へくだるに、給はする扇どもの中に、かたつかたは、日いとうららかにさしたる田舎の館などおほくして、いまかたつかたは、京のさるべき所にて雨いみじうふりたるに、
あかねさす日にむかひても思ひいでよ　都ははれぬながめすらんと
御手にて書かせ給へる、いみじうあはれなり。さる君を見おきたてまつりてこそ、えゆくまじけ

れ。

日向に下って行く際に、宮からは、下ってゆくべき田舎の館の風景と、それを見送る京の雨が降る風景の二つの絵が、片面ずつに描かれた扇が与えられたが、それには宮が手ずから書かれた「あかねさす日に」という嘆きの歌が記されていた、という。

少納言は下って行くべきではなかった、と批判的に記しているが、日向に下ったのは、夫が日向の受領になったことに基づくのであろう。

中宮の女房たち

宮の消息や歌などは、宮の上臈《じょうろう》の女房である宰相の君が代筆していた。宰相の君が代筆した歌などがよく少納言に届いているのは、少納言が宰相の君と仲がよかったことにもよろう。宰相の君は和歌などにも勝れていた。しかし同じ上臈の女房でも、中納言の君は違っていた。既に見たように、二五四段は十月中旬に女房十五人ほどと外を歩き回ったとき、中納言の君が奇妙な姿をしていても、無頓着であって、若い人にあだ名をつけられていた。

一二三段は、黒戸から関白が宮にお出ましになった時の事を語る。関白は女房たちが揃っているのを見て、素晴らしいと褒めるなか、中納言の君だけが親族の忌日《いみび》ということを理由に、数珠を持って神妙な態度をとっていたので、これを見た少納言が、数珠を貸してほしい、お勤めをして、来世にはすばらしい身になりたいものです、と言うと、女房たちが集まってきて笑ったという。

ほかにも上臈の女房には、「小若君《こ》」という女房がおり（二五九段）、中・下臈では九一段に「源少納言」、二五九段に「右京、小左近」、二七三段に「式部のおもと」など多く登場している。少納言にとって女房たちは同僚だけに批判されたりするなかで、その交流には気を遣っていたが、一七四段には、女房たちとの親密な交流の様を書いている。

雪のいとたかうふりつもりたる夕暮より、端ちかう、同じ心なる人二三人ばかり、火をけを中にすゑて、物語などするほどに、くらうなりぬれど、こなたには火もともさぬに、おほかたの雪のひかり、いとしろうみえたるに、火箸して灰などかきすさみて、あはれなるもをかしきも、いひあはせたるこそをかしけれ。

雪が深く積もっている夕暮れから気の合う女房二三人と火桶を中に据えて、物語をしていた情景を描いたもので、宵も過ぎたころに、沓の音が聞えるので、外を見ると、思いがけない人が現れて、話が展開してゆく。一八四段でも、女房のいる風景を次のように優雅に描いている。

灯籠に火ともしたる、二間ばかりさりて、簾たかうあげて、女房二人ばかり、童など長押《なげし》によりかかり、また、おろいたる簾にそひてふしたるもあり。火とりに火ふかう埋《うず》みて、心ぼそげにほはしたるも、いとのどやかに心にくし。

内侍の女房

一六九段に「女は　内侍のすけ。内侍」と記しているように、天皇に仕える女房の格は高かった。「内侍のすけ」とは典侍、「内侍」は掌侍《しょうじ》をさすが、それとの親交もあった。天皇に付き従って、宮のところにやってきたり、天皇の使者となって宮のもとに来たり、またその芸能を宮から求められて来たりなど、逆に少納言が天皇のもとに行って、知り合いになった女房も多かった。その一人に右近《うこん》の内侍（掌侍）がいた。

右近は天皇の側近として中宮のもとにしばしば来たことから、少納言とは昵懇の間柄だったらしい。中宮が職《しき》の御曹司《おんぞうし》にいた時には、琵琶を持参して弾き（九六段）、雪山の一件（八三段）では、女老法師の「常陸介《ひたちのすけ》」の話を聞いて興味を抱いているが、次に記す二二一段の話では、少納言にふりかかった濡れ衣の話を中宮から聞いている。

細殿に、びんなき人なん、暁に傘さして出でける、といひ出でたるを、よく聞けば、わがうへなりけり。地下などいひても、めやすく人にゆるされぬばかりの人にもあらざなるを、あやしの事やとおもふほどに、上より御文もてきて、返事ただいま、と仰せられたり。

女房の局のある細殿から、出入りするのは不都合な人が、暁に傘をさして出ていったという噂が立っており、よく聞くと、少納言に関係するものだという。そのことを語ったのは、地下人《じげにん》であって、人に受け入れられ難い人だ、と思っていて、妙なことよと感じていたところに、宮から御文が来て、返事をすぐするようにと仰せられてきた。

なにごとにか、とてみれば、大傘のかたをかきて、人は見えず、ただ手のかぎりをとらへさせて、下に、

山の端あけしあしたより

とかかせ給へり。猶はかなきことにても、ただめでたくのみおぼえさせ給《たまう》に、はづかしく心づきなきことはいかでか御覧ぜられじ、とおもふに、かかる空事《そらごと》のいでくる、苦しけれどをかしくて、異紙《ことかみ》に、雨をいみじう降らせて下に、

ならぬ名のたちにけるかな

さてや濡衣にはなり侍らむ、と啓したれば、右近の内侍などにかたらせ給て、笑はせ給けり。

何事かと開いて見ると、大きな傘の絵があって、そこに人は見えず、手だけが傘の柄を握っていて、その下に、山の端が明るくなった朝から、とお書きになっていた。少しのことでもすばらしくいらっしゃる、と感じたのだが、私にとっては恥ずかしく、好ましくないことを、御覧にならないようにするには、どうしたらよいのかと、思うにつけ、このようないい加減な噂が生まれるのはつらい、と少納言は言っている。

渡された手紙のおもしろさについては、別紙に、雨がたくさん降る絵を描き、その下に、雨ではなく、浮名がたってしまいました、という下句をつけ、濡れ衣になってしまいました、と申しあげると、

宮はこのことを右近に話してお笑いになったという。右近に伝えれば、それは天皇に伝わり、また少納言にも伝わってくる、という関係だったのである。

激動の時代を生きた少納言を巡る政治世界について見てきたところで、次にこの時代の社会や環境などをどう描いているのかを見てゆこう。

四　『枕草子』の時代

女官と侍

宮やその殿上を日常的に支えていたのは、五位以下の身分の人々であった。女たちに宮仕えをすすめた二二段の「おいさきなく」と始まる話は、宮仕えをすると、「上達部、殿上人、五位、四位はさらにもいはず、見ぬ人は少くこそあらめ。女房の従者《ずさ》その里よりくる物、長女《おさめ》、御厠人《みかわやうど》の従者、たびしかはらといふまで」と、まことに多くの人に出会うことになる、と語っている。

そのうち『枕草子』によく登場するのが、中宮職に属する殿司《とのもづかさ》の女官たちであり、この女官の筆頭が「長女」にほかならない。四四段は「殿司」について語っている。

殿司こそ、猶をかしき物はあれ。下女のきはは、さばかりうら山しきものはなし。よき人にもせさせまほしきわざなめり。わかくかたちよからんが、なりなどよくてあらんは、ましてよからんかし。すこし老いて物の例知り、おもなきさまなるも、いとつきづきしくめやすし。
殿司の、顔愛敬《あいぎょう》づきたらん、ひとり持たりて、装束時にしたがひ、裳、唐衣などいまめかしくて、ありかせばや、とこそおぼゆれ。

殿司の女官はやはりすばらしいものだ。下級の女官の身として、これほどうらやましいものはない。

身分のある人にもさせてみたいような場合さえある。若くて容貌の良いのが、いつも服装をきれいにしているのがよろしい。少し老いて物などの先例を知り、物怖じせずに平気な様をしているのもぴったりで、見ても驚きがない。こんな女官だったら顔の愛敬のあるのを、一人持って季節にしたがって装束を合わせ、連れ歩きたいものだと思った、という。

こうした女官に対して、主殿寮の侍たちは宮の灯火や清掃などを担当し、行事や日常の生活を支えていた。たとえば二段の正月七日の白馬の節会では、「はつかに見入たれば、立蔀《たてじとみ》などの見ゆるに、主殿寮《とのもりづかさ》、女官などの、行ちがひたるこそをかしけれ」と、女官とともに忙しく立ち働いている様がおもしろいという。

一三五段の、賀茂の臨時祭の試楽《しがく》では、「清涼殿の御前の庭に、掃部司《かもんづかさ》の畳を敷きて」、「掃部司のものども、畳とるやおそしと、主殿の官人、手ごとに箒とり、砂子ならす」と、掃部司の者が畳を敷くと、その清掃を侍が担当していたことを記し、七三段の、調楽《ちょうがく》(楽の調べ合わせ)では、「主殿寮の官人、ながき松をたかくともし」と主殿寮の侍が松明《たいまつ》をかざし先導していた、と記す。二五九段の積善寺の一切経の供養に際して、「掃部司まゐりて、御格子まゐる。殿司の女官御きよめなどにまゐりて」と、宮の居所で掃部司の者が格子をあげ、殿司の女官が清掃に入っている。

このような殿司の女官と主殿寮の侍が働いている様を描いているのが、前にも引いた長徳四年年末の風景を記した八三段の「職の御曹司におはします比《ころ》」の話に見える雪山の一件である。十二月十日頃から雪がたくさん降ってきたので、殿司の女官が雪を縁の上に多く置いたところ、さらに雪山が庭に作られることとなり、「さぶらひめして仰せ事にていへば、あつまりてつくる」と、侍こと主殿寮の官人が、里にいるものまで召されて雪山を高く作ったという。

大臣や近衛の将は天皇を荘厳する存在であったが、その存在をさらに荘厳するのが近衛府の随身《ずいじん》であり、四五段にはこう見える。

随身と童・牛飼

をのこは、又、随身こそあめれ。いみじう美々しうてをかしき君達も、随身なきはいとしらじらし。弁などは、いとをかしき司と思ひたれど、下襲《したがさね》のしりみじかくて、随身のなきぞいとわろきや。

男は、従者を付けるならば随身を付けさせたい。たいそう美しい公達《きんだち》でも、随身がいなくては見映えがしない。弁官は、とても立派な官職とは思うが、下襲の後の長さが短く、随身を付けられていないのがよくない。

蔵人所をはじめとして雑役に使われていたのが雑色《ぞうしき》であるが、五〇段は「雑色、随身は すこしやせて、ほそやかなるぞよき。男は猶、わかき程は、さるかたなるぞよき。いたくこえたるは、ねぶたからんと見ゆ」と、雑色は随身と同じく、少し痩せてほっそりしているのが好ましく、非常に肥えているのは眠たそうに見える、という。ただ時代が下ると、随身には肥えた人物が好まれたらしく、鎌倉時代の著名な随身を描く『随人庭騎《ていき》絵巻』では、みなでっぷりしている。

二二八段は、蔵人になった雑色を「めでたし」と記し、去年の賀茂の臨時祭で和琴を持っていた時は、人とも見えなかったのに、蔵人として公達に連れ立って歩く姿は、どこの人であったか、と思われたという。

随身と並んで主人を荘厳するのが小舎人童《こどねりわらわ》である。五一段は「小舎人童 ちひさくて、髪、いとうるはしきが、筋さはらかに、すこし色なるが、声をかしうて、かしこまりて物など言ひたるぞ、らうらうじき」と、体が小さく、髪が麗しく、毛筋が整っていて、艶があり、声が賢そうで、正しい礼儀作法を身に付けている童は美しい、という。

童は、殿上で働く場合が多かったから、美麗な存在が好まれ、様々な芸を教えられた。僧なども童を好み、童舞《わらわまい》をさせて喜んでいたが、身分に相応しい童の数が決められており、僧正や僧都《そうず》は多くの童を侍らせていたのである。

さらに身辺を飾る身近な存在といえば、外出時に乗る牛車《ぎっしゃ》を引く牛飼《うしかい》がいた。四八段は牛について、額がたいへん小さく白みがかった部分のある牛、腹の下や脚、尻尾が全部白いのがよい、といい、その牛を御する牛飼について、五二段は、体が大きく、髪が荒っぽい感じがし、顔が赤らんでいるのが、気が利きそうだ、と見る。二一六段は「おほきにてよき物」として、牛をあげている。がっしりした大きな牛が好まれたのであった。

二二段は「すさまじき物」として、昼吼《ほ》える犬や、飼っていた牛が死んだ牛飼などをあげており、二八段の「心ゆく物」は、物見の帰りに車にいっぱい乗って、その車から着物がはみ出ているのを、男たちが大勢付き添うなか、牛を上手に御して車を走らせている様子をあげている。一一七段の「侘しげに見ゆるもの」では、六・七月の午後の暑い日盛りに、きたならしい車に貧相な牛をかける、よたよた行く牛車をあげている。

牛車や牛飼についての拘《こだわ》りは強く、二九段は、のどかにやるべき檳榔毛《びろうげ》の車と、走らせるべき網代車《あじろぐるま》との違いに触れている。やがて著名な牛や牛飼についての絵や解説書が鎌倉時代に現れるようになるように、牛や牛飼への興味は広がっていった。

下衆《げす》の人々

宮中ではさらに多くの下々の人が立ち働いていた。彼らは内裏の殿上に対して地下《じげ》と称され、殿上に場を有する人を「うえ」(上)や「よき人」と呼んだのに対し、地下に場を有する人ということで「下衆」とも称された。

その存在をよく物語るのが、先の雪山の一件(八三段)である。作った雪山がなかなか消えないので、雪山がいつまで残るのかの予想が立てられ、最も遠い日を予想した少納言が、雪山を守るべく声をかけたのが木守《こもり》である。この木守は「台盤所《だいばんどころ》の人、下衆など」に憎まれていたのだが、縁に呼びよせて雪山を守るように、と語らって、物を多く取らせ、守ることを誓わせたという。

「台盤所」の人とは、食事に関わる女官であり、下衆は広く宮で働く下々の人々といった存在であるが、彼らは、庭の樹木などを管理する木守の厳しい監視の態度に日頃から恨みを抱いていたのであろう。木守とは、山城の木津の木守といった用例からすれば、材木の管理人の意味もあるが、鎌倉時代に常磐井殿の木守が樹木の本数を報告したという例などからして、ここでは樹木や庭の管理にあった人々と考えられる。実はその木守も下衆であった。そこで下衆たちについての少納言の捉え方を見てゆこう。

ただ下衆といっても、相当に広い身分の人々をさしているので、様々な下々の人々について考えることとなる。九二段の「かたはらいたき物」では、「旅だちたる所にて、下衆どものざれゐたる」をあげている。旅先で下々のものが騒いでいるのを聞くと、片腹痛い思いがする、という。

三段には「おなじことなれども聞耳ことなるもの」（耳に聞こえる印象が異なるもの）として、「下衆の言葉にはかならず文字あまりたり」をあげる。下衆の言葉が上人の言葉と違うのは、文字の余りが多い点にある、という。よくしゃべるのであろう。

四二段の「にげなき物」（不釣り合いの物）を列挙したなかに、外出先で見た風景が掲げられているが、そのなかに「下衆の家に雪のふりたる。又、月のさし入りたるも、くちをし」と、「下衆の、紅の袴はきたる。このころはそれのみぞあめる」の二つがあって、身分の低い家に雪が降り積もった風景は不釣り合いであり、そこに月がさしこんでいる風情ある景色はもったいなく感じる、といい、さらに身分の低い女が紅の袴を穿いているのも不釣り合いであるが、この頃はこうした連中ばかりである、という。

言葉に始まり、衣食住の風情が上の人々のそれとは違っているのであり、その身分に相応しいのがよい、と見ていたことがわかるが、二四八段は、「世中に猶いと心うきものは、人に憎まれん事こそあるべけれ」と始まり、人に思われる、思われないことがあるのは侘しいことだ、と語るとともに、これは「よき人の御ことはさらなり、下衆などのほどにも」と、上下の身分の人にも広く認められていることであろう、と指摘している。

一五二段の「とくゆかしき物」（早く知りたいもの）として、人が子を産んだ時、男女どちらであったのかをあげ、これは身分の高いものだけでなく、「下衆のきは」についてもそうであろう、という。身分を問わずに共通する感情に言及するとともに、その身分的差異を超えて、上の人が逸脱するのは、憎らしく思っていた。

五四段の「わかくてよろしき男」が「下衆女の名、よび馴れていひたるこそにくけれ」と、下々の女の名を言い馴れて呼んでいるのが憎らしい、と記している。いっぽう、二九〇段は、面白いと思って草子などに書き留めておいた歌を、「いふかひなき下衆」が口任せに謡うのは、心憂いことである、といい、また二九一段は、「よろしき男」を下衆の女が褒めて、親しみやすいなどと言うと、それだけで軽く見られてしまうので、悪く思われるほうがかえってよく、下衆女に褒められるのは、男だけでなく、女でも悪い、という。下衆の女の物言いにたいしては手厳しい。

さらに二一七段では「みじかくてありぬべき物」として「下衆女の髪」をあげ、二四〇段は、「さかしき物」（小賢しい者）として「下衆の家の女あるじ」をあげている。

巷の風景

少納言が見た巷《ちまた》の風景を見てゆこう。一一七段は「侘しげに見ゆるもの」として、次のような例をあげている。六・七月頃の暑い時期に汚らしい車を、いい加減な牛に引かせてガタピシ行く。雨の降らない日に雨よけの筵《むしろ》を車の屋形にかけたままのもの。暑い頃に下々の女が子を背負って歩く。年を取っている物乞い。小さな板屋が黒く汚らしくて雨に濡れている。雨がひどく降っているのに、小さな馬に乗って主人の前駆を勤めている、これは冬にはよいにしても、夏は上の衣も下襲が肌にくっついてしまう。

巷で見かけた身分や年齢不相応なものを列挙しているのである。四二段の「にげなき物」は、外出先で見た不釣り合いなものを掲げる。

老たる女の腹たかくてありく。わかきをとこもちたるだに見ぐるしきに、こと人のもとへいきたるとて腹だつよ。老いたるをとこの寝まどひたる。又、さやうに鬚がちなる物のしひつみたる。歯もなき女の梅くひてすがりたる。

年取った女が腹を大きく突き出して歩いているのは、若い男を連れているのさえ、みっともないのに、男が女のもとに行った、と腹をたてている。年とった男がねぼけているところ、そんな年老いた男が鬚だらけで硬い椎《しい》の実を摘んでいる。歯さえもない女が梅の実を食ってすっぱがっている、これらがみっともないという。

外出先で出会った、身分違いの風情や年齢に相応しくない振る舞いを俎上に載せ、近頃の流行に批判を加えているのがわかる。

一〇五段の「見ぐるしきもの」には、色が黒くみっともない感じの女がかずらをしている、鬚が多くやせこけた男が夏に昼寝をしている、容貌のいい加減な人が、昼寝をして起きた時に、目が腫れぼったくなって顔もゆがんでしまうであろう、痩せて色黒い人が生絹《すずし》の単衣を着ているのも見苦しい、などをあげている。

身分差の厳しかったこの時代、下衆の人々の様々な姿態を描いているのが興味深い。そこに少納言の上流意識を指摘するのはたやすいが、それを超えて社会の世相をしっかりと把握しているところに、より注目したい。

法師陰陽師

内裏における下衆はどこに住んでいたのか、唯一、記されているのが、八三段で、少納言から雪山を守るように言われた木守であり、「築土の程に廂《ひさし》さして」いるのを呼び出されている。里から通って、築地を利用して廂を設けた小屋に住んでいたのであろう。

この風景は中世の絵巻にしばしば見かける。たとえば『春日権現験記絵《ごんげんげんき》』巻八は、世間に疫病が流行した時、立派な屋敷の築地に沿って設けられた粗末な家の家主が病になった風景を描いている。

この病人の治癒の祈りのため、家の前では火を燃やした跡が残っていて、そこから立ち去ってゆくのは、法師の姿をしながらも、冠をつけた人物である。これが『枕草子』一〇五段の「見ぐるしきもの」としてあがっている「法師陰陽師の、紙冠《かみかぶり》して祓《はらえ》したる」にほかならない。民間の陰陽師《おんみようじ》であった。

『枕草子』が書かれた時代は疫病が流行しており、こうした法師陰陽師が多く出現した。『宇治拾遺物語』の「内記上人、法師陰陽師の紙冠を破る事」の話では、内記《ないき》上人寂心《じやくしん》こと慶滋保胤《よししげのやすたね》が播磨国《はりまのくに》に下った時に、法師陰陽師が紙冠をして祓をしているのを見つけて驚き、何のために紙冠をするのか、と尋ねると、祓戸《はらえど》の神は法師を忌むので祓《はらえ》をするためであり、そうしなければ陰陽師として妻子を養えない、と答えている。慶滋保胤は長保四年（一〇〇二）に亡くなっており、少納言と同時代である。

さらに少納言が宮に仕えた正暦二年（九九一）に亡くなった大中臣能宣《おおなかとみのよしのぶ》の歌集『能宣集《よしのぶしゅう》』には、次の歌が見える。

かはのほとりに女どもありて、法しかみかうぶりしてはらへするところ
ときしらぬをはり法しのはたへをば　かしらつつめるかみのみやきく

河原で女たちが紙冠した陰陽師に祈禱を依頼した風景が詠まれている。また『紫式部集』にも、次のような和歌がみえる。

やよひの一日かはらに出たるに、かたはらなる車に法師のかみをかうふりにてはかせだちたるをにくみて
はらへ戸の神の飾の御手座《みてぐら》に　うたてもまかふみみはさみ哉

ここでも陰陽師が憎まれているが、法師が紙冠して神に祈ることは、仏教を尊ぶ立場から嫌われたのである。しかし疫病の流行とともに、民間ではすこぶる用いられていたことがわかる。河原がその

祓の場となっていたのも、疫病の流行と関係があろう。二八段には「心ゆく物」として「物よくいふ陰陽師して、河原にいでて呪詛《ずそ》のはらへしたる」をあげている。よくしゃべる陰陽師に、河原で呪詛の祓をさせたことを、気持ちのよいものとしてあげているが、この河原で祓をしている陰陽師とは法師陰陽師であったろう。

なお、通常の陰陽師について触れているのが、二八一段の「陰陽師のもとなる小童こそ、いみじう物は知りたれ」という話である。その陰陽師に仕える童は、物知りで、陰陽師が祓をするために祭文を読もうとすると、立って走って行き、「酒、水、いかけせよ」と命じられる前からそれに備えているなど、主人に物をもいわせせないのが羨ましい、そうした者を私も使いたいものだ、と高く評価している。

陰陽師には童が仕えて手助けをしていたのが通常であったのだろう。陰陽師に仕える童については、先の絵巻の法師陰陽師にも童が供として描かれている。そうであれば、後の中世の絵巻にしばしば琵琶法師が童を連れて歩く姿が描かれているのは、陰陽師にならって、そうしたのであろう。

疫病の影響

十世紀末から十一世紀初めにかけて、疫病が流行していたことは多くの文献が記すところで、たとえば正暦五年には正月から十二月にかけて「天下の疫癘《えきれい》、鎮西より起こり、七道《しちどう》に遍満《へんまん》す。五位以上七十余人疫死す」(『扶桑略記《ふそうりやつき》』)、「道路に死骸を置く」(『百練抄《ひやくれんしょう》』)と記されており、その翌年には「納言以上」の死者が関白道隆以下八人にも及び、「四位・五位・侍臣」はあわせて六十余人もおり、都には死骸が満ち、その疫病を鎮めるために御霊会《ごりようえ》が開かれたという（『日本紀略《にほんぎりやく》』）。

しかし『枕草子』はその疫病のことを一切記していないのだが、その影響にかかわると考えられる存在については記している。法師陰陽師について語っているのはその一例だが、さらに長徳四年の年末の風景を記した八三段の前半の話に登場する女老法師もまたその例と考えられる。

宮の不断の御読経の際、女法師が現れたのはその二日目の頃、縁の下から怪しい者の声がし、仏への供え物のお下がりが欲しい、と要求してきた。少納言が見ると、その老いた女の法師はひどく煤《すす》けた衣を着、みすぼらしい格好だった。そこで女房たちが相手をして聞いているうちに、冗談なども言い出したので、輿に乗った女房が歌や舞をするのか、と聞くと、それを聞き終わらないうちに、「夜るはたれとか寝ん、常陸《ひたち》の介《すけ》と寝ん、寝たる肌よし」と始まる戯《ざ》れ歌《うた》や、「をとこ山の、みねのもみぢ葉、さぞ名はたつやたつや」などの歌を歌ったという。

宮が哀れんで差し出した、お下がりの着物に対して、女は頂いて伏し拝み、拝舞《はいぶ》の礼までして去っていった。その後もやってきたので、女房たちは、かの謡った歌のなかに見える「常陸介」と仇名し、応対したという。

ところが、その後さらに、「尼なるかたゐの、いとあでやかなる、出きたる」と、別の艶やかな姿の尼の乞食が現れ、着物を与えられると、同じく拝舞を行ったばかりか、泣いて喜んだのである。その様子を見ていた「常陸介」は以後、来なくなったという。

いろいろな仏事の場に出向いては、仏への供え物の下ろしを求める人々の姿は、『年中行事絵巻』に描かれているが、彼らは疫病などによって河原にたむろし、物乞いをしていたのであろう。

験者の祈禱

「常陸介」と仇名された女法師が謡った歌は今様《いまよう》と考えられる。水辺に住み着いて接客をした遊女たちは、今様を謡って客を接待しており、この時期に疫病とともに生まれた若宮と称される神に奉仕する巫女《みこ》たちも、よく今様を謡って民衆の心を神に、神の声を民衆に告げていた。「夜るはたれとか寝ん、常陸の介と寝ん、寝たる肌よし」とある歌は遊女が、「をとこ山の、みねのもみぢ葉、さぞ名はたつやたつや」とある歌は巫女が謡っていたものであろう。男山《おとこやま》は石清《いわし》水《みず》八幡社のことで、その若宮では多くの今様が謡われたのである。

しばらく現れなくなった老女法師の「常陸の介」が、再び大晦日の昼になってやって来たので、どうして来なかったのかと問うと、別にどうというわけではありません、心にわだかまりのようなものが生まれまして、と答えた。そこで求められて、「浦山しあしもひかれずわたつ海の　いかなるあまに物たまふらん」と、歌を謡い雪山に登り遊び去っていった、という。なお今様について、二六一段で「今様歌は、長うてくせついたり」と記し、少納言はあまり評価していなかった。

疫病とともに治安が悪くなるが、二四五段は「せめておそろしき物」として、雷に続けて、「ちかき隣に盗人のいりたる」をあげている。自分の住むところに盗人が入った時には、気も動転して恐ろしいとも気づかないが、盗人の噂が人々を動揺させていたのである。

一四六段は「名おそろしき物」を列挙しており、そのうちの雷については、その名だけでなくとても、恐ろしいと記し、強盗については「よろづにおそろし」と万事に恐ろしいと記している。

病気については、一八一段で「やまひは　胸。物《もの》の怪《け》。脚の気。はてはただそこはかとなくて物くはれぬ心ち」と、胸の病や物の怪、脚気、原因不明の食欲不振の順に挙げ、実例として、歯の病と、次に掲げる胸の病について語っている。

八月ばかりに、しろき単衣なよらかなるに、袴よきほどにて、紫苑の衣の、いとあでやかなるをひきかけて、胸をいみじう病めば、ともだちの女房など、かずかずきつつとぶらひ、外のかたにも、若やかなる君達あまたきて、いといとほしきわざかな、例もかうやなやみ給、など、ことなしびにいふもあり。心かけたる人は、まことにいとほしと思なげきたるこそ、をかしけれ。いとうるはしう長き髪をひきゆひて、ものつくとて、おきあがりたるけしきもらうたげなり。

八月に胸の病に臥した女房の様子を描いたもので、病人の姿をしたその女房に見舞いにきた友達の女房や、外からやってきた若い公達の様子とともに、それに対する病人の対応と容姿などを記して、その病の原因は「もの（物の怪）つく」ということから、加持祈禱《かじきとう》が行われるようになったという。

この時期には、疫病とともに跳梁していたのがこの物の怪であり、その際に頼りにされたのが験者《げんじゃ》である。四段は、可愛がっている子を法師にするのは心苦しい、と語るなかで、「まいて験者などはいとくるしげなめり」と、まして加持などで法力を身につけた修行者になったならば、たいへんだ、と指摘する。

修行そのものがたいへんな上に、物の怪を退散させようとしてもうまくゆかず、ついつい困って眠ってしまえば、周りからは「ねぶりをのみして」と咎められ、いたたまれなくなるからという。二二段の「すさまじき物」を列挙した話では、その験者の物の怪調伏《ちょうぶく》の祈禱のありようを詳しく語っている。

験者の物怪調《ちょう》ずとて、いみじうしたりがほに、独鈷《とこ》や数珠などもたせ、蟬の声しぼりいだしてよみゐたれど、いささかさりげもなく、護法もつかねば、あつまりゐ念じたるに、男も女もあやしとおもふに、時のかはるまでよみ困じて、さらにつかず、たちね、とて数珠とり返して、あな、いと験《げん》なしや、とうちいひて、ひたひよりかみざまにさくりあげ、あくびおのれよりうちして、よりふしぬる。

験者がすぐにも治してあげるかのようなしたり顔をして、法具の独鈷や数珠を憑坐《よりまし》に持たせ、蟬のような声をしぼり出して、経を読むのだが、物の怪は少しも去る気配がなく、また「護法」（霊）も憑坐につかないので、仲間たちが集まって念じるようになった。これを見ていた男や女が、どうもおかしいようだ、と思っていると、やがて読みくたびれて、憑坐に立つように、と命じ、ああ、験が現れない、と言って、頭を撫で上げ、欠伸《あくび》をして、ついには寝入ってしまう。

この霊をつかせる憑坐について語るのが一本（三巻本の後ろに「一本」として付く、他本から転載した別本）の二三段に見える、ある屋敷の風景を描いた話である。物の怪にたいへん悩んでいるならば、憑坐という霊を移される人として大柄な女童《めのわらわ》が起用され、生絹の単衣《ひとえ》に鮮やかな袷《あわせ》を長々しく着せられた、とある。

このように招かれた験者について、一五〇段は「くるしげなる物」の話の一つとして、「強き物怪にあづかりたる験者」をあげている。験が早く現れるとよいのだが、そうでないと、さすがに人に笑われないようにと念じるのが、「いとくるしげ也」という。

いっぽう、その病人を看護している側について語っているのが二五段の「にくき物」を列挙した話である。急病人がでたので、験者を呼びにやるが、なかなか来ず、今か今か、と待った末にやっと来たので、喜んで加持をさせたところ、最近は物の怪の病が多いせいか、読むうちに座ったまま眠り声になってしまった、それが憎たらしい、という。

法師への思い

験者は法師であるが、『枕草子』は、法師について触れるところは少ない。内記上人こと慶滋保胤が出るなど、浄土信仰が深まりつつあった時代にもかかわらず、意外に法師への関心は薄い。

一六八段は、法師について「律師、内供《ないぐ》」しかあげていない。僧正や僧都についてはいうまでもないことであるから省略し、「律師」にそれ以上の僧綱《そうごう》という意味をもたせ、宮中で夜居僧《よいのそう》として天皇を護持する存在の典型という意味から「内供」をあげたのであろう。

夜に付き添って貴人の安寧を祈る「夜居」の僧については、一一九段において、「はづかしきもの」の一例として、「いざとき」（めざめやすい）夜居の僧をあげており、その理由を、若い女房が集まって人のことを噂し、謗《そし》ったり、憎んだりするのを、すべて聞き集めているからであるという。

二四六段は「たのもしき物」として、「心ちあしきころ、伴僧《ばんそう》あまたして修法《ずほう》したる」をあげており、少納言は旧来の密教に馴染んでいた。したがって、浄土への往生を求める信仰については、多く触れていないのだが、二六〇段には「たふときこと　九条の錫杖《しやくじよう》。念仏の回向《えこう》」とあって、尊いこととして念仏の後に唱える「光明遍照《へんじよう》　十方世界　念仏衆生　摂取不捨」という回向文をあげている。しかし念仏そのものではなく、二三八段の「ないがしろなる物」（大切にされないもの）として、「聖《ひじり》のふるまひ」をあげている。

念仏信仰を積極的に勧める聖の行動にあまり得心がゆかなかったのであろうか。一四六段は「名おそろしき物」として「らんそう、おほかたおそろし」と記しているが、これは濫僧のことで、清貧を求める聖に対し、物欲に奔走する僧を意味している。

そもそも四段では、「思はん子を法師になしたらむ」と可愛い子を法師にした親の気持ちに同情を寄せさえしている。世間では法師を木の端のように思っている、精進物の粗末な食事に始まって、寝ることにまでとやかくいわれる、若ければ好奇心があろうに、女のいるところを忌んで覗くこともできない。また女に好奇心を抱かねば、そうしないといわれる。

逆にいえば、少納言は浄土信仰に囚われておらず、その分、社会に対する冷静な観察が可能となったのであろう。もちろん、信仰心がなかったのではなく、一五一段は「うらやましげなる物」として、経を「くるくると、やすらか」に読むことをあげている。

多くの寺や神社にも参詣し、参籠《さんろう》している。病が治るように、と寺や神社に祈願も行っていた。二一〇段は、少納言が八月末に太秦《うずまさ》の広隆寺《こうりゆうじ》に詣でた時のことを語っている。広隆寺の薬師如来は病に霊験《れいげん》あらたかで、疫病の流行とともに貴賤がこぞって参詣していたゆえ、少納言も親しい人が病に苦しんでいたことにより詣でたのであろう。あるいは一八一段に記した、胸の病になった女房のためだったのかもしれない。女房の病になったのは八月、少納言が太秦に赴いたのは八月末である。

農夫の働き

しかし話はそうしたことには全く触れず、途中で見た、田に多くの人が出て稲刈りをしている風景を記している。「八月つごもり、太秦にまうづとて見れば、穂にいでたる田を、人いとおほく見さわぐは、稲刈るなりけり」と、人々が大騒ぎしている稲刈りの現場に居合わせたのである。

これは男どもの、いと赤き稲の、本ぞ青きを持たりて刈る。何にかあらむして本を切るさまぞ、やすげに、せまほしげにみゆる也。いかでさすらむ、穂をうちしきて、並みをるもをかし。庵のさまなど。

男たちが稲の元の青い部分を刈り、その稲穂を敷いて乾している風景を見て興味を抱いた。近くに立つ「庵」は番小屋のことであろうが、それにも触れている。「早苗とりしかいつの間に、まことに、さいつころ賀茂へまうづとて見しが、あはれにもなりにけるかな」と、感想を記しているが、「早苗とりしかいつの間に」というのは、『古今集』の読み人知らず「きのふこそ早苗とりしかいつのまに稲葉そよぎて秋風の吹く」という歌を思い出したものであって、こうした田植えの風景を、この五月に賀茂で少納言は見ていた。

それは二〇九段で、賀茂社に参詣にゆく途中で見た風景である。

賀茂へまいる道に、田植うとて、女の、あたらしき折敷《おしき》のやうなるものを笠にきて、いとおほう立ちて、歌をうたふ。折れ伏すやうに、また、なにごとするともみえで、うしろざまにゆく。いかなるにかあらむ、をかしとみゆるほどに、時鳥《ほととぎす》をいとなめう歌ふ。聞くにぞ心憂き。ほととぎす、おれ、かやつよ、おれなきてこそ、我は田植うれ、と歌ふを聞くも、いかなる人か、いたくななきそ、とはいひけん。仲忠《なかただ》が童生ひ、いひおとす人と、時鳥鶯にはおとるといふ人こそ、いとつらうにくけれ。

賀茂社に参詣する道の途中、田植えが行われていて、女が新しい折敷のような笠をかぶって多くおり、歌を歌っていた。体を曲げるように、何事をするようにも見えないのだが、後ずさってゆく。何をするのであろうか、おもしろいなあ、と思って見ているうちに、ホトトギスのことをとてもぶしつけに歌うのを聞いたのは、とても不愉快だった、という。

ほととぎすよ、お前、きゃつよ、そなたが鳴くから、我は田植えをしなければならぬ、と謡うのを聞くと、どんな人が「いたくな鳴きそ」と歌に詠んだのだろうか、と思った。『宇津保物語』に登場する藤原仲忠を生い立ちが悪いと貶《けな》す人と、ホトトギスが鶯より劣るという人は、ひどく情けなく憎たらしい。

ホトトギスの鳴き声は、初夏の風物であったから、それを聞くと、田植えの始まりの合図だった。

農夫はそんなことから、きつい労働である田植えの始まりを恨み、田植え歌に謡ったのであろう。しかし田植えの実際をあまり知らなかった少納言は、ホトトギスをけなされたことに腹を立て、『宇津保物語』に登場する仲忠を、生い立ちが悪いとけなす人と、ホトトギスが鶯より劣るという人とは、情けなくなる、と憤激したのである。

労働の歌

少納言は、初めて見た田植えや稲刈りの労働に新鮮な驚きを示したのだが、そこで特に注目しているのは、田植えする女性たちの労働歌にあった。これは田植えの労働を喜ぶ性格のものではなく、むしろきつい労働を呪うものである。

今日に残る田植え歌は、神に捧げるものや田楽の伴奏があるものが多く、労働を喜ぶ性格が強いが、本来はこうしたものだったのであろう。先に見たように、今様を謡ったのは遊女や巫女であるが、これも労働歌であり、こうした労働歌を謡うのは、多くは女性であったことがわかる。

同じく女性の労働の歌に触れているのが、二八六段の「うちとくまじき物」に見えている。

船のみち。日のいとうららかなるに、海の面の、いみじうのどかに、浅みどりの打ちたるをひきわたしたるやうにて、いささか恐ろしきけしきもなきに、若き女などの衵、袴など着たる、侍のものの若やかなるなど、櫓《ろ》といふ物押して、歌をいみじううたひたるは、いとをかしう、やむごとなき人などにも見せたてまつらまほしう思ひいくに、風いたうふき、海の面ただ悪しに悪しうなるに、物もおぼえず、泊るべきところに漕ぎつくるほどに、船に浪のかけたるさまなど、かた時にさばかり和《なご》かりつる海とも見えずかし。

これは船路で見聞した風景である。海面がのどかななかで、多くの若い女が高らかに歌を謡い、侍のような若い男たちに櫓を押させている様子は、高貴な身分の人にも見せたいもの、と思っていたところ、風がひどく吹いて海面が荒れてくると、もう物も考えられず、やっと泊《とまり》にこぎついた時には、船に波のかかった様子があれほど和やかだった海ともみえなかった、という。

ここでも女の労働歌に注目しているが、残念ながらどのような歌を謡っていたのかは記されていない。ほかにもこの時代には労働の歌や女の労働の姿は多かったろう。たとえば商工業者のうち、物売りなどは歌を謡っていたと考えられるが、それも記されていない。宮中にいたので、接触する機会がほとんどなかったのかも知れない。しかし外出すれば、聞くことも多かったに違いない。

一八五段は「大路ぢかなる所にて聞けば」と始まる、大路に面した家で大路から聞こえてきたことが語られているので、何を聞いたのかと見てゆくと、車に乗っている人が、有明の月のおもしろさを「遊子《ゆうし》、猶残りの月に行く」という、『和漢朗詠集』に見える一節を声よく吟じていたのであった。

男と女の労働

もう一つ、注目されるのが、女の労働と男の労働との違いである。田植えは女が、稲刈りは男が行っていたが、さらに船乗りたちの忙しい労働が、次のように記されている（二八六段）。

おもへば、船に乗りてありく人ばかり、あさましうゆゆしき物こそなけれ。よろしき深さなどにてだに、さるはかなき物に乗りて漕ぎいづべきにもあらぬや。まいて、そこひも知らず、千尋などあらむよ。ものをいとおほく積み入れたれば、水際はただ一尺ばかりだになきに、下衆どもの、いささかおそろしとも思はではしりありき、つゆ悪うもせば沈みやせんと思ふを、大きなる松の木などの、二、三尺にて丸なる、五つ六つ、ほうほうと投げ入れなどするこそいみじけれ。

思うに、船に乗って動かす人ほど、不気味で恐ろしいものはない。ある程度の深さであっても、そんなに頼りない乗り物に乗って、漕ぎ出してもいいわけはない。まして底の果てもわからず、千尋《ちひろ》はあろうかというが、多くの物資を積み込まれているので、水際はただ一尺ほどもない、それに下々の者が、少しも恐ろしいとも思わずに、走りまわり、ちょっとでも沈もうかと思うと、長さの大きな松の木の二、三尺で丸いのを、五つか六つ、ぽんぽんと投げ入れたりするのは、たいしたものだ。船乗りの男たちの労働を観察してこのように感心する一方、海女《あま》の労働にも触れている。

海は猶いとゆゆしとおもふに、まいて、海女のかづきしに入るは、うきわざなり。腰につきたる緒の、絶えもしなばいかにせんとならん。男だにせましかばさてもありぬべきを、女は猶おぼろけの心ならじ。

海はやはり恐ろしい、と思うのに、海女が獲物を採りにもぐるのは、なげかわしいことだ。腰に付けている緒が切れた時どうしようというのであろうか。男がするのであれば、よいのだが。女はやはり並み一通りの気持ちではないだろう。

舟に男は乗りて、歌などうちうたひて、この栲縄《たくなわ》を海に浮けてありく。あやふく、うしろめたくはあらぬにやあらん。のぼらんとて、その縄をなん引くとか。惑ひくり入るるさまぞ、ことわりなるや。船の縁をおさへてはなちたる息などこそ、まことにただ見る人だにしほたるるに、落し入れてただよひありく男は、めもあやにあさましかし。

舟に男が乗り、歌などを謡って、栲縄を海に浮かべて漕ぎまわるのは、危うく、後ろめたくは思わないのであろうか。波の上に上がってきた海女が、舟ばたを抑え、吐き出した息を、ただ見ていてさえも、涙をもよおすのに、海女を海に落としこみ、海上をふらふら漕ぎまわる男は、いったいどういうことかと、目もくらむばかりにあきれはてる。

ここでは男が歌を謡い、女が海に入って獲物をとるという、陸上での労働のあり方との違いに驚く少納言であった。

2　自然と環境の観察

少納言が見たこの時代の社会の様相を探ってきたところで、この章では自然や環境をどう観察していたのかを考えよう。まずは二一五段から見る。

山里を歩く

月のいとあかきに、川をわたれば、牛のあゆむままに、水晶などのわれたるやうに、水のちりたるこそをかしけれ。

月の明るい夜、川を渡ったところ、牛の進むのにあわせ、水晶がわれたかのように、水が散ってゆくのがおもしろい、と指摘する。何を目的で外出し、どんな川を渡ったのか、明らかでないが、短い文章のなかに牛車で川を渡るおもしろさが記されている。五九段には、川を列挙し、「飛鳥川《あすか》、淵瀬も定めなく、いかならんとあはれ也。大井河。音無川。水無瀬川《みなせ》」とあるが、牛車で渡っているところからすると、水量の少ない川だったことは疑いない。

五月、山里を歩いた体験を、二〇六段は次のように記している、

五月ばかりなどに山里にありく、いとをかし。草葉も水もいとあをく見えわたりたるに、上はつ

れなくて、草おひしげりたるを、ながながとただざまにいけば、下はえならざりける水の、ふかくはあらねど、人などの歩むに走りあがりたる、いとをかし。
左右にある垣にあるものの枝などの、車の屋形などにさし入るも、いそぎてとらへてをらんとするほどに、ふとすぎてはづれたるこそ、いとくちをしけれ。
蓬《よもぎ》の、車におしひしがれたりけるが、輪のまはりたるに、ちかううちかがへたるもをかし。

五月の頃に山里を動きまわるのは、たいへんおもしろい。草葉も水も一面に青くみえているのに、表面はさりげなく草が茂っている。そこを延々と車で行くと、下はなみなみとたたえた水が、深くはないものの、動いてゆくにつれ、ほとばしる。左右の垣根に木の枝などが、車の屋形に入ってくるのを、急いで捉えて折ろうとすると、ふっと通り過ぎて、はずれてしまうのはとても残念。蓬が車輪に押しひしがれ、輪が廻るのにつれて近くに匂ってくるのもおもしろい。

五月の雨が続いていて、晴れ上がった一日、家を出て山里を動き回ったときに感じたおもしろさを記している。先の段と照らしあわせると、水の多い土地を牛車で行くのが楽しみだったようである。季節は五月をよいとしているが、二〇八段では、五月四日の夕方に、青い草を多く切り取り、抱えていた赤い衣の男が通ってゆくのがおもしろい、という。青葉の香る五月は雨の日も、晴れた日も興趣はつきなかったようである。

ただ山里というと、一一四段の「あはれなるもの」では、「山里の雪」をあげている。ここからは源宗于《むねゆき》の「山里は冬ぞさびしさまさりける　人目も草も枯れぬと思へば」という『百人一首』に載る歌が思い起こされよう。一一二段は「絵にかきおとりする物」（絵に描いて本物よりも劣っているもの）に、撫子《なでしこ》や菖蒲、桜のほか、物語などですばらしいとされている男女の姿をあげているが、「かきまさりするもの」（本物よりも勝っているもの）として、松の木や秋の野、山里、山道などをあげており、山里にかかわる風景は絵に描いても好ましいものであったことがわかる。

山里の情景

少納言が動き回った山里が具体的にどこかは明らかでないが、六二段は名所の里を列挙している。

里は　相坂《おうさか》の里。ながめの里。いざめの里。人づまの里。たのめの里。夕日の里。つまどりの里、人にとられたるにやあらん、我まうけたるにやあらん、とをかし。伏見の里。朝顔の里。

このうち逢坂の里は京都の東の逢坂の関の麓にある山里、伏見の里は京都の南の伏見の里であって、具体的な土地だが、他の里は架空の里と見られる。それぞれ人が秘かに住む里といった趣があり、山里はこうした想像力を駆り立てるような場であった。

ここには記されていない山里に触れているのが二〇五段である。これは賀茂祭の還立《かえりだち》の行列の風景を記したもので、このことについては既に見ているが、その還立を見物した後の帰り道の風景を次のように記している。

内侍《ないし》の車などのいとさわがしければ、ことかたの道よりかへれば、まことの山里めきてあはれなるに、うつぎ垣根といふものの、いとあらあらしくおどろおどろしげに、さし出でたる枝どもなどおほかるに、花はまだよくもひらけはてず、つぼみたるがちに見ゆるを、をらせて車のこなたかなたにさしたるも、かつらなどのしぼみたるがくちをしきに、をかしうおぼゆ。

行列に加わっていた内侍の車などが、ことに騒々しかったので、別の道から帰ったところ、本当の山里のように風情があった。ウツギの絡まった垣根が荒々しくもおどろおどろしく、その枝が差し出ていて、卯の花はまだよく開いておらず、つぼみがちに見えるのを折らせて車のあちこちに挿した。昨日から挿していた桂などが萎んでしまっていたので、おもしろく感じられる、という。卯の花がそろそろ咲こうかという時期のことである。

こうした山里で、楽しみにしていたのがホトトギスの鳴き声である。九五段は、雨がちの五月一日のころ、「郭公の声を尋ねに行こうか」と少納言が言いだして、五日の朝に出発し、賀茂の奥に行った話である。

前章でも紹介したが、二〇九段は、賀茂社への参詣にゆく途中で見た田植えの風景を描いており、田植えの女たちが謡う歌が、ホトトギスをけなしていることに腹を立てたのだが、少納言はしばしば賀茂祭の前後にホトトギスの鳴き声を聞こうとしていた。

二〇五段では、賀茂祭の還《かえ》さの朝に早起きし、ホトトギスが鳴くのを聞こうと待っていたところ、たくさん鳴いている、と思っていたら、「鶯の老いたる声してかれに似せんと、ををしううちそへたる」と、鶯が盛りを越えた声でホトトギスに似せようとしていたことがわかり、「にくけれど又をかしけれ」と、思ったという。

賀茂と稲荷

少納言にとって、賀茂祭は卯の花とホトトギスを連想させるものらしい。少納言のホトトギス好きは、三八段の鳥を列挙した話にもこう記されている。

郭公は猶、さらにいふべきかたなし。いつしかしたり顔にも聞えたるに、卯の花、花橘《はなたちばな》などにやどりをして、はたかくれたるも、ねたげなる心ばへ也。五月雨のみじかき夜に寝覚をして、いかで人よりさきに聞かんとまたれて、夜ふかくうちいでたるこゑの、らうらうじう愛敬づきたる、いみじう心あくがれ、せんかたなし。

ホトトギスは全く言い表すべきすべがないほどに素晴らしい。得意げに鳴いているのが聞こえてきて、卯の花や花橘などに宿ってその姿を隠しているのも、くやしいほどにすばらしい。五月雨《さみだれ》の短い夜に目を覚まし、人より前にどうかして聞こうとして待っていると、夜も深くなって鳴き出したその声は、気がきいていて愛敬があり、心がさまよいでるほどに素晴らしく、どうしようもない、とその声を絶賛してやまない。

賀茂社に参る道で、女たちが田植えをするのを見た少納言は、その年の八月末に太秦の広隆寺に詣でた時には、田に穂が出たので、多くの男たちが出て稲刈りをしているのを見ているが、この太秦の地は、広隆寺の存在にうかがえるように、山城の古代豪族の秦氏の信仰の拠点であった。その秦氏のもう一つの拠点が伏見の里にある稲荷社であり、京都の下京の人々の産土神《うぶすながみ》と見なされるようになって、多くの信仰を集めていたところから（『今昔物語集』）、少納言もこの稲荷社に参拝している。頃は京の北の賀茂社とは違って、稲荷社の祭日である二月の午《うま》の日のことであった。

少納言はここに参拝したが、とても難儀をしている。今は本社が稲荷山の麓にあるが、当時は山の三つの峰にあって、辛い思いをして登拝したのである。その事情は一五一段の「うらやましげなる物」に記されている。

稲荷に思おこしてまうでたるに、中の御社のほどの、わりなうくるしきを念じのぼるに、いささかくるしげもなく、おくれて来と見るものどもの、ただいきに先にたちてまうづる、いとめでたし。

二月午の日の暁に、いそぎしかど、坂のなからばかりあゆみしかば、巳の時ばかりになりにけり。やうやうあつくさへなりて、まことにわびしくて、など、かからでよき日もあらんものを、なにしにまうでつらむ、とまで涙もおちてやすみ困ずるに、

稲荷社に思い立って参拝した時、中社にさしかかる辺りでひどく苦しかったのだが、頑張って登っていったところ、後からやってきた人たちが、少しも苦しそうになく、どんどん追い越していったの

は、とてもめでたいことだ、という。

山の風景

少納言は二月の午の日の暁に家を出て急いだのだが、山坂の半分くらいきた時には、昼前の巳の時ほどになってしまっていた。だんだん暑くなってきたので、本当にやりきれない感じがして、どうしてこんなに暑い日に来たのか、よい日もあったろうに、何をしに詣でたのであろうか、とさえ思われ、涙がこぼれて休んで一息いれた。するとそこで会ったのは齢四十あまりの女である。

四十よばかりなる女の、壺装束などにはあらで、ただひきはこえたるが、まろは七度まうでし侍ぞ。三度はまうでぬ、いま四度は事にもあらず。まだ未には下向《げこう》しぬべし、と道にあひたる人にうちいひて、くだりいきしこそ、ただなる所には目にもとまるまじきに、これが身にただいまならばや、とおぼえしか。

四十歳を過ぎたほどの、旅の壺装束姿ではなく、ただ着物の裾をたくしあげた格好をした女が、わたしは七度詣をしています、三度はもう済ませました、あと四度はなんでもないでしょう、また未の時には下山しているでしょう、と道で出会った人に言って、坂を下りて言った。普段であれば目にとまるはずのない些細なことなのに、この時には、この女の身に今なりたいものだ、と思った、という。

少納言にしては随分と弱音を吐いたものである。本来ならば、登った坂の状況や峰の景色、途中で聞こえてくる鳥の鳴き声などに耳を傾けて、描写したであろうに、それが一切ない。いささか稲荷詣はこたえたのかもしれない。
少納言にとって、山は登るものではなく、一段で「春は曙。やうやう白くなり行、やまぎはすこしあかりて、むらさきだちたる」「秋は夕暮。夕日のさして山のはいとちかうなりたるに、からすの寝所へ行とて」と記しているように、山の風景を遠くから眺めるところに興趣を感じていたのである。一〇段は山を次のように列挙している。

山は　小倉山。かせ山。三笠山。このくれ山。いりたちの山。わすれずの山。末の松山。かたさき山こそ、いかならんとをかしけれ。五幡山。かへる山。後瀬の山。朝倉山、よそに見るぞをかしき。大比礼山もをかし。臨時の祭の舞人などのおもひ出らるるなるべし。三輪《みわ》の山をかし。たむけ山。待兼山。たまさか山。耳成山。

最初にあるのは、京の西の小倉山である。ここに東山はないのだが、一二段の「峰は　ゆづるはの峰。阿弥陀の峰。いやたかの峰」とあるうちの阿弥陀峰が東山にあり、近くにある東山のなかの高い峰として、眺める存在であったことがわかる。一〇段の「山」、一二段の「峰」を列挙したなかに稲荷山や稲荷峰が入っていないのは、少納言が登ったからであろう。
小倉山の次にある「かせ山」とは、山城と大和の境にある鹿背山のことで、続く三笠山は奈良の春日山の一つであるから、山城から大和に向けて存在した、仰ぎ見る山を並べたのである。続く「このくれ山」以下はその名にひかれてあげたもので、「いかならんとをかしけれ」とあるように、どうしてその名がついたのかと、興味を示している。

多くは和歌で詠まれた山である。「朝倉山、よそに見るぞをかしき」とある朝倉山は、「昔見し人をぞわれはよそに見し　朝倉山の雲居はるかに」（『夫木《ふぼく》和歌抄』）の歌を念頭において並べ、「大比礼山」もをかし。臨時の祭の舞人などのおもひ出らるるなるべし」とある「大比礼山《おおひれ》」は賀茂臨時祭において謡われる東遊《あずまあそび》に見えることからあげたのであろう。

それに続く「三輪の山をかし。たむけ山」もともに大和にある山であるが、このように大和にある実在の山をあげているのは、少納言が大和に実際に赴いていたからであろう。少納言は近くの清水寺にはしばしば参籠していたが、『枕草子』から知られる範囲で少納言が最も遠くに赴いたのは、大和の長谷寺であって、多くの記事を残している。長谷寺に赴く道筋や、寺に参るなかで、山の風景に興趣を覚えたのであろう。もちろん、山だけでなく多くの景色を眺めていた。

大和への道

一一〇段は、長谷寺詣において見た風景を記している。

卯月のつごもりがたに初瀬にまうでて、淀のわたりといふものをせしかば、船に車をかきすゑていくに、菖蒲、菰《こも》などの、末みじかく見えしを、とらせたればいとながかりけり。菰つみたる船のありくこそ、いみじうをかしかりしか。高瀬の淀に、とは、是をよみけるなめり、と見えて。

四月の末、長谷寺に詣でるため淀の渡りから、船に車を据えて行くと、菖蒲や菰などの葉先が短く見えたので、それらを採らせたところ、とても長かった。菰を積んでいる船が行き交っているのも、非常におもしろかったが、「高瀬の淀に」という歌はこれを詠んだようだと思えた、という。「高瀬の淀に」の歌とは、『古今六帖』に載る「菰枕高瀬の淀に刈る菰の　刈るとも我は知らで頼まむ」のことである。

三日かへりしに、雨のすこし降りしほど、菖蒲かるとて、笠のいとちひさき着つつ、脛《はぎ》いとたかきをのこ、わらはなどのあるも、屛風の絵に似ていとをかし。

五月三日の帰路では、雨が少し降ってきたので、菖蒲を刈るということから、小さな笠をかぶって、衣をかかげ脛《すね》を長々と出している男や童がいたが、それは屛風の絵によく似て風情があった。このように往復の景色を語っているが、その長谷参詣では、途中で多くの池を見ることになる。

三五段は池を列挙し、「池は　かつまたの池。いはれの池。にへのの池、初瀬にまうでしに、水鳥のひまなくゐてたちさわぎしがいとをかしう見えし也」と記しているが、勝間田池は大和の生駒郡に、磐余《いわれ》の池は桜井市・橿原市に、贄野《にえの》の池は山城の相楽郡にあったから、長谷詣の途次でこれらの池を見て、そこに隙間なく並んで騒いでいた水鳥がおもしろいと思ったのであろう。

藤原道綱母の日記『蜻蛉《かげろう》日記』は、長谷寺詣の道中を記しているなかで、「舟に車かきすゑて、いきもていけば、にへのいけ、いづみがはなどいひつつ、鳥どもゐなどしたるも、心にしみてあはれにをかしうおぼゆ」とあって、船に車をすえてゆくなか、贄野の池などの水鳥に興趣をいだいている。

やがて長谷寺に到着するのだが、一一段は市について、「市は　辰の市。さとの市。つば市。大和に数多ある中に、長谷にまうづる人の、かならずそこにとまるは、観音の縁あるにやと、心ことなり」と記しているように、少納言は長谷観音の縁がある市に宿を取ったのであろう。長谷寺の本尊は十一面観音であって、『蜻蛉日記』の作者藤原道綱の母が詣で、少納言が宮仕えをはじめた年の正暦二年には東三条院が詣でるなど、女たちの参詣が盛んであった。

長谷寺参籠

二一一段は、九月下旬の長谷に詣でた時に、ちょっとした家に泊まったところ、とても疲れていて、ひたすら寝てしまった、と語っている。藤原道綱の母は二度の長谷寺参詣で長谷の山口にあった椿市に泊まっているので、少納言も長谷に到着すると、この市に泊まったのであろう。夜更けになって月の光が窓から洩れてきて、人々が横になってかけていた夜着の衣の上に、白く映っていたのに、風情を覚え、そうした時にこそ人は歌を詠むのだと思った、という。

さらに一本の二八段は、長谷寺に参籠した時のことを次のように記している。

初瀬にまうでて、局にゐたりしに、あやしき下臈どもの、後をうちまかせつつゐ並みたりしこそ、ねたかりしか。いみじき心をおこして参りしに、川のおとなどのおそろしう、呉階《くれはし》をのぼるほどなど、おぼろけならず困じて、いつしか仏の御前をとく見たてまつらん、と思ふに、白衣きたる法師、蓑虫などのやうなる物どもあつまりて、立ち居、額づきなどして、つゆばかり所もおかぬけしきなるは、まことにこそねたくおぼえて、押したふしもしつべき心ちせしか。いづくもそれはさぞあるかし。

長谷寺で少納言に与えられた局は、いやしい身分のものたちが後ろに居並んでいたので、寝にくかったため、心を奮い起こして仏に参拝しに行くなかで、川の流れの音などを恐ろしく思いつつ聞き、階段を登ってゆくうちに、目も覚めてきた。

やっと仏の御前に参ったところ、白衣を着た法師たちや蓑虫のような姿の者達が集まって、立って見ていたり、額をついたりして、少しも座る場所がなかったので、ねたましく思った、という。

やむごとなき人などのまゐりたまへる、御局などの前ばかりをこそ払ひなどもすれ、よろしき人は制しわづらひぬめり。さはしりながらも、猶、さしあたりてさるをりをりいとねたきなり。はらひえたる櫛、あかに落しいれたるもねたし。

尊いお方などが集まっているときは、御局の前の辺りを人払いしていたりするのも、ねたましい。身分の差によって待遇が違うのをねたましく思ったというが、これは清水寺に参籠した時にも体験したことである。

少納言は長谷寺の景色について余り多くを描いていないが、『蜻蛉日記』には次のように記されている。

水のこゑもれいにすぎ、木も空さしてたちわたり、木の葉はいろいろに見えたり。水は石がちなるなかよりわきかへりゆく。ゆふ日のさしたるさまなどをみるに、なみだもとどまらず。

少納言も同様な風景を見たことであろう。少納言が長谷寺に参籠した際に何を願ったのかは明らかでない。なおこの大和への旅もたいへんであったが、さらに恐怖を抱かせたのが船旅の経験である。

船旅の体験

二八六段の「うちとくまじき物」を列挙したなかに、海に関する記事がある。船路の風景を描いたもので、日がうららかに、海面がのどかで浅緑色に引き渡したような時には、実に船路はのどかでよかったのであるが、ひとたび荒れ始めると大変だった、という。

少納言が乗った船は、屋形を清らかに作ってあり、妻戸や格子をあげ、水面と同じような高さではなく、ただ小さな家にいるかのような感じがしていたが、他の船を見やると、これはもう大変、まるで笹の葉を船に作って、うち散らしたようであった、という。

泊《とまり》では、船ごとに火をともしていたのが、風情があった。端舟《はしふね》という、とても小さな船に乗って、人々が漕いでくる早朝などは、哀れに感じる。端舟は荷物を運搬する小型船であって、しばしば遊女たちもそれに乗ってやって来たのである。

その船の跡の白浪が、次から次へと消えてゆく。立派な人が乗ってゆくものではないと思ったが、かといって陸路もまたとてもおそろしい、という。この「あとの白浪」という表現は、『拾遺集』に載る沙弥《しゃみ》満誓の「世の中をなににたとへむ朝ぼらけ　漕ぎゆく舟のあとの白波」という歌に基づいている。

少納言が船に乗って遠出したことを記すのはこの箇所のみであり、具体的にどの船路とも記していない点からすると、本当に少納言が書いたものかは疑わしい面がある。しかも次の段からは、道命阿《あ》闍梨《じゃり》の話など、後に誰かに追加された可能性がある話が続くだけに、検討を要するのだが、父が周防《すおう》に赴任した時に同道した可能性もあって、簡単に否定はできない。

実際、船は様々な譬《たと》えに引かれている。一二〇段の「無徳なるもの」（かたなしのもの）の筆頭に「潮干の潟にをる大船」をあげており、一五七段の「たのもしげなき物」の一例として、「風はやきに帆かけたる舟」をあげ、一六〇段の「とほくてちかき物」として、「極楽。舟の道。人の中」をあげる。二三九段の「こと葉なめげなる物」（言葉の無礼なもの）の一例として「舟漕ぐものども」をあげ、二四一段の「ただすぎにすぐる物」の筆頭に「帆かけたる舟」をあげている。また長谷寺詣では淀の渡りを船で渡った、と記している。

海といっても、摂津の瀬戸内海周辺や琵琶湖も考えられるところであり、一五段の「海」を列挙した筆頭に「水海《みずうみ》」をあげている。これらから見ると、少納言が記した文章と見てよいであろう。

少納言はこのように様々な自然の風景を観察してきたが、ではその自然を取り込んだ庭についてはどう見ていたのであろうか。

庭の景色

庭には池が必須であったらしい。池のある庭の風景を一本の二七段は描いている。

池ある所の五月長雨のころこそいとあはれなれ。菖蒲、菰など生ひこりて、水もみどりなるに、庭も一つ色に見えわたりて、曇りたる空をつくづくとながめくらしたるは、いみじうこそあはれなれ。

いつも、すべて、池ある所はあはれにをかし。

池のある所は五月の長雨の頃に哀感がある。菖蒲や菰などが一面に生い茂り、水も水草で緑色になって、池も庭も一色に広がっている。そんなところで物思いにふけって眺め暮らすのは、しみじみと心に迫ってくる。こう記して、すべて池のある所は「あはれ」であるとする。

九一段では「面白き萩、薄《すすき》などを植て見るほどに」と、秋の植栽として萩や薄を植える試みをしたことを記しているが、その九月の庭について一二四段は次のように記している。

九月ばかり、夜ひと夜ふりあかしつる雨の、けさはやみて、朝日いとけざやかにさし出たるに、前栽《せんざい》の菊の露は、こぼるばかりぬれかかりたるも、いとをかし。透垣《すいがい》の羅文《らんもん》、軒の上などは、かいたる蜘蛛の巣の、こぼれのこりたるに、雨のかかりたるが、白き玉をつらぬきたるやうなるこそ、いみじう哀にをかしけれ。
すこし日たけぬれば、萩などのいとおもげなるに、露のおつるに、枝打うごきて、人も手ふれぬに、ふと上ざまへあがりたるも、いみじうをかし。といひたることどもの、人の心には露をかしからじ、と思ふこそ、又をかしけれ。

九月になって一晩降っていた雨が止み、朝日が出たときの、庭の風景を鮮やかに描いている。菊の露や蜘蛛の巣に降りかかった雨の白玉、露が落ちて萩の枝が上に飛びはねる風景などである。さらに一八八段は次のように記している。

九月つごもり、十月のころ、空うちくもりて、風のいとさわがしく吹きて、黄なる葉どもの、ほろほろとこぼれ落つる、いとあはれなり。桜の葉、椋《むく》の葉こそ、いととくは落つれ。十月ばかりに、木立多かる所の庭はいとめでたし。

暑さが吹き飛ぶ九月も暁に格子や妻戸をあけると、さっと風がふいてきて顔にしみてくる。桜の葉、椋の葉などの落葉が始まって、十月になると、木立の多い所の庭はたいへんすばらしい、という。一一四段は「あはれなるもの」を列挙するなかに、「秋ふかき庭の浅茅に、露の、色々の玉のやうにておきたる。夕暮暁に、河竹の風に吹かれたる」をあげている。一本の二六段は、荒れた家の、蓬の深い庭を、「月のくまなくあかく澄みのぼりて見ゆる。又さやうの荒れたる板間よりもりくる月。荒うはあらぬ風のおと」と描く。どうも庭の景色は秋が一番だったようである。

しかし池のある庭の風景を描いた一本の二七段は、冬もまた、凍った朝の風景が言うべき言葉もないほどであり、特に、手入れをしていたようなものより、打ち捨てられた、荒れた景色に月影が見えるようなのがよい、として、池と月の取り合わせを絶賛する。

冬の庭

さらに二八三段は、十二月二十四日に宮で行われた御仏名における導師の話を聞いて、夜半を過ぎた頃に外に出て見た風景を、次のように描いている。

日ごろふりつる雪の、今日はやみて、風などいたうふきつれば、垂氷《たるひ》いみじうしたり。地などこそむらむら白き所がちなれ、屋のうへはただおしなべて白きに、あやしき賤《しず》の屋も雪にみな面がくしして、有明の月のくまなきに、いみじうをかし。銀などをふきたるやうなるに、水晶の滝、などいはましやうにて、長く短く、ことさらにかけわたしたると見えて、いふにもあまりてめでたきに、

日頃、降っていた雪が今日は止んで、風がきつく吹いたので、つららがとても滴《したた》っており、地面の諸所には白い部分がまだらにあり、屋根の上は一面に白くなっているため、卑しい家の雪も皆、表面

を隠していて、有明の月が一面に輝いているのが、とてもおもしろい、という。屋根の上が白銀で葺いたように見えるのに、水晶の滝などと表現したくなるように長く、また短く、つららをわざわざ掛け渡したように見えているのは、言うのにも言葉が足りないようにすばらしい、と、冬の庭に広がる雪景色を描いている。

少納言は、自然を取り込んだ庭であるから、自然のままに打ち捨てられた風景を好ましく感じていたのである。一三七段の、正月中旬にみかけた家は、次のように記されている。

正月十よ日のほど、空いとくろう曇り、あつくみえながら、さすがに日はけざやかにさしいでたるに、えせものの家の、荒畠といふ物の、土うるはしうもなほからぬ、桃の木の若だちて、いとしもとがちにさし出でたる、かたつ方はいと青く、いまかたつ方は濃くつややかにて蘇枋《すおう》の色なるが、日かげにみえたる

正月の上旬、空は曇っていたのだが、日がくっきりと雲間からさし出ていた時に見た家の風景を描く。荒れた畑があり、土はきちんと平らに均《なら》されていない所があった、と庭に設けられた菜園での様子を詳しく描いてゆく。この場合は好ましい庭を描いたものではないが、春ともなって、庭で何が繰り広げられていったのか、関心を抱いていたのである。

以上、少納言が周囲の環境や自然をどう観察してきたのかを見てきたが、それらからいえるのは、少納言が水辺の景色に多大な関心を抱いていたことである。川の流れや池に心を砕いて観賞していた

ことが読み取れる。これは少納言の育ったのが、鴨川の流れにそった京都であることと、強い繋がりがあったと考えられる。鴨川の洪水の恐れを常に抱きながらも、その水辺に住み着いてきたなか、自然への見方が育まれてきたのであろう。

そこで次に観察の対象となった自然を構成する諸要素について、少納言がどう見ていたのかを考えてみよう。

花の咲く樹木

少納言は四季を発想にこの草子を書き記したことから、四季折々の変化を極めて重視していたのであるが、ここではまず樹木に目をやり、続いて鳥について考え、最後に四季の変化について考察を加えることにする。

樹木には身近な自然が認められる、と考えられることから、三四段の、木の花を列挙した話から見てゆこう。それは次の三つの樹木から始まる。

木の花は　濃きも薄きも紅梅。
桜は花びらのおほきに葉の色こきが、枝ほそくて咲たる。
藤の花は、しなひながく色こく咲たるいとめでたし。

梅に始まって、桜、藤と続くが、それぞれへの美意識はやや異なっている。花の色が問題となる梅、花びらの大きさや葉の色の濃さ、花がつく枝などに注文のつく桜、花房の長さや色に目をやる藤の花、それぞれにおいて満足させているのを高貴であるという。

記事が簡略なのは、他の話でも触れていることによるものであって、たとえば三九段では、「あてなるもの」（高貴なもの）として「藤の花。梅の花に雪のふりかかりたる」をあげ、八四段では、「めでたき物」として「色あひふかく花房ながく咲きたる藤の花、松にかかりたる」をあげる。

これら三つの花について本格的に語ってゆくと、それらの記事だけに尽くされてしまうことになるからであろう。この三つに続く花では、花そのものというよりは、取り合わせの妙から評価されている。まず橘（三四段）。

四月のつごもり五月のついたちの比ほひ、橘の葉のこく青きに、花のいとしろうさきたるが、雨うちふりたるつとめてなどは、よになう心あるさまにをかし。花のなかより、こがねの玉かと見えて、いみじうあざやかに見えたるなど、朝露にぬれたる、あさぼらけの桜に劣らず。郭公のよすがとさへ思へばにや、猶さらにいふべうもあらず。

橘は、時は四月末から五月の初め頃に、葉が濃くて青く、花が白く咲いているのが、雨の降っている早朝、世に類いのない興趣ある様である。花のなかから実が黄金の玉かのように、たいへん鮮やかに見えるのは、朝露に濡れた、朝ぼらけの桜にも劣らないし、ホトトギスが寄ってくることを思えば、改めていうまでもない、という。

ホトトギス好きの少納言にとって、花橘は特別な存在であったろう。『古今和歌集』に、「けさ来鳴きいまだ旅なる郭公　花橘に宿はからなむ」の歌が見える。なおこの段には載っていないが、ウツギの卯の花もまた同じことである。三八段の鳥を列挙した話で、ホトトギスについては、「郭公は猶、さらにいふべきかたなし。いつしかしたり顔にも聞えたるに、卯の花、花橘などにやどりをして、はたかくれたるも、ねたげなる心ばへ也」と記し、ホトトギスが卯の花や橘の花に宿って隠れる様子がよい、と語っている。『後撰集』に「なきわびぬいづちかゆかむ郭公　なほ卯の花の蔭は離れじ」の歌がある。

和歌の影響もあって、樹木に咲く花を愛でていたことがわかるが、それらとは違った見方からとりあげた花もある。

唐土の樹木の花

梨の花については、以下のように記している（三四段）。

梨の花、よにすさまじきものにて、ちかうもてなさず、はかなき文つけなどだにせず、愛敬おくれたる人の顔などを見ては、たとひにいふも、げに、葉の色よりはじめてあいなく見ゆるを、唐土《もろこし》には限りなき物にて文にもつくる、猶さりとも様あらんと、せめて見れば、花びらのはしにをかしき匂ひこそ、心もとなうつきためれ。楊貴妃の、帝の御使にあひて、なきける顔ににせて、梨花《りか》一枝春雨をおびたり、などいひたるは、朧気ならじと思ふに、猶いみじうめでたきことは、たぐひあらじと覚えたり。

梨の花は一般に人気がなく、近くでもてなすこともなく、ちょっとした文に付けるようなこともされておらず、愛敬のない顔などにも喩えられているが、実際、葉の色から始まって可愛らしくは見えない。

しかし中国では大事な物として詩文に見えるので、そうであろうかと、目をこらして見てゆくと、花びらの先から妙なる匂いがしてくるようだ。かの楊貴妃が、帝からの使者に会って、泣いた顔のその形容に、「梨花一枝　春雨をおびたり」などといわれたのは、並み一通りではない、と思うにつけ、やはり大変に高貴であることに類いがない、と思った、という。

一般に人気のない梨の花ではあるが、少納言は中国において愛でられていたことから取り上げ、その秘密を花びらの先の匂いに見出して称揚している。さらに桐の花が続く。

桐の木の花、紫に咲きたるは、なほをかしきに、葉のひろごりざまぞ、うたてこちたけれど、こと木どもとひとしういふべきにもあらず。唐土にことごとしき名つきたる鳥の、えりてこれにのみゐる覧、いみじう心こと也。まいて琴につくりて、さまざまなる音のいでくるなどは、をかしなど世の常にいふべくやはある。いみじうこそめでたけれ。

桐の花は、紫に咲く花にはやはり情趣があり、葉の広がり方が仰々しくいやな感じがするとはいえ、他の木と同列ではない。中国では特別な名のついた鳥（鳳凰）が、好んで棲むというのも、格別な気がする。ましてその材が琴に作られ、様々な音が出てくるというのもおもしろい、と世の常の言うようにありきたりではなく、非常にすばらしい、という。

ここでも中国で愛された樹木であることから、粗末には考えられないとしている。ただ実際に鳳凰が棲むという桐と、琴の材となる桐は別物らしい。そして最後にあげるのが楝《おうち》の花こと栴檀《せんだん》の花である。

楝の花については、「木のさまにくげなれど、楝の花、いとをかし。かれがれに、さまことに咲て、かならず五月五日にあふも、をかし」と簡単に記している。樹木の様子はあまりよろしくないが、花が、かれがれに咲くのがおもしろく、五月五日の節供の日に必ず咲いてくれるのもおもしろい、という。三六段の五月五日の節供の記事を見ると、その日には紫の紙に楝の花を結ぶ風流が行われていたことが記されている。

以上が、木の花に対する少納言の評価だが、ここから自然観そのものを探るのはやや難しいようだ。漢詩文や和歌の影響に基づく美意識がうかがえるのであり、花の木ではない樹木にこそ少納言の自然観を求めるべきであろう。

木々の変化

三七段は、「花の木ならぬは」と始まり、花の咲かない木、花が終わってからの木、あるいは花が咲く前の木などをとりあげている。その最初は、「かつら、五葉」で、新緑が美しい桂と、常緑の五葉の松をあげているが、説明は何もない。これらに続く「たそばの木」(カナメモチ)から説明が施されている。

たそばの木、しななき心ちすれど、花の木どもちりはてて、おしなべてみどりに成にたる中に、時もわかずこき紅葉のつやめきて、思もかけぬ青葉の中よりさし出でたる、珍し。まゆみ、さらにもいはず。その物となけれど、やどり木といふ名、いと哀なり。さか木、臨時の祭の御神楽の折など、いとをかし。世に木どもこそあれ、神の御前の物と生はじめけんも、とりわきてをかし。

たそばの木は品がない感じがするのだが、花の木がすべて散ってしまい、周囲が新緑で溢れた頃に、時節おかまいなく、濃い紅葉の、つやつやした新葉が、思いがけずに青葉の中から差し出てくるのが珍しい。

真弓はとりたてていうべきことはないが、宿り木という別名からそこに何が宿るのか、と哀れさを感じる。榊は、賀茂の臨時祭の神楽の折に、たいへん風雅に感じる。世の中に木は多いが、神前に奉納するものとして生長してきた点で、特別におもしろい、という。

緑が目立つ木々のなかで、これら三つは他とは違う興趣があることが記されている。正月の桂・五葉に続いて置かれたのは、季節の順序に沿って木々をあげているためとわかるが、ならば、すでに見た三四段の木の花の話は、みな春に花の愛でられる木であるから、この段を五葉とたそばの木の間に入れてしまえば、樹木の話としてまとまることになろう。しかし木の花について特別に言いたかったためにこうなったのである。

さて次に続くのは、楠と檜・楓であるが、季節はもう深緑の時期を迎えている。

くすの木は、こだち多かる所にも、ことにまじらひたてらず、おどろおどろしき思やりなどうとましきを、千枝にわかれて恋する人のためしにいはれたるこそ、誰かは数をしりていひはじめけんと思に、をかしけれ。ひの木、またけぢかからぬ物なれど、三葉四葉の殿づくりもをかし。五月に雨の声をまなぶらんも哀なり。かへでの木、ささやかなるに、もえいでたる葉末のあかみて、おなじかたにひろごりたる葉のさま、花もいと物はかなげに、虫などのかれたるに似て、をかし。

楠は、木立が多く茂っているところに、特に交じって植えられておらず、驚くほどに茂った様を思うと、疎ましいのだが、千の枝に分かれていて、恋する人の千々の心の乱れを表現する例として使われており、それを誰が数えて言い始めたのかと思うと、おもしろい。『古今六帖』に、「和泉なる信太《しのだ》の森の楠の木の　千枝に分かれてものをこそ思へ」の歌がある。

檜は、これも人里近くには生えないが、「三葉四葉の殿づくり」という風情がおもしろく、五月になって、雨の音の真似をする、というのも哀感がある。『催馬楽《さいばら》』の「この殿」の歌に、「三葉四葉のなかに、殿造りせりや」と見え、唐の方干の詩に「長潭五月含冰気、孤檜終宵学雨声」とあって、これらによった表現である。

楓の木は、ほのかに萌え出ている葉の先が赤らんで、同じ方向に広がっている葉の様子がおもしろい。花がとても僊げで、干乾びている虫に似ているのがおもしろい。
緑が深まるなか、身近でない樹木や身近な木をもとりあげ、その見所を指摘している。

樹木への記憶

続いて命名の面白い木が次々に並ぶ。

あすはひの木、此世にちかくも見えきこえず、御嶽にまうでて帰たる人などの持てくめる。枝ざしなどは、いと手ふれにくげに、あらくましけれど、何の心ありて、あすは檜の木となづけけむ。あぢきなきかねごと也や。誰にたのめたるにか、とおもふに、きかまほしくをかし。

明日は檜という、あすなろの木は、世間の近くでは見えず、御嶽《みたけ》こと金峰山《きんぷせん》に詣でて帰ってきた人などが持ち帰ってくる。枝ぶりはとても手では触れにくく、荒々しいが、どういうつもりから「あすは檜」と名づけたのであろうか。あてにならない約束ごとであることよ、誰を頼みにさせているのか、と思うと、相手が誰かと聞きたくなる。

一一四段は「あはれなるもの」として、「よきをとこの若きが、御嶽精進したる」をあげており、少納言は御嶽に詣でた人から、あすなろの木について聞いていたのであろう。あすなろはヒノキ科の植物である点では檜と同じであるが、実際は一般の檜とは別種という。

ねずもちの木、人なみなみになるべきにもあらねど、葉のいみじうこまかにちひさきがをかしき也。

楝の木。山たち花。山なし木。

しひの木は、常盤木はいづれもあるを、それしも葉がへせぬためしにいはれたるもをかし。

白樫といふ物は、まいて深山木《みやまぎ》の中にもいとけどほくて、三位、二位のうへの衣そむる折ばかりこそ、葉をだに人の見るめれば、をかしき事、めでたき事にとりいづべくもあらねど、いづくともなく雪のふりおきたるに見まがへられ、素盞嗚尊《すさのおのみこと》、出雲の国におはしける御ことを思て、人丸《ひとまろ》がよみたる歌などを思ふに、いみじく哀なり。


ねずみもちの木は、ネズミの連想から人並みには扱われていないが、葉がたいへん細かくて小さいのが面白い。楝の木や山橘、山梨、椎の木などはいずれも常緑樹であるが、椎の木だけが葉の変わらない例として用いられているのがおもしろい。

白樫という木は、深山の木のなかでも親しみの薄いものだが、三位や二位の公卿の袍を染める折にだけ、その葉を人が見るもので、おもしろい事やすばらしい事を取り立てていうほどではない。しかしどこからともなく雪が降り積もっているのと見間違われて、かのスサノオの尊が出雲の国にお出かけになったことを思い、柿本人麻呂が詠んだ歌などを見ると、たいへん哀れに感じる。人麻呂の歌とは「あしびきの山路も知らず白樫の　枝にも葉にも雪の降れれば」（『拾遺集』）とされている。

名前の連想や深山にあって見たことがないなどから、ついつい興趣がないようにおもわれがちな樹木でも、何がしかの興趣はあるもので、その樹木にかかわった人の記憶をたどってゆくと、おもしろさや哀れさを感じるというのである。

樹木から見える自然観

樹木について少納言は総括して、「折につけても、一ふしあはれとも、をかしとも聞きおきつるものは、草木鳥虫もおろかにこそおぼえね」と、指摘する。何かの折に、一節でも哀れやおもしろいと聞いて心に留め置いたものは、草木や鳥虫でもとてもおろそかにはできない、という。ここに少納言の自然観がはっきりとうかがえよう。

どんな木であれ、動物であれ、自然に関わる謂《いわ》れには必ず何がしかの背景があるから、おろそかにしてはならないというのである。その具体例をユズリハや柏木などにも指摘している。

ゆづり葉の、いみじうふさやかにつやめきたるは、いと青うきよげなるに、おもひかけず似るべくもあらぬ茎は、いとあかくきらきらしく見えたるこそ、あやしけれどをかし。なべての月には見えぬ物の、師走のつごもりのみ時めきて、なき人のくひ物に敷く物にや、とあはれなるに、又、よはひをのぶる歯固めの具にも、もてつかひためるは。いかなる世にかは、紅葉せん世や、といひたるもたのもし。

かしは木、いとをかし。葉守の神のいますらんもかしこし。兵衛の、督《かみ》、佐《すけ》、尉《ぞう》などをいふもをかし。姿なけれど、棕櫚《すろ》の木、唐《から》めきてわるき家のものとは見えず。

譲葉《ゆずりは》の葉が、たいへんふさふさと垂れ、つやつやとしているのは、とても青く清く見えるのに、思いがけずに似るべくもない茎が、非常に赤くきらきらしく見えるのは、品はないのだけれども、おもしろい。普通には見かけないが、師走の晦日にだけ異彩を放ち、亡くなった人の食べ物に敷かれるのには哀れさを感じる。

また幼児の寿命を延ばす歯固めにも使われている。どういったときなのか、「紅葉せん世や」と歌に詠まれているのも頼もしい。

柏の木はたいへん面白い。葉を守る神がいらっしゃるようなのも尊い。兵衛の督、佐、尉などの官職を柏木というのもおもしろい。棕櫚の木は、その格好に趣はないが、中国風で、身分の低い人の家に生えるものともみえない。

木には、葉や枝振りなど趣はなくとも、その木にまつわる記憶も大事で、おろそかにしてはならない。樹木にはそれぞれに目に見える効用もあるが、目にはみえない効用もあるもので、決しておろそかにしてはならない、というのである。

樹木についで草についても、六三段は「草は」として様々な草を列挙して説明を施し、続く六四段では「草の花」について語っている。このうち「草は」の段は、「菖蒲。菰。葵、いとをかし。神代よりして、さるかざしと成けん、いみじうめでたし。もののさまもいとをかし」と始まって、髪に挿されるものとしての記憶に始まり、その姿に触れるなど、樹木と同じ自然観がうかがえる。

草に見える季節感

樹木と明らかに違う点は、季節感を表立って出していないところで、わずかに「唐葵《からあおい》」のみに「日の影にしたがひてかたぶくこそ、草木といふべくもあらぬ心なれ」（六三段）と、時の移ろいの変化に心を寄せている。もともと草木には、時の移ろいをあまり認めていないからであろう。

二二三段は「五月の菖蒲の、秋冬すぐるまであるが、いみじう白み枯れてあやしきを、ひきをりあけたるに、そのをりの香ののこりてかかへたる、いみじうをかし」と、五月の菖蒲が秋や冬になって枯れてしまったのが、秋冬になっても、五月の香りが残っているのがおもしろい、という。これは菖蒲の草そのものでなく、それから作った薬玉のことであろう。

その点、「草の花」（六四段）には季節感が認められる。「草の花は、撫子《なでしこ》。唐のはさら也。大和のもいとめでたし。女郎花《おみなえし》。桔梗。朝顔。刈萱《かるかや》。菊。壺菫《つぼすみれ》」と始まるが、その多くは秋に咲く花である。春の花は木の花であり、秋の花は草の花といったところであろうか。

続いて竜胆《りんどう》は、「えだざしなどもむつかしけれど、こと花どもの、みな霜がれたるに、いとはなやかなる色あひにてさし出でたる、いとをかし」と、季節の変化に目を注いでいる。「かにひの花」についても、色は濃くないが、藤の花に似ており、春秋と咲くと記している。さらに萩、夕顔について語った後、草の花として、特別に薄《すすき》を取り上げているのが興味深い。

草の花に薄を入れることについては、「いみじうあやし」と人は言うが、それのおもしろさは、次の通りであるという。

秋の野のおしなべたるをかしさは、薄こそあれ。穂さきの蘇枋にいとこきが、朝霧にぬれてうちなびきたるは、さばかりの物やはある。

秋の野のおもしろさは、何と言っても薄に代表される、朝霧に濡れてなびいている様子は、このようなものは他にない、という。さらに秋も、終わりになると、次のように指摘する。

秋のはてぞ、いと見所なき。色々に乱咲きたりし花の、形もなく散たるに、冬の末まで、かしらのいと白くおほどれたるもしらず、むかし思ひいで顔に、風になびきてかひろぎ立てる、人にこそいみじうにたれ。よそふる心ありて、それをしもこそあはれと思ふべけれ。

秋の終わりになると見所がなくなる。色々と咲き乱れていた花が、あとかたもなく散ってしまい、冬の末まで頭が白く乱れ広がっているのも知らずに、昔を思い出しているような顔をして風になびいてゆらゆら立っている草は、人間とよく似ている。このようになぞらえる心がおこり、しみじみと哀れに思われる。

自然の移り変わりは、人のそれにも喩えられるのである。

鳥への関心

樹木や草木などの沈黙する自然に対し、動きや音を発する自然についてはどうか。三八段は次のように鳥について語り始める。

鳥は　こと所の物なれど、鸚鵡《おうむ》いと哀なり。人のいふらん事をまねぶらんよ。時鳥《ほととぎす》。水鶏《くいな》。鴫《しぎ》。宮古どり。ひは。火たき。

鸚鵡は外国産であるが、人の言うことを真似るらしいところが面白い、と始まって、以下に鳥を列挙してゆく。配列の順序であるが、樹木の場合は、季節に沿って記していたのに対して、そうではなく、おそらく関心ある鳥をまず並べ、続いて山鳥と水鳥にわけて記したのであろう。

山どり、友を恋てなくに、鏡を見すればなぐさむらん、心わかう、いとあはれなり。谷隔てたる程など心ぐるし。

鶴は、いとこちたきさまなれど、なく声雲居まで聞ゆる、いとめでたし。かしら赤き雀。斑鳩《いかるが》のをどり。たくみ鳥。

鷺はいと見めも見ぐるし。まなこゐなども、うたてよろづになつかしからねど、ゆるぎの森に、ひとりはねじ、と争ふらん、をかし。水鳥、鴛鴦《おし》いと哀なり。かたみにゐかはりて、羽の上の霜はらふらん程など。千鳥いとをかし。

山鳥は友を恋しがる時に鏡を見せると、その映った姿を見て、安心するらしい。純真で心にしみいることだ。だから雌雄が谷を隔てている時などは気の毒である、という。山鳥とはキジ科の鳥であって、この記事は歌学書に見られる言い伝えに沿って書かれているようである。

鶴は頸が長く、仰々しい姿であるが、鳴く声が天まで聞こえるというのがすばらしい。ほかに頭が赤い入内雀《じゅうないすずめ》、豆まわしの雄、羽が美しく、巣をつくるのが巧みな鷦鷯《みそさざい》などもそうである。

鷺は見た目には見苦しい。目つきもいとわしく、よろずに親しみにくいけれども、ゆるぎの森に、「ひとりはねじ」と、妻争いをするらしいのがおもしろい。水鳥のなかでは、鴛鴦がとても哀れさを感じさせる。夫婦仲のよい鳥が互いに居場所を交代して、羽の上の霜を払うという話である。千鳥もとてもおもしろい。

鳥の棲み処や餌場に注目し、鳥にまつわる言い伝えを中心に説明を加えているのがわかる。時の変化や声のありかたにはあまり触れていないが、その点については、続く鶯とホトトギスとの比較によって詳しく語っている

ウグイスの欠点

四季の移り変わりに沿って鳥を語るならば、まず鶯に触れるべきであろうが、そうはしなかった理由を、次の鶯の説明で行っている（三八段）。

鶯は、文などにもめでたき物につくり、声よりはじめてさまかたちも、さばかりあてにうつくしき程よりは、九重の内に鳴かぬぞいとわろき。人の、さなんあるといひしを、さしもあらじと思

ひしに、十年ばかりさぶらひてききしに、まことにさらに音せざりき。さるは、竹ちかき紅梅も、いとよくかよひぬべきたよりなりかし。

鶯は詩文にもすばらしいものとされ、声をはじめとして姿や形も、上品でかわいらしい。しかしそのわりに、宮中で鳴かないのが、とてもつまらない。人が、そうなんです、というので、そんなことはないだろうと思っていたのだが、この十年ほど仕えてきたが、本当にその声は宮中では全く聞かなかった。竹の近くには紅梅があるので、通ってくるのには好都合な筈なのに。

鶯への不満を、宮中で鳴かないことに始まって、外の世界のみすぼらしい家にある見所もない梅の木に、うるさいほどに鳴いていることや、夜に鳴かないのも眠たがりやのような心地がすることなどを語り、夏や秋の末まで老いた声で鳴いて、「虫くひ」などのような、どうでもいいような名を付け代えられて言われるのも、残念な気がするという。

それもただ雀のように、いつも鳴く鳥ならばそうも思わないのだが、春に鳴くゆえにそう思う、という。春だけに鳴けばよいのに、という少納言の思いは強く、続けて次のように語る。

年たち帰る、など、をかしきことに歌にも文にもつくるなるは。猶春のうちならましかば、いかにをかしからまし。人をも、人げなう、世のおぼえあなづらはしう成そめにたるをば、そしりやはする。鳶、烏などのうへは、見いれ聞きいれなどする人、世になしかし。さればいみじかるべき物となりたれば、と思ふも心ゆかぬ心ちする也。

『拾遺集』の歌「あらたまの年たちかへるあしたより　待たるる物は鶯の声」など、鶯は、趣が格別だとして歌に文に作られているように、やはり春のうちにだけ鳴くならば、どんなによいか、と思うだけに残念である。人でも、人でなくとも、世間の覚えが下り始めたものたちを、改めて非難するだろうか。鳶、烏などのつまらないものを、よく見たり聞いたりするような人は、世にはいないであろう。そうした理由から、すばらしいと思っているだけに、この欠点には不満である、という。

これと比較して、ホトトギスがいかに素晴らしいかを力説し、「夜鳴くもの、なにもなにもめでたし」と結んでいる。少納言は夜に鳴くものが好きだったのである。

鳴く声にひかれて

少納言は鳥の声にもひかれており、一一一段の「常よりことにきこゆるもの」として、「正月の車のおと」に続き、「又鳥の声」をあげているが、この正月の鳥は、時を告げる鶏の声で、かの『百人一首』に選ばれた少納言の「とりのそらね」も鶏である。

鳥の声が時を知らせてくれることからすれば、烏《からす》についても、六九段は「夜烏どものゐて」として夜烏をあげている。

夜烏どものゐて、夜中ばかりに寝《いね》さわぐ。落ちまどひ木づたひて、寝おびれたるこゑに鳴きたるこそ、昼の目に違ひてをかしけれ。

夜烏どもが集まって、夜中に寝ながら騒ぐ。木から落ちそうになりあわてて木を伝わって、寝ぼけ声で鳴くのは、昼とは違ったおもしろさがある、という。少納言は烏をうるさくは思わなかったのである。

七〇段は、冬の鳥の声について、はじめは羽の中に埋もれたように鳴いているのが、やがて口籠もったように鳴くうちに、物の奥で鳴いているように遠く聞こえていたのが、夜が明けるにつれ、近くに聞こえてくるのがおもしろい、という。

鳴くのは鳥だけではない。虫にも注目している。四〇段は虫を列挙して「虫は　鈴むし。ひぐらし。蝶。松虫。きりぎりす。はたおり。われから。ひをむし。蛍」と様々にあげているが、鈴虫、松虫、きりぎりす（コオロギ）など秋に鳴く虫が多い。

これらに続いて蓑虫をあげ、そのどこが見どころかを記しているが、鬼に似ている姿とともに、「八月ばかりになれば、ちちよちちよとはかなげに鳴く、いみじう哀也」と、その鳴き声にひかれている。蓑虫は実際には鳴かないが、鳴くと考えられていた。

二〇四段は楽器の音に触れて、「篳篥《ひちりき》は、いとかしがましく、秋の虫をいはば、轡虫《くつわむし》などの心ちして、うたてけぢかく聞かまほしからず」と、篳篥が秋の轡虫の声に似て、やかましいとしている。

このように音声を出す動物については、少納言は季節感を盛り込んで語っておらず、自分が惹かれる動物の鳴き声を中心にしてとりあげている。

再び「春は曙」

季節感を物語る自然についてさらに探ってゆくと、気象を含めて、第一段の「春は曙」以下の記事に凝縮されているように思われる。実に少納言の自然観は、この段に始まって、この段に行き着くのである。最初は春から始まる。

春はあけぼの。やうやう白くなり行、山際すこしあかりて、紫だちたる雲の細くたなびきたる。

春は曙が一番だ。だんだん東の山が白くなってきて、山際がすこし明るみを帯び、紫にそまりつつある雲が細くたなびいている。この一文を考えるうえで参考になるのが二三三段である。

日は 入日。入りはてぬる山のはに、ひかり猶とまりて、赤う見ゆるに、うす黄ばみたる雲の、たなびきわたりたる、いとあはれなり。

日の出とは対照的な、日の入りの風景を特にあげているのがわかる。日の出については、春に特定して一段で語ったので、ここでは入り日について、どんな季節でも哀感がある、と語ったのであろう。次は夏である。

夏は夜。月のころはさら也。闇もなほ、蛍の多く飛びちがひたる。又、ただ一つ二つなど、ほのかにうちひかりて行もをかし。

夏は夜が一番。月の出ているころは特別である。闇夜でも、蛍が多く飛び交っているのに風情がある、また、蛍がわずかに、ただ一つ、二つなどと、ほのかに光ってゆくのもおもしろい。

これの参考になるのが二三四段で、月について「有明の東の山ぎはに、ほそくて出づるほど、いとあはれなり」と記し、有明の月を推奨し、暑い夏の月を讃えている。蛍については、四〇段の「虫」を列挙するなかであげているが、その情趣ある様は一段ですでに語られている。では夏の月は他の季節の月と違うのか、後で考えることにしよう。

次の秋については、詳しく記している。

秋は夕暮。夕日のさして山の端いと近うなりたるに、からすの寝所へ行とて、三つ四つ、二つ三つなど、飛びいそぐさへあはれなり。まいて雁《かり》などのつらねたるが、いと小さく見ゆるは、いとをかし。日入りはてて、風の音、虫の音などいとあはれなり。

秋は夕暮れだ。夕日がさして山の端にとても近くになっている時に、烏が寝床に帰るということで、三羽・四羽、二羽・三羽など、急いで飛んでゆくのさえ、しみじみ感じる。まして雁などが列をつくっているのが、たいへん小さく見えるのは、とてもおもしろい。日がすっかり沈んで、風の音や虫の音などが聞こえてくるのも、風情がある、という。秋の景物である鳴く鳥や、風の音などを、情趣を物語るものとしてあげている。

夕暮れについては、他の季節でもよく触れられており、三六段の「夕暮のほどに郭公《ほととぎす》の名告《なの》りてわたるも、すべていみじき」という初夏の夕暮れ、一七四段の「雪のいとたかうふりつもりたる夕暮より、端ちかう、同じ心なる人二三人ばかり、火《ひ》をけを中にすゑて、物語などするほどに」という冬の夕暮れ、一八八段の、「三月ばかりの夕暮に、ゆるく吹たる雨風」という春の夕暮れなど。ではそれらと秋の夕暮れとの違いは何か。これもまた後で考えることとしたい。

自然と人間

冬になると、それまでとは違って、人の動きを次のように記している（一段）。

冬はつとめて。雪の降りたるはいふべきにあらず。霜などのいと白きも、またさらでも、いと寒きに、火など急ぎおこして、炭持てわたるも、いとつきづきし。昼になりて、ぬるくゆるびもていけば、火桶の火も白き灰がちになりて、わろし。

冬は早朝、雪が降っているのは言うまでもない。霜が白く覆っているのも、またそうでなくてもとても寒い時、火を急いで起こし、炭火を持って行き来するのが、早朝にふさわしい。昼になって寒気が緩んでくると、火鉢の火も白い灰が多くなってしまい、好ましくない。

二三二段の「ふるもの」は、「雪。霰《あられ》。霙《みぞれ》はにくけれど、しろき雪のまじりてふる、をかし。雪は、檜皮葺《ひわだぶき》いとめでたし」とあげて、冬の景物は何よりも雪であり、その雪の降るような寒い朝を念頭に置いて、人々が火を起こす動きを一段で記したのである。

では冬だけになぜ人の動きを記したのか、先に少納言の関心がここから人に移っていった、と指摘したのであるが、今、改めて考えると、春・夏・秋の景色のなかにも人の気配を探るべきなのであろう。そうした目で見てゆくと、六〇段の、逢瀬を過ごした、睦まじい男の翌朝の様子を描いた話などからは、「春は曙」の景色が重なって見える。そう、あの春の風景は、逢瀬の後の景色と見ることができよう。

夏の夜といえば、三三段の七月の夜の風景を描いた話が思い起こされる。

七月ばかり、いみじうあつければ、よろづの所あけながら夜もあかすに、月のころは、寝おどろきて見いだすに、いとをかし。闇も又、をかし。有明はた、いふもおろか也。

この記事を背景にして考えれば、一段の夏の夜の風景も、恋する人とともに夜の風景を見て楽しんでいる様子と考えられる。夏の月の妙味はそこにあったのだ。そして秋の夕暮れであるが、秋については、それまでとは違って、詳しく記されているのだが、それには、これからの逢瀬を待つ楽しみのひと時が表現されているのであろう。そうなると冬の景色はどうなるか、七〇段を見よう。

冬の夜いみじう寒きに、おもふ人とうづもれ伏して聞くに、鐘の音の、ただ物の底なるやうに聞ゆる、いとをかし。

冬の寒さのなか二人で埋もれ伏して鐘の音を聞き、逢瀬を楽しんでいるのを背景にしてみれば、早くも外のほうで始まったあわただしい人々の動きを記したものと見られ、二人してその動きを楽しんで聞いていたのであろう。

総じて一段は枕を交わした人と見る、聞く、あるいは待つ景色をあげたものであったことがわかる。このように少納言は自然の背景に人間を見ており、また人間の動きから自然の興趣を感じとっていた。一段は『枕草子』のまさに序に相当するものであったということになろう。

ここにうかがえる自然観は、和歌と物語を背景にした教養と、人間や自然に接するなかで磨かれた観察眼とによって生まれてきたものであって、これはその後に継承され、日本人の自然観の基調をなすようになったのである。

おわりに

清少納言が登場する歴史的背景とその後について簡単に記しておこう。

日本列島は九世紀の後半、貞観時代に起きた大津波や火山噴火などの自然災害や疫病に襲われ、大きな変化が生まれた。地方では国司（受領）や富豪や大名田堵《たと》、兵などの活動が盛んになり、中央では摂関政治が始まって、摂関が天皇に娘を后として配し、その后が次代の天皇の母（国母）になるという宮廷政治が展開するとともに、『古今和歌集』の編纂にうかがえるような宮廷文化の華が開いていった。

その文化の担い手となったのが文人と歌人であった。彼らは受領となって富を蓄え、娘を女房として宮廷に奉仕させたことから、その女房たちの教養が高まり、仮名による文学世界を繰り広げるようになった。その口火を切ったのが文章生《もんじょうしょう》出身の陸奥守藤原倫寧《ともやす》の娘であって、『蜻蛉《かげろう》日記』を著し、摂関となった藤原兼家と結婚し、藤原道綱を儲け育てたその生活を記している。

その日記は、「かくありしときすぎて、世中《よのなか》にいとものはかなく、とにもかくにもつかで、よにふる人ありけり」と始まり、天暦八年（九五四）の兼家との出会いから、安和元年（九六八）の長谷寺詣《もうで》にいたるまでを記し、自ら「かげろふのにき」（『蜻蛉日記』）と称している。上巻は日々記していた日記に基づいて書いたいわば私小説ともいうべき内容だが、中・下巻はその時折々の日記であって、天延元年（九七三）に兼家との関係が切れ、翌年正月、「京のはてなれば、夜いたうふけてぞ、たたきくなるとぞ。本に」と記して終わる。

宮廷世界への憧れをもち、和歌や物語の教養を身につけてきたものの、摂関家の兼家という貴公子の妻になったために、宮廷の文化に直接に関わることはなかったその一生のなかでの、兼家との恋、その愛情の焦燥の模様や、それへの自我のあり様を直截に記した、稀有な作品となっている。

恋については、それまで和歌や物語では表現されてきたが、散文の形で自我のあり方にまで及んで表現したものはなく、価値はきわめて高い。著者は家に閉じこもっていただけでなく、長谷寺や石山寺に詣で、山寺に籠もるなどの旅をしばしば行い、また賀茂祭を始めとする京の年中行事を見に出かけていて、その風景を描き、思いを記しており、宮廷文化の裾野の広がりをよく記している。

その別れた兼家の後に摂政になったのが、兼家の子道隆であって、道隆は子の定子を一条天皇の中宮としたが、その中宮に仕えるようになったのが清少納言にほかならない。清少納言はそれまでは宮仕えせずに家にいたが、『蜻蛉日記』の作者が憧れていて果たせなかった宮中の世界に入り、その文化を体感・体現してゆき、人間や自然、社会のありかたを鋭く見つめて、それを散文で記したのが『枕草子』である。

清少納言の努力も空しく、仕えていた中宮定子が皇女を出産後に亡くなったため、筆を擱《お》いたのだが、かわって藤原道長が、娘の中宮彰子に仕えるように女房たちを集め、宮廷文化のさらなる輝きをめざした。それによく応えたのが紫式部である。

式部の父藤原為時も文章生出身の文人で、越前・越後の受領を歴任したことから、式部は若い時に父の越前赴任にあたって同道し、一年間を越前で過ごしていた。長保元年（九九九）に藤原宣孝の妻となったが、宣孝も諸国の受領を歴任していた。その宣孝が結婚二年後に亡くなると、やがて中宮彰子に仕えるようになったのである。その際、式部は、清少納言が現実を直截に見て散文を書いたのとは違い、虚構の物語を構想して『源氏物語』を著したのである。

＊

本書執筆中、不慮の事故によって、三カ月の休養を余儀なくされたが、実はその期間がなければ本書はならなかったであろう。枕を友とし、朝・夕に杖をついて散歩するなか、自然の息吹を吸った経験が本書を生み出したといってもよい。

その間、体を気遣ってくれた妻に感謝するとともに、心配をおかけした多くの方々にお礼の言葉をこの場を借りて申し上げたい。編集の労をとってくれたのは、『徒然草の歴史学』に続いて岡恵里さんである。あわせて感謝したい。

参考文献

○注釈書
加藤盤斎『清少納言枕双紙抄』（一六七四年）
北村季吟『枕草子春曙抄』（一六七四年以前）
山岸徳平『清少納言枕草子』（校註日本文学大系、一九二五年）
池田亀鑑・岸上慎二『枕草子』（日本古典文学大系一九　岩波書店、一九五八年）
萩谷朴『枕草子』（日本古典集成、新潮社、一九七七年）
石田穣二『新版枕草子』（角川文庫、一九八〇年）
萩谷朴『枕草子解環』（同朋舎出版、一九八三年）
渡辺実『枕草子』（新日本古典文学大系二五　岩波書店、一九九一年）
田中重太郎『枕草子全注釈』（角川書店、一九九五年）
松尾聰・永井和子『枕草子』（新編日本古典文学全集一八　小学館、一九九七年）
枕草子研究会編『枕草子大事典』（勉誠出版、二〇〇一年）

○研究文献
岸上慎二『清少納言伝記攷』（畝傍書房、一九四三年）
萩谷朴『枕草子解環』（前掲）
岸上慎二『清少納言』（人物叢書　吉川弘文館、一九八七年）
三田村雅子編『枕草子　表現と構造』（有精堂出版、一九九四年）

枕草子研究会編『枕草子大事典』(前掲)
五味文彦『躍動する中世』(小学館、二〇〇八年)
五味文彦『日本史の新たな見方、捉え方』(敬文舎、二〇一二年)

『枕草子』関連　略年譜

〔西　暦〕	〔年　号〕	〔事　項〕
974	天延二年	正月、父清原元輔、周防守。
980	天元三年	六月、一条天皇生まれる。
986	寛和二年	正月、元輔、肥後守。六月、藤原済時、小白河の邸宅で法華八講。六月、花山天皇譲位。一条天皇即位。藤原兼家、摂政。
990	正暦元年	正月、一条天皇元服。定子入内。五月、藤原道隆、関白となる。六月、元輔死去。十月、定子、中宮となり、藤原道長、中宮大夫。
991	二年	二月、円融院、死去。九月、詮子、東三条院。この秋・冬に清少納言、中宮に仕える。
992	三年	八月、源俊賢、蔵人頭。
994	五年	二月、道隆、積善寺供養。八月、伊周、内大臣、藤原斉信、蔵人頭。
995	長徳元年	正月、道隆次女原子、東宮に入る。三月、内大臣伊周、内覧。四月、関白道隆死去。五月、関白道兼死去、道長内覧。六月、中宮、朝所に渡る。八月、藤原行成、蔵人頭。九月、道隆供養。十月、八幡行幸
996	二年	二月、伊周、花山院御所襲撃の件で嫌疑。中宮、職の御曹司に出る。四月、伊周、大宰権帥に左遷。中宮、二条宮に。藤原斉信、宰相中将。六月、中宮、小二条殿へ。七月、道長、左大臣。十二月、中宮、皇女出産。

997	三年	四月、伊周、京に召還。六月、中宮、職の御曹司に。七月、藤原公季、内大臣。
998	四年	五月、少納言、歌を詠まなくなる。七月、内大臣公季、庚申待ちの儲け。十二月、職の御曹司に雪山をつくる。
999	長保元年	正月、中宮入内。六月、一条殿、内裏となる。八月、中宮、中宮大進邸に入る。十一月、中宮、第一皇子出産。
1000	二年	二月、中宮、一条内裏に入る。道長娘彰子中宮、中宮定子は皇后に。十二月、皇后、第二皇女出産し、死去。

『枕草子』章段索引

＊段数は、『新日本古典文学大系』(岩波書店)に従った。
＊数ページにわたるときは、その初出ページを挙げた。

五味文彦（ごみ・ふみひこ）
1946年、山梨県生まれ。東京大学文学部卒。現在、東京大学名誉教授、放送大学教授。文学博士。専攻は日本中世史。著書は『院政期社会の研究』『鴨長明伝』（以上、山川出版社）、『中世のことばと絵』（中公新書、サントリー学芸賞）、『『徒然草』の歴史学』（朝日選書）、『書物の中世史』（みすず書房、角川源義賞）、『藤原定家の時代』（岩波新書）、『西行と清盛』（新潮選書）、『後鳥羽上皇』（角川学芸出版）など多数。

朝日選書 916

『枕草子』の歴史学
春は曙の謎を解く

2014年4月25日　第1刷発行
2014年7月30日　第3刷発行

著者　五味文彦

発行者　首藤由之

発行所　朝日新聞出版
〒104-8011 東京都中央区築地5-3-2
電話 03-5541-8832（編集）
03-5540-7793（販売）

印刷所　大日本印刷株式会社

Published in Japan by Asahi Shimbun Publications Inc.
ISBN978-4-02-263016-2
定価はカバーに表示してあります。

落丁・乱丁の場合は弊社業務部（電話03-5540-7800）へご連絡ください。
送料弊社負担にてお取り替えいたします。

新版　原発のどこが危険か
世界の事故と福島原発
桜井　淳
世界の事故を検証し、原子力発電所の未来を考える

化石から生命の謎を解く
恐竜から分子まで
化石研究会編
骨や貝殻、分子化石、生きた化石が語る生命と地球の歴史

研究最前線　邪馬台国
いま、何が、どこまで言えるのか
石野博信／高島忠平／西谷　正／吉村武彦編
九州か、近畿か。研究史や争点を整理、最新成果で検証

さまよえる孔子、よみがえる論語
竹内　実
孔子の生いたち、『論語』の真の意味や成立の背景を探る

asahi sensho

新版　オサマ・ビンラディンの生涯と聖戦
保坂修司
その生涯と思想を、数々の発言と資料から読み解く

関東大震災の社会史
北原糸子
膨大な資料を繙き、大災害から立ち上がる人々を描く

液晶の歴史
D・ダンマー、T・スラッキン著／鳥山和久訳
誰もがなじみの液晶をめぐる、誰も知らないドラマ

新版　原子力の社会史
その日本的展開
吉岡　斉
戦時研究から福島事故まで、原子力開発の本格通史

政治主導vs.官僚支配
自民政権、民主政権、政官20年闘争の内幕
信田智人
90年代から20年間の、政官の力関係の変遷を分析

生きる力 森田正馬の15の提言
帚木蓬生《ははきぎほうせい》
西のフロイト、東の森田正馬。「森田療法」を読み解く

人類とカビの歴史
闘いと共生と
浜田信夫
病因、発酵食品、医薬品……。カビの正体や作用、歴史とは

COSMOS ㊤㊦
カール・セーガン著／木村 繁訳
宇宙の起源から生命の進化まで網羅した名著を復刊

asahi sensho

「老年症候群」の診察室
超高齢社会を生きる
大蔵 暢
高齢者に特有の身体的特徴＝老年症候群を解説

剣術修行の旅日記
佐賀藩・葉隠武士の「諸国廻歴日録」を読む
永井義男
酒、名所旧跡、温泉……。時代小説とは異なる修行の実態

名誉の殺人
母、姉妹、娘を手にかけた男たち
アイシェ・ヨナル著／安東 建訳
殺人を犯した男性への取材を元に描いたノンフィクション

トリウム原子炉の道
世界の現況と開発秘史
リチャード・マーティン著／野島佳子訳
安全で廃棄物も少ないトリウム原発の、消された歴史

（以下続刊）